Chez le même éditeur

Collection Psychologie

§

Aimer sans perdre sa liberté
de Colette Portelance

•

Vivre en couple... et heureux, c'est possible
de Colette Portelance

•

Relation d'aide et amour de soi*
de Colette Portelance

•

La communication authentique*
de Colette Portelance

•

L'insécurité affective de la petite enfance à l'âge adulte
de Claudette Rivest

•

L'empreinte de l'abandon
de Claudette Rivest

•

Traces mnésiques : le lien entre les souvenirs et la maladie
de Claudette Rivest

Collection Psyché/Soma

§

Des nouvelles pistes pour guérir le cancer
du Dr Bernard Herzog

•

La vie malgré la mort
du Dr Bernard Herzog
(parution avril 2001)

Collection Roman

§

Où il est le p'tit Jésus, tabarnac ?
de Yves Chevrier

•

Écœure-moi pas avec ça, répondit Dieu
de Yves Chevrier

•

On ne patine pas avec l'amour
de Yves Chevrier

(*) disponible aussi en anglais

Ugo Monticone

Chroniques
de ma résurrection

*Il était une fois
dans l'Ouest...
canadien*

Données de catalogage avant publication (Canada)

Monticone, Ugo, 1975-

Chroniques de ma résurrection
Il était une fois dans l'Ouest... canadien

(Collection Romans)

ISBN 2-922050-28-9

1, Titre

Les Éditions du CRAM inc.
1030, rue Cherrier Est, bureau 205
Montréal, Québec, Canada, H2L 1H9
Téléphone : (514) 598-8547
Télécopieur : (514) 598-8788
http://www.editionscram.com

Tous droits réservés
© Copyright Les Éditions du CRAM inc. 2001

Dépôt légal - 1er trimestre 2001
Bibliothèque nationale du Québec
Bibliothèque nationale du Canada
Bibliothèque nationale de France

ISBN 2-922050-28-9

Imprimé au Canada

Ugo Monticone

Chroniques de ma résurrection

Il était une fois dans l'Ouest... canadien

LES ÉDITIONS DU CRAM

roman

Révision
Nicole Demers
André St-Hilaire

Mise en pages
Conception de la couverture
Agence Braque

Les Éditions du CRAM inc. bénéficient de l'appui du gouvernement du Québec par l'entremise de la SODEC, et du gouvernement du Canada par l'entremise du ministère du Patrimoine canadien.

Distribution et diffusion

Pour le Québec:
Québec-Livres
2185, autoroute des Laurentides
Laval (Québec)
H7S 1Z6
Téléphone : (450) 687-1210
Télécopieur : (450) 687-1331

Pour la France:
D.G. Diffusion
Rue Max Planck B.P. 734
F-31683-Labege
Téléphone : 05.61.00.09.99
Télécopieur : 05.61.00.23.12

Pour la Suisse:
Diffusion Transat SA
Route des Jeunes, 4ter
Case postale 125
CH-1211-Genève 26
Téléphone : 022/342.77.40
Télécopieur : 022/343.46.46

Pour la Belgique:
Vander SA
Avenue des Volontaires 321
B-1150-Bruxelles
Téléphone : 00 32/2/761.12.12
Télécopieur : 00 32/2/761.12.13

*À tous ceux qui ont influencé mon destin
en le projetant vers les étoiles*

*Je tiens à remercier mon père, pour m'avoir légué le goût
des quêtes ; ma mère, pour avoir stimulé ma créativité ;
mon frère, sa femme, ma filleule, ma sœur et ma famille,
pour m'avoir soutenu tout au long de ce périple ; ceux que
j'ai côtoyés durant ce voyage, qui vivent dans ces pages,
qui habitent mes souvenirs ; Dom, mon énergie ;
Marc Sauvageau, Benjamin Brossard,
Yann Scholer, ma marraine Céline Saint-Pierre et
Dolorès Gauthier, pour m'avoir servi de cobayes ;
Martin Dessureaux, Martin Bernier, Sébastien Otis,
Alexandre André, Louis Cardin et Nancy Pavan, pour
m'avoir encouragé dans la poursuite de mon travail ;
APEX, pour avoir meublé mon bureau d'un ordinateur
que je visitais plus souvent qu'à mon tour les week-ends ;
de l'édition, mes collègues : Pierre Lavigne, David Portelance
et Catherine Lupien-Lachance, pour avoir su percevoir le
livre camouflé dans l'ébauche ; et Éric Lannier, pour
m'avoir inspiré l'introduction.*

PROLOGUE

Un soir, une nuit ou un matin, Éric me raconta tout bonnement l'histoire d'un homme qui avait découvert le moyen de vivre la plus longue des vies. Cet homme était arrivé à la conclusion que plus le temps avance plus il avance rapidement, les années devenant des secondes, les jours des bornes d'autoroute qu'on parcourt à 180 kilomètres à l'heure, les ouragans des battements d'ailes. Devant sa peur de l'éphémère et dans sa quête de l'infini, cet individu avait mis au point un stratagème complexe pour contrer le mécanisme machiavélique du vieillissement : il avait organisé sa vie autour d'activités qui lui paraissaient interminables, se créant ainsi l'illusion que son existence allait transcender le temps. Et au fond, la réalité n'est-elle pas simplement l'illusion que l'on s'en fait ?

Lorsque cet homme se rendait au cinéma, par exemple, il prenait grand soin de choisir le film le plus long et celui dont le sujet semblait le plus pénible à ses yeux. Des heures qui paraissaient des vies. Pendant des documentaires tels que « Cinq ans dans la vie d'un cactus » ou « Ønäñœôìçÿdor » (film suédois sous-titré en polonais), il s'assoyait derrière le plus grand des spectateurs afin que son cou crie torture durant les contorsions nécessaires à une vision qui malgré tout demeurait partielle. Le temps est un élastique que le pénible étire.

9

Et que dire des quelques litres de boisson gazeuse qu'il ingurgitait tout juste avant le début de la présentation, pour être certain que sa vessie participe pleinement à son appréciation complète de la longueur du temps, de la lente marche rythmée des secondes. Par la suite, il cherchait patiemment une salle de bains où il y avait file, pour que son envie transforme chaque battement de cœur en un grondement sans fin.

Cet homme adorait aussi écouter de la musique. Assis inconfortablement sur le sol froid de sa cuisine, il choisissait avec soin la chanson qu'il détestait le plus et la programmait de façon à ce qu'elle se répète sans fin. Un sourire béat l'atteignait enfin lorsque chaque note semblait durer l'équivalent de mille cérémonies. Un des artistes qui lui permettaient cette extase était Neil Young. Il appréciait à sa juste valeur cette voix criarde et monotone. Pourtant, un des couplets l'indisposait et ruinait la plénitude de sa jouissance. Une phrase le hantait. Il essayait de l'ignorer, de s'en distraire, mais elle se répétait inlassablement. Dérangeante, c'est en grimaçant qu'il abdiquait en changeant de chanson. Comment un artiste de cette trempe pouvait-il prononcer pareil non-sens ?

It's better to burn out than to fade away
A heart that's full up like a landfill
A job that slowly kills you
Bruises that won't heal

Radiohead

MAI

Écrasé sur mon banc d'école, ces bancs créés expressément pour rendre impossible toute position confortable et ainsi prévenir que d'innombrables étudiants s'évadent vers le bien plus agréable monde du songe et de la rêverie, je réalise soudainement que je viens de vivre plusieurs mois extrêmement difficiles et que la seule raison possible qui explique mon fonctionnement social encore quasi normal doit être que mon cerveau a relégué aux oubliettes toute caractéristique qui me différencie d'un robot. L'être qui dispose uniquement des fonctions primaires assurant sa survie biologique n'est pas mieux que mort, un « Pinocchio » sans fée. Comme un somnambule, je traverse la vie les yeux fermés.

Cette prise de conscience me convainc qu'une renaissance doit m'être imposée, forcée. Une sorte de césarienne. Ayant déjà goûté au formidable remède qu'est le voyage lors d'une escapade en Europe, je ne peux m'empêcher de m'avouer que je suis dû pour une récidive. C'est sur cette pensée que débutent les préparatifs de la plus puissante échappatoire de ma vie : partir vers l'inconnu à la découverte de moi-même.

Disposant comme source d'énergie d'une profonde motivation à me rapatrier au monde des vivants, et n'imaginant même pas, et ce consciemment, le dixième des implications engendrées

11

par un tel exode, je m'élance chez l'agent de voyages pour qu'il imprime mon futur sur un billet d'avion. Quelques coïncidences et amis m'ont amené à choisir l'Ouest canadien comme destination. Rien de bien difficile pour me convaincre, puisque tout ce que je désirais c'était de quitter ce que j'appelle « ici ». Plus c'est distant, plus j'en suis heureux.

Mais qu'est-ce que trahir ? Trahir, c'est sortir du rang.
Trahir, c'est sortir du rang et partir vers l'inconnu.
Je ne connais rien de plus beau que de partir vers l'inconnu.

Milan Kundera

6 JUIN

Avant d'avoir réalisé quoi que ce soit, me voici à l'aéroport. Mes amis et mon entourage m'ont offert des célébrations dignes d'un roi. J'en suis à la fois terriblement gêné et fier. Il est dommage que ce soit presque uniquement lorsqu'on quitte quelqu'un qu'on se rend compte à quel point il nous est cher. Le cœur est davantage bouleversé par l'absence que par l'abondance. Néanmoins, ma renaissance débute du bon pied : par une montagne d'affection. Et au fond, la naissance est le résultat tangible de l'amour.

Tout est tellement simple que je trouve tout compliqué.

Mes parents sont réunis pour mon départ. C'est un événement rare. Au fond, je suis un symbole vivant de leur union. Je suis un emblème du passé rempli de promesses pour le futur. Je suis un *melting-pot* de leurs qualités et de leurs défauts : mon père hyperstressé, ma mère silencieuse, moi hyperstressé sous le voile du silence.

Tentant de diminuer la pression du moment, qui menace de nous faire imploser tellement elle est écrasante, je délie ma langue et demande à la préposée au comptoir si je peux être transféré en première classe, prétextant que je suis leur millionième client. Elle ne rit pas, mais m'offre tout de même un billet de première classe sans aucuns frais supplémentaires car quelques places y sont encore disponibles. *Yes!* Et mes professeurs qui disaient que l'humour ne menait à rien... Ça commence trop bien!

Ma mère s'inquiète pour mon budget. Là où je vais, je n'ai pas besoin d'argent, car je ne vais nulle part. Je ne fais que quitter.

Bourré d'une innocence que je prends pour de la confiance, je m'envole vers les promesses lumineuses d'un nouvel univers, ne sachant pas du tout si je serai en mesure d'atterrir. L'avion s'éloigne de la piste et de mon passé. J'aperçois toutes ces minuscules maisons cordées les unes contre les autres, bondées de gens que je ne connaîtrai jamais. Et pourtant, c'est ce que j'appelle « ma » ville.

J'apprécie pleinement mon immense siège *first class* qui me permet d'étendre mes jambes à leur maximum. C'est bien différent de ma position « genoux dans le front » que ma grande taille me réserve habituellement. Mais cette section comporte aussi ses désavantages. Les gens qui m'entourent font partie de la haute société, unis par le fait qu'ils sont plus aisés, comme si un sang plus pur coulait dans leurs veines. Leur opinion est importante car c'est la leur, et ils la diffusent bruyamment aux autres voyageurs prétextant la destiner à leur voisin. Être bien n'est pas ce qui les préoccupe; ce qui les préoccupe, c'est d'être mieux que les autres. Mais enfin, je comprends comment on peut prendre goût à ce sentiment de supériorité. Il suffit d'effacer le mot « chance » de son vocabulaire et de le remplacer par « persévérance », « travail acharné » et « forte volonté ». Mêmes ceux qui sont nés millionnaires ont, selon leurs dires, bûché atrocement dur durant toute leur vie. Rien ne leur a été donné, tout a été mérité. D'où le besoin du rideau qui les sépare des simples sujets et des enfants qui pleurent : il leur permet de ne pas se laisser pervertir par la paresse des gens ordinaires.

Je me change les idées en repensant aux célébrations entourant mon départ. Je devrais partir plus souvent. On devient soudainement indispensable. C'est un sentiment grandiose, mais tellement utopique, auquel tous aspirent dans une société de masse qui ne s'aperçoit même pas de notre existence. « Être ou ne pas être » ne change en rien son cours. « Indispensable » est un qualificatif qui ne s'accorde pas avec le genre humain.

Les provinces défilent comme les heures à ma montre. Mais voilà que la jalousie s'empare de mon âme au point d'en rager. Je survole un coucher de soleil pendant que l'avion amorce sa descente au-dessus de la frontière de la Colombie-Britannique. Je ne me souviens pas d'avoir vu pareil spectacle. Les reflets dorés du soleil rougissent les pics enneigés des Rocheuses qui semblent être l'effort suprême de mère Nature pour rejoindre Dieu. À perte de vue, la nature vierge, adorée par l'homme mais encore intacte face à son toucher destructeur.

La jalousie qui m'habite est une réaction directe à ma peur de trouver un jour un endroit sur terre que je préférerais à mon Québec natal. Découverte qui chambarderait les bases qui tiennent ma vie en équilibre. Comment vivre quelque part si on connaît un endroit plus agréable ailleurs ? Comment supporter la culpabilité de savoir qu'on aimerait mieux être là qu'ici, que toute sa vie s'est déroulée sur la mauvaise scène ? Devant une telle découverte, pour préserver sa santé mentale, il n'existe aucun autre choix que de laisser tomber la sécurité acquise et de recommencer sa vie à zéro là-bas. Quelle énorme et cruciale étape, mais bon, rien n'est encore fait. C'est une vision angélique, mais tout n'est pas perdu. J'ai encore la chance de vouloir retrouver mes racines lorsque je parcourrai cette province les deux pieds sur terre. Je ne veux tout de même pas décider de recommencer ma vie à mon premier jour de voyage...

Je subis une destitution majeure lors de mon débarquement de l'avion, passant de prince de la première classe à simple touriste pauvre et perdu. Par les fenêtres de l'aéroport de Vancouver je perçois dans la noirceur un imposant amas de nuages qui occupent l'intégralité de l'horizon. Cette masse menaçante laisse présager une de ces pluies d'été qui en moins de vingt minutes s'emparent du ciel, emprisonnent le soleil et déversent leur fureur sur le sol. Mais rien ne bouge, tout est fixe. L'ombre reste immobile. Je scrute longuement avant de finalement comprendre : la noirceur dense de l'absence qui occupe tout l'horizon de la ville n'est pas composée de nuages, mais bien de montagnes ! Des montagnes mariées au ciel, riant de la petitesse des humains qui ont eu l'impertinence de se blottir à leurs pieds. À Montréal, il y a une montagne (si on peut lui faire l'honneur de ce nom) entourée de la ville. À Vancouver, il y a une ville entourée de montagnes. Ici on se rend compte que c'est bel et bien l'humain qui est l'intrus.

Le ciel des rues est stratifié de câbles qui nourrissent l'autobus électrique me conduisant vers le terminal terrestre. En face de celui-ci, une auberge loue des lits pour 10 $ la nuit, indiquait le dépliant rouge que j'ai consulté à l'aéroport. Les lumières de la ville, plus souvent qu'autrement agencées de façon à former des caractères chinois, défilent de l'autre côté de la fenêtre. Je ne sais pas quand je dois descendre et, malgré ma requête, le chauffeur oublie de m'avertir. Pourquoi ne pourrions-nous pas apprendre de nos erreurs avant de les commettre ? Je dois maintenant prendre un autobus en sens inverse. Je suis complètement claqué par le long voyage d'avion et l'heure approche où ce samedi deviendra dimanche. J'ai un immense sac sur le dos et un autre plus petit devant moi ; ils me serrent en sandwich. J'ai le mot « touriste » étampé en fluo sur le front. Le coin de rue où j'attends l'autobus est en effervescence. Je remarque, non sans une certaine panique, que l'Asiatique assis à mes pieds est en train de s'administrer une intraveineuse. Cette vision est un retour instantané à la réalité ; mes sens s'extirpent soudainement de leur coma et je réalise où je suis. Je me trouve au coin de *Hasting* et de *Main St.* Les deux seules rues que je connaisse à Vancouver car leur intersection m'a été décrite par quelques-uns comme étant « la » place à éviter, surtout la nuit, surtout le samedi. Dans la lumière surréaliste et multicolore des néons défectueux qui frissonnent, j'aperçois des murs de graffitis et des tonnes de déchets éparpillés sur le sol. Mes narines captent la misère qui m'entoure. Des gens de toutes sortes affluent, unis par une pauvreté criante et par leurs facultés généreusement imprégnées de divers paradis artificiels. Des prostituées de toutes formes et de n'importe quel âge mettent en évidence leur gagne-pain. Elles sont affreuses et ne doivent pas gagner beaucoup plus que de quoi s'acheter un pain justement. J'ai l'air d'un con avec mes gros sacs décorés d'armoiries de différents pays et d'étiquettes d'avion. Les *pushers* ne savent plus s'il faut me vendre de la drogue, me voler, ou tout simplement rire de moi. Un tourbillon de flashs : saleté absolue — prostituées insistantes — fumeurs de crack à ma gauche — injections d'héro à ma droite — odeur d'une ville en décomposition — quêteurs — *pushers — You got 25 cents ? — Hash, speed, crack, Sunny Dee ? — Hey honey, you want some action ? — You come from Mars man ? — Wanna buy a watch ? — Shrooms, Buds… — You look like you need a good blow job. — Bus transfer for sale —* sirène de police — néons intermittents — *Come on, take some, it's on me ! — What do you have in your bag ? Anything interesting ?*

Putes, drogue, putes qui vendent de la drogue, putes droguées. Mendiants, voleurs, mendiants qui sont voleurs, mendiants qui se font voler.

Le miroir de l'autobus frôle ma tête, l'air bousculé balaie mes cheveux. J'enjambe à la hâte les quelques robineux qui ont élu ce trottoir comme domicile, ou qui y sont tombés au combat, et me réfugie dans le véhicule qui ne m'est rien de moins qu'un sauveur. Loin de cette scène où je me sentais prisonnier pendant des instants qui semblaient des heures, je me suis senti prisonnier. Loin, loin, loin de tout cela. J'ai envie de me recroqueviller en petite boule, de disparaître et de me réveiller dans ma chambre, chez moi.

J'arrive finalement au trou puant qui me sert d'abri pour la nuit. Je trouvais que 10 $ ce n'était pas cher pour un lit mais, en voyant le tout, j'ai l'impression qu'avec cette somme je pourrais acheter la bâtisse au complet. La chaleur digne d'un micro-ondes et l'incessant trafic d'un monde sans silencieux qui semble rouler à quelques centimètres de ma tête m'empêchent de m'endormir et d'ainsi cesser de me répéter sans fin que venir ici fut une grave erreur.

Can you tell me where my country lies?

Genesis

7 JUIN

Grâce à la magie des fuseaux horaires, malgré qu'il ne soit que 7 h, je suis pleinement réveillé. Je marche dans les rues qui seraient désertes si ce n'était des junkies-mendiants-voleurs-vendeurs-de-drogue qui sont étendus un peu partout dans les recoins. Vestiges d'une nuit mouvementée, tels les verres de plastique que l'on retrouve écrasés sur le sol d'un après-spectacle. J'hésite entre les qualificatifs « endormis » et « comateux ». Pourtant leur bouche, comme si elle possédait une volonté indépendante de leur conscience, arrive quand même à proposer la vente des quelques substances qui assurent leur pitance. C'est cette même bouche qui se rappelle qu'elle doit manger, qu'elle doit gagner de l'argent avant que le sommeil ne la paralyse complètement.

Des gyrophares de police reflètent leurs lumières sur les parois des édifices. Je me dirige vers les lieux de l'action et entends les plaintes d'une femme hystérique. Elle agite les bras dans tous les sens. Je comprends la signification des gestes qu'elle imite lorsque je réalise que mes semelles m'offrent, à chaque enjambée, de plus en plus de résistance, comme si j'étais sur le plancher d'un cinéma aspergé de boisson gazeuse. Le logo de ma marque de souliers est imprimé clairement sur le trottoir ; depuis quelques pas déjà, d'un rouge écarlate qui provient d'une flaque où gît un imposant morceau de bois au bout affilé. L'ambulance vient tout juste de quitter la scène. Je fais un 180 degrés et marche à vitesse maximale pour tenter de vaincre la nausée qui me saisit. La sensation de mes semelles collant à l'asphalte me traumatise. Je lève les yeux vers le ciel qui tourbillonne. Je ne sais pas ce que je vais faire de ce voyage ou ce qu'il va faire de moi.

Toute la journée, je tourne tout autour de la tour du centre-ville. Je tombe sur les principales attractions touristiques. J'ai la tête ailleurs. Par la fenêtre d'un café, je regarde Jacques Villeneuve terminer 10ᵉ au Grand Prix de Montréal. Déception! Je me calme, m'écrase dans le gazon coussineux du Stanley Park et me rends compte que je suis triste. Est-ce pour réaliser cela que je suis venu jusqu'ici? C'est pourtant la première émotion que je ressens depuis longtemps, trop longtemps.

Mon bonheur est assassiné par mon désir insatiable. Des moments que je devrais apprécier sont banalisés par l'imagination de situations plus paradisiaques. Puisque l'absolu n'existe pas, je parviens toujours à imaginer mieux… et à être déçu.

La nature apporte à cette ville toute sa beauté. Même en plein centre-ville, on peut voir poindre à l'horizon les majestueuses Rocheuses par ces percées visuelles qu'offrent les rues qui contournent les gratte-ciel. Ces montagnes se dressent au loin et nous rappellent que chacun est libre à tout instant de décrocher complètement et de partir des jours et des jours durant sans rencontrer le moindre symbole de civilisation. Peu importe si l'on profite de cette liberté ou non, seul le fait de savoir qu'elle existe apporte une certaine sérénité, un remède à la claustrophobie, legs des villes.

Mais un fond de pauvreté criante me déprime, me stresse. Peut-on vraiment se sentir totalement en paix lorsqu'on partage la rue avec des gens si démunis? Être heureux ici me ferait sentir coupable.

Vancouver semble tenter de lutter contre sa décadence, mais je ne sais pas si elle y parvient. Suis-je trop sévère? Prostitution en face d'un poste de police, nombreux vagabonds, milliers d'individus entassés les uns contre les autres dans d'immenses cages de béton. La ville n'est vraiment pas faite pour soulager les malheureux.

Peut-être était-il vain d'espérer réagir de manière originale face à ces expériences, alors que la prolifération des récits de voyageurs avait totalement épuisé le lexique de la découverte.

Clive Barker

8 JUIN

Ce matin, je vais remplir les obligations avec lesquelles j'avais justifié mon voyage à ceux qui s'inquiétaient de la direction que prenait ma vie : je vais distribuer des curriculum vitæ. Pourtant, je me demande bien ce que je ferais si on m'offrait un poste quelconque. Je serais embêté. Du moins, le volet *business* de mon voyage sera terminé et je pourrai enfin m'adonner à « perdre mon temps » l'esprit en paix.

Trois ou quatre secrétaires (sans sourire) plus tard, le soleil de l'après-midi martèle l'asphalte. Je loue une bécane mal vieillie et m'en vais faire le tour du Stanley Park. À quelques minutes du centre-ville, cet immense parc mérite presque le nom de « forêt ». Des bernaches, marchant entre les piétons, nous escortent aux abords d'un des lacs à l'entrée. Puis s'entre-mêlent jardin botanique, aquarium municipal, champs fleuris, amusements de toutes sortes, petit train pour enfants et piscines. Les pins rouges y sont si gros et si droits qu'on dirait les piliers d'un temple. Ils n'ont de branches qu'au sommet, et lorsqu'on circule entre eux on a l'impression que ce sont des poteaux, une forêt de poteaux. De grands totems colorés bordent le parc et tentent de rappeler la présence des Amérindiens dans notre culture.

L'ouest de la ville trempe dans l'eau chaude de l'océan Pacifique. Des plages de sable à perte de vue sur lesquelles dorment des troncs d'arbre lissés par l'eau, trop lourds pour êtres déplacés, héritage des jours glorieux de la « pitoune ». À seulement quelques minutes du centre-ville, les petits quartiers résidentiels qui donnent sur la plage respirent l'aisance. Un tout autre univers.

Perdu dans mes pensées et pédalant au maximum de la capacité du petit engin minable qui se trouve entre mes jambes (de grâce, ne vous méprenez pas…), j'arrive à l'Université de la Colombie-Britannique. Perché au sommet de falaises qui marquent la fin de la péninsule, surplombant les eaux scintillantes du détroit de Georgie, le complexe, entouré d'arbres centenaires, se tient haut et fier. À l'horizon, les sommets de l'île de Vancouver n'ont rien à envier aux Rocheuses, que l'on voit en direction opposée. Les gratte-ciel du centre-ville, ainsi encerclés, semblent tout droit sortis d'une maquette miniature. Quel rêve que d'étudier ici ! Chaque fenêtre offre un paysage à couper le souffle. Je souhaiterais rajeunir de quelques années pour venir y recommencer mes études universitaires. Quoiqu'à bien y penser je ne ferais que regarder par les fenêtres, sans écouter le professeur.

La pauvreté de cette ville est extrême, mais sa beauté l'est tout autant. Aucune demi-mesure, pas de milieu.

Un petit musée d'anthropologie, annexé à l'université, m'accueille. Il est rempli des merveilles de la culture amérindienne : totems, masques, contes, etc. Une culture si riche qu'il m'est difficile de comprendre pourquoi nous l'avons détruite et assimilée. Nous ne savons presque rien de ce peuple. Nous étudions les guerres et révolutions européennes, mais ceux qui les premiers ont foulé nos terres nous sont inconnus. Mon père me disait que l'histoire n'est rien d'autre que la version des gagnants. Il faut croire que les autochtones ont vraiment tout perdu.

Tout au long de leur vie les Amérindiens avaient comme but d'assurer la subsistance de leur famille grâce à leur relation avec la terre. Les hommes blancs sont arrivés en disant : « Ces terres servent à vous loger et à vous nourrir ? Pas de problème, nous allons vous loger et vous nourrir gratuitement. Et comme vous n'aurez ainsi plus besoin de vos terres, nous allons vous en débarrasser. » Nous leur avons ainsi enlevé leur raison d'exister, et avec elle leur dignité. Sans raison d'être, ces hommes ont vu leurs croyances et leur culture se noyer dans une société de surconsommation. Une société nouvelle où ils sont inadaptés, déboussolés. Ceux qui veulent conserver leur culture sont exclus du système et ceux qui essaient de s'adapter perdent les traditions qui constituent l'essence même de leur peuple.

> *What treaty that the Whites have kept*
> *has the red man broken ?*
> *Not one.*
> *What treaty that the white man ever made with us*
> *have they kept ?*
> *Not one.*
>
> **Sitting Bull (Lakota)**

Mais ils ne sont pas les pires. L'ONU considérait, dans une récente étude, que les autochtones du Canada étaient parmi les peuples les mieux traités au monde. En 1994, les Américains ont vendu pour plus de 64 millions de dollars d'armement militaire au Mexique pour supporter le génocide des Indiens du Chiapas. La guerre là-bas est loin de porter sur le droit ou non d'exploiter un bingo…

If the lie returns to the mouth of the powerful,
our voice of fire will speak again...

EZLN (Armée zapatiste de libération nationale)

En repassant par les plages et le parc pour revenir *downtown*, je remarque que tous les bancs qui longent la piste cyclable portent une plaque commémorative. On peut acheter un banc public et le dédier à une personne décédée. C'est une drôle de façon de se rappeler quelqu'un. Quand je mourrai, je ne veux pas qu'on se souvienne de moi comme de quelque chose sur lequel on s'assoit. « C'était vraiment quelqu'un sur qui on pouvait s'appuyer. »

Les jambes écartées, je fais quelques pas pour me reposer car le siège de la bicyclette m'a profondément marqué, puis je m'écrase sur un banc dont la plaque affiche une belle pensée pour cette dame qui n'est plus :

Some people search all their life for rainbows.
She found happiness in the rain.

Toutes les pauses ont une fin. Le vent dans mes cheveux me rappelle que je devrais ouvrir les yeux. J'enfourche de nouveau mon vélo et, à chaque coup de pédale, je m'engloutis de plus en plus profondément dans la forêt de gratte-ciel. Je retourne au trou qui m'héberge.

Chaque ressort du matelas défoncé me rappelle ma douleur. Je rêve à un banc de bicyclette fait de clous.

Ceux qui, pour faire quelque chose, attendent toujours que tout aille bien ne feront jamais rien.

Roosevelt

9 JUIN

C'est décidé, ce matin je pars vers l'endroit dont je rêvais quand je planifiais ce voyage : les montagnes. J'étudie l'horaire des autobus pour Whistler. Cette destination, trop touristique, m'a quand même été recommandée par une personne qui m'est proche, et quand on attribue à quelqu'un le titre d'ami on lui accorde le droit de nous conseiller. Lourd de mes deux sacs à dos, je traverse le quartier délabré où j'habite, et reste indifférent, faute d'argent, aux quémandeurs trop nombreux pour êtres remarqués. Un adolescent, tout frêle, m'emboîte le pas pendant quelques instants avant de me proposer, d'une manière directe, d'acheter un portefeuille usagé. Son petit *look tuff* est trahi par des yeux d'un bleu profond qui laissent transparaître une grande innocence. Mon portefeuille étant justement en train de rendre l'âme, je contemple le sien avec un intérêt qu'il ne mérite pas. Malgré tout, il peut s'agir d'une bonne affaire si on considère le maigre dollar qu'il me demande en échange. Je remarque cependant qu'un nom est inscrit à l'intérieur. Un changement d'expression radical parcourt alors le visage du « vendeur », qui devient sombre et malheureux. La tristesse de ses yeux met en évidence son jeune âge, qu'il tente de camoufler. Il m'apprend, d'un ton hésitant, qu'il a volé ce portefeuille à un homme qui lui fournit logement, nourriture et drogue. Mais qui aussi, après l'avoir bourré de sédatifs, l'abuse sexuellement. Terrorisé, il ne sait où aller ni que faire. Puisqu'il est dépendant de l'héroïne, qu'il n'a pas d'argent et qu'il a peur de mourir s'il ne consomme pas sa prochaine dose, il n'a d'autre choix que de revenir chez cet homme. Impossible de retourner dans sa famille, cette dernière l'ayant renié à la suite de ses problèmes de toxicomanie. Finalement, il m'avoue ne vouloir qu'un dollar pour s'acheter une boisson douce car il a la gorge sèche. Et puis, il ajoute : « *I don't really need money. All I need is a friend.* » En bout de ligne, plus rien n'a d'importance puisqu'il me confie avoir consommé une dose mortelle de drogue. Il devrait, selon lui, perdre la vie dans une dizaine de minutes, le temps qu'elle accède à son métabolisme.

Devant une telle situation, il n'y a que deux manières de réagir : soit on fait preuve d'empathie et on prend tous les problèmes de l'autre sur ses propres épaules en décidant qu'il est de notre devoir de sauver le monde, soit on se barricade derrière un mur d'indifférence pour pouvoir continuer son chemin sans ralentir le pas, justifiant alors son manque de compassion par la croyance profonde que ces gens sont des menteurs chroniques qui ne veulent que nous voler en jouant avec nos sentiments. Cette deuxième option est beaucoup plus facile. « *All I really want is a friend, so I'll know somebody loves me when I die.* » Moi, je veux seulement qu'il me foute la paix. Je n'en peux plus. Mon cerveau me crie qu'il n'est qu'un menteur, qu'un profiteur. Tout ce qu'il a dit est faux. Mais comment, pour quelques dollars, un garçon d'à peine quinze ans peut-il inventer pareille histoire ? Même si son récit n'a rien de vrai, le seul fait d'imaginer de telles horreurs démontre qu'il a vraiment besoin d'aide. Dans tous les cas… Et puis, parmi toutes les personnes qui marchent dans cette foutue rue, pourquoi fallait-il qu'il me choisisse ?

Quand finalement je réussis à le quitter, c'est moi qui ai besoin d'aide. Enfin, je ne saurai jamais si tout ce qu'il m'a raconté est vrai. Si ça l'est, il vient tout juste de mourir d'une *overdose* au moment même où je monte dans l'autobus pour Whistler. Au moins ses souffrances sont terminées...

C'est dans cet état d'esprit que je sillonne les montagnes qui mènent loin de la ville. Zigzag, zigzag, tout tourne autour de moi... J'ai peur d'être malade. Comment peut-on aimer un corps qui nous limite autant ? Nos possibilités sont les fruits de notre imagination, nos limites les fruits de notre corps.

Haut perché entre les montagnes, Whistler tente désespérément de ressembler à un village de conte de fées. De vives couleurs recouvrent les luxueux condos, de somptueux terrains de golf se faufilent entre les falaises, des rivières limpides et des boisés bien entretenus agrémentent le tout. La nature apprivoisée. Les riches tentent de se convaincre qu'ils ont déjà atteint le paradis.

Une panoplie de services sont offerts pour ne pas trop dépayser les touristes qui, même s'ils sont venus de loin pour admirer la nature, exigent l'assurance de pouvoir s'adonner à leur loisir favori : le magasinage grand luxe.

Les quelques personnes qui habitaient Whistler avant l'hypermodernisation tentent de survivre, et ce, malgré un coût de la vie qui a plus que doublé depuis quelques années. Elles essaient de maintenir un esprit de communauté malgré l'affluence de touristes qui, de plus en plus, prennent possession des lieux.

Les condominiums poussent comme des pissenlits au printemps. Les sentiers asphaltés, la nature domestiquée, les voitures luxueuses, les édifices hôtels/boutiques imposants captent mon attention. Je ne vois plus les arbres.

Tout est si cher. Je tourne en rond, ne sachant que faire. Je demande alors « *What is there to do here ?* » à un travailleur qui pose de la tourbe entre deux immenses condominiums pastel fraîchement éclos. « *Everything you dream of, the possibilities are* *limitle*ss », me répond-il, tel un prophète. Tout ce que je peux désirer ? Peut-être que je ne désire plus rien…

Les nuages forment un épais brouillard qui empêche d'apercevoir les sommets que l'on devine pourtant tout autour. Aujourd'hui, c'est vraiment le pire jour depuis mon arrivée ici. J'avais fondé tant d'espoir sur ce voyage/échappatoire, et pourtant j'ai l'impression qu'il ne me mène nulle part. Un gaspillage d'argent ! Ma vie semble dénuée de sens. Il faut que quelque chose change, et vite. Rien ne va plus...

10 JUIN

Ce matin, après une nuit de rêves sombres, je me lève tout de même joyeux. Cette nuit, j'étais un noble de la Renaissance, un médecin si je ne m'abuse. Je visitais les ghettos où les exclus sont isolés, comme les pestiférés qu'une société veut oublier. Je frappe à la porte, qui menace de céder, d'une petite cabane où il est inhumain de vivre. Une fillette m'ouvre et je l'envoie chercher sa mère. Quelque temps après, assis à la table, visiblement troublé par la pauvreté accablante qui m'entoure, je me demande quel crime ignoble a dû commettre cette femme pour mériter pareil destin. La petite, revenue à mes côtés, me dit de sa voix enfantine : « Ma maman est bien déçue que ce soit vous le visiteur. Ses yeux brillent toujours d'une lueur merveilleuse quand elle croit pour un instant que c'est sa bien-aimée qui est à la porte. »

> *Des pensées venues de nulle part se déclarent reines,*
> *Accaparent notre être. Mais de quel droit?*

Je quitte l'auberge et me rends aux berges d'un lac où l'eau danse doucement au rythme dicté par le vent. Je savoure mon livre et mon petit lunch, assis dans l'herbe confortable. J'aime le délire de lire. Après un somme, j'observe les nuages faire place au soleil et aux pics enneigés qui m'entourent. C'est irréel, sublime. Pour la première fois depuis mon départ je suis content d'être ici. C'est tellement relaxant de n'avoir rien d'autre à faire que d'apprécier la vie.

J'ai apporté un joli carnet d'écriture, mais je n'écris pas. J'aimerais bien m'appliquer, mais l'inspiration ne vient pas. Elle ne se commande pas, est totalement indépendante de la volonté et ne se présente que lorsqu'elle le désire. La créativité s'empare soudainement de l'être, l'amène au nirvana, puis le laisse tomber comme un chiffon usé. En fait, parfois elle ressemble beaucoup à l'amour.

*Le mot courage semblera déplacé à ceux qui ne sont pas
victimes d'un irrépressible besoin d'être aimé et pour qui déplaire
n'est pas une souffrance intolérable.*

*Mais j'étais et demeure, hélas, presque incapable
de m'exposer au risque d'être désagréable.*

Indisposer me rend malade. Un regard désapprobateur me crucifie.

Alexandre Jardin

11 JUIN

Les nuages sont revenus hanter les sommets avec leur blancheur fantomatique. L'air humide fait frissonner malgré les 20 degrés. Je ne sais pas trop quoi faire aujourd'hui. Ma motivation est partie avec le soleil. Quand on se fait déserter, c'est par tous, d'un coup.

La nuit a été douce comme du papier sablé. Mes deux compagnons de chambre ronflent comme des tracteurs à plein régime. Même la technique de l'oreiller sur la tête ne m'a pas permis de rejoindre Morphée. Pourtant, je la désirais passionnément.

Je me sauve — mi-éveillé, mi-zombie — et décide de prendre l'autobus, qui mène à une microbrasserie. Je suis seul dans l'immense autobus municipal. Il faut comprendre que Whistler est un tout petit village où les gens possèdent pour la plupart une automobile. En ce qui concerne les autres, les distances sont si courtes d'une extrémité à l'autre du village qu'une bicyclette, un *skateboard* ou des chaussures font amplement l'affaire. Mais non, les investisseurs trouvaient que ça paraîtrait mieux dans les dépliants promotionnels si Whistler possédait un service de transport en commun. « Oh, comme c'est *cute* : nos enfants vont pouvoir aller rejoindre leurs amis. » Mais leurs amis habitent le condo d'en face…

La microbrasserie est fermée aujourd'hui. Merde! J'analyse mes options et décide d'aller aux chutes *Brandy-Wine*, ainsi nommées par deux explorateurs à l'emploi du Canadien Pacifique. Paraît-il qu'ils étaient si saouls après avoir trop apprécié le brandy et le vin qu'ils se perdirent dans les bois… et découvrirent ces chutes. D'autres rumeurs circulent sur l'origine de l'appellation *Brandy-Wine*, mais on n'est jamais aussi bien servi que par sa propre imagination.

Le problème, c'est que ces chutes sont à 10 km du village et qu'il n'y a pas d'autobus pour s'y rendre. J'ai horreur de faire du pouce; ma gêne me l'interdit et d'ailleurs je déteste cette attente incertaine. Je décide donc de marcher, même si 10 km à pied ça use les souliers. Comme pour contester ma décision et ma gêne limitative, mon pouce se lève même si je fais dos au trafic. Et voilà que le premier véhicule qui passe, une camionnette de livraison, s'arrête pour m'embarquer. Trop facile! *Easy riding!* Je me rends compte que de nouveaux muscles articulent mon visage. Devant le miroir du pare-soleil, je constate que je suis en train de sourire à pleines dents. Je viens d'embarquer dans mon *trip*. Enfin! Je commence à apprécier à leur juste valeur les paysages de cartes postales qui apparaissent à chacun des virages.

J'arrive à ces chutes géantes qui au cours des siècles, en grugeant la roche, ont sculpté une immense vallée, faisant reculer centimètre par millimètre le paysage grâce à l'énorme puissance de l'eau. Détruire pour créer : l'infini cycle de la nature.

Je prends quelques photos en imaginant qu'elles seront tellement belles. Puis je me rappelle que je me considère toujours comme un superphotographe jusqu'au moment où je vois le résultat de mes photos, moment où je décide de ne plus jamais traîner d'appareil.

Le train qui passe entre les corniches et les arbres enterre le bruit de l'eau qui explose en bas du précipice. J'entame finalement le premier jour de mon voyage. Enfin, j'apprécie mon « ici ».

De retour au village, je décide de joindre la société en me rendant au bar de l'auberge. À côté de l'écran géant de télévision qui diffuse la finale de la coupe Stanley, il y a celui du super Kéno. Toutes les cinq minutes, des numéros sont tirés automatiquement, et ce, de l'ouverture à la fermeture du bar. Des gens arrivent très tôt, achètent leurs billets pour la soirée et la passe qui sert à vérifier s'ils ont gagné. Tout cela, bien sûr, est géré par le gouvernement, qui récolte ainsi les fruits des problèmes sociaux qu'il a lui-même semés. L'art du système réside dans l'expertise gouvernementale à estimer si la promotion d'un certain vice engendre davantage de bénéfices que de pertes, même si celles-ci se calculent en vies humaines. Les lumières clignotent : c'est le prochain tirage !

Parlant à ma bière (lire : échec total de ma socialisation), je réalise que chaque fois que j'ai accompli quelque chose dont j'étais vraiment fier dans ma vie, partir en voyage par exemple, je l'ai fait parce que je me le suis imposé. C'est de cette façon que, d'après Nietzsche, on devient un « surhomme ». Mais moi, je trouve que cette attitude est quelque peu hypocrite face à ce que je suis vraiment. En effet, c'est toujours à contrecœur et en m'en faisant une obligation que je me lance dans de tels projets. Si ces derniers étaient fondamentalement en accord avec ma personnalité, je ne les percevrais pas comme des obstacles... Non ? La vie est une question dont je ne possède pas la réponse.

Essayant une fois de plus de repousser les limites de mon être, je décide d'engager la conversation avec la très belle serveuse que j'ai entendue parler français il y a quelques instants. Son accent québécois m'offre sur un plateau d'or l'excuse parfaite pour l'aborder, mais mon corps se transforme en bloc de glace, souple comme une brique, et en rampant je quitte le bar dans le silence. C'est l'échec lamentable de ma mission. La gêne est une facette omniprésente de ma vie et tend à s'incruster de façon parasitaire. J'attends toujours l'instant parfait pour agir, me fixant des conditions de réalisation si élevées qu'elles ne se matérialisent jamais. Atténuer les contraintes que je m'impose est une réalité que je pourrais atteindre uniquement en risquant de m'exposer sous un angle qui me favoriserait moins et qui me ferait craindre de paraître ridicule. Néanmoins, je commence à comprendre que paraître ridicule est parfois mieux que de ne pas paraître du tout. Mais accepter l'imperfection est parfois plus douloureux qu'accepter la mort, comme en témoignent de nombreux suicides. La perfection m'est à la fois importante et contraignante. La vie que je me suis tissée est bien compliquée.

Je ne sais ni vivre ni mourir.
J'existe, comme un obstacle, comme une réserve de temps.

Anise Koltz

12 JUIN

Aujourd'hui, un soleil parfait chapeaute la plus belle journée de la semaine. C'est *now or never* : j'attaque les sommets. J'enfile trois téléphériques haute vitesse l'un à la suite de l'autre – un autobus qui monte un chemin presque vertical – et, après presque une heure de montée *non-stop*, j'arrive au sommet de Blackcomb. La neige, les skieurs, les tuques : un autre univers. Quelques pistes de ski occupent la surface d'un énorme glacier assiégé, qui doit s'ennuyer des millions d'années qu'il a traversées sans s'être fait exploiter de la sorte.

Des sentiers d'hébertisme partent du sommet et mènent aux sommets avoisinants. J'étudie les cartes pour arrêter mon choix sur une piste simple et facile, raisonnable quoi. Mais une autre me sollicite : la *Overlord Lookout* crie mon nom. Elle gravit d'une façon sinueuse le sommet acéré d'un énorme pic sauvage. « *We are yoouurrr overlooords* », criait Robert Plant. Ses doubles losanges noirs signifient qu'elle est cotée hyperexpert (*serious and prepared hikers only*). Je ne suis ni sérieux ni préparé, mais c'est en se donnant des coups de pied au bon endroit qu'on finit par avancer. *Alea jacta est.*

Je marche vers les falaises, l'ascension débute. Les quelques mètres de neige, sous l'effet du soleil, se sont compactés et ont fondu pour ne former que quelques pieds d'une *slush* lourde et concentrée. J'avance et avance, calant souvent jusqu'aux cuisses. Mes souliers de marche vont puiser l'eau des ruisseaux qui coulent sous ces amas de blancheur.

Je dépasse les pistes de ski, et devant moi se dressent des paysages magiques. L'air pur se faufile entre les arbres, la nature se réveille et sort de son hibernation, le soleil sourit à la vie. Tout autour de moi, des sommets et des vallées à perte de vue mélangent harmonieusement le vert de leurs forêts, le blanc de leurs glaciers, le gris de leurs falaises et le bleu de leurs chutes en un kaléidoscope aux multiples couleurs.

J'ai beau chercher un quelconque signe, rien n'indique la direction dans laquelle je dois me diriger. Près d'un cours d'eau qui s'est improvisé pour drainer les glaces, j'aperçois un bout de sentier et comprends que les bornes indicatives se trouvent sous la neige, qui n'est pas encore fondue. Bientôt elle disparaîtra, mais en attendant je n'ai aucune idée de la direction que je dois prendre. Devant moi dort une immense étendue glacée. Je devrais retourner. *No way*! Je fixe le plus beau, le plus haut et le plus impressionnant des sommets et je force le pas. Mon instinct comme seul guide, je me retrouve bientôt à des lieues de toute civilisation, seul (*you should NEVER hike alone on this trail*) au beau milieu d'une montagne adorée par la neige. Je me sens comme un explorateur à l'époque où l'on partait de la nature pour trouver la civilisation, et non le contraire. La beauté m'enlace et je ne sens plus la fatigue. J'ai beau m'enfoncer dans la neige à chaque pas sans savoir où je suis, pour la première fois depuis fort longtemps je sais où je m'en vais.

J'ai assimilé une tonne de propagande au sujet des grizzlys. Tous les gardiens de parc se font un plaisir de raconter des histoires épouvantables sur leurs attaques mortelles, et ce, pour tenter d'effrayer les touristes et ainsi les convaincre de se tenir à l'écart. Et ça fonctionne! Chaque bruit que j'entends surexcite mon cœur. Un grizzly pourrait sortir de n'importe où, à tout moment. Ils n'ont aucune pitié pour les intrus, et j'en suis un.

Je monte et je gravis, longe falaises et rochers. Je gravis et monte encore. La neige me ralentit, m'épuise, la pente est abrupte. Le sommet semble hors de portée mais m'y rendre n'est pas un choix, c'est un devoir. La dernière partie m'oblige à utiliser mes quatre pattes. Quand on se concentre trop sur le chemin, on oublie qu'il existe un ciel. Je glisse parfois dans la neige épaisse et dégringole de plusieurs mètres, mais tout vient à point à qui sait marcher.

J'arrive finalement au sommet du pic le plus haut, drapé de neige. Je m'assieds, prends une grande respiration et contemple la sculpture irréelle que la nature continue de forger depuis des millions d'années. Des étendues de pics enneigés se mêlent aux petits nuages cotonneux dans le bleu éclatant du ciel : 360 degrés de beauté incroyable. Je suis au sommet du monde. Je veux que mes yeux fixent cette image pour le reste de ma vie, qu'elle soit gravée sur ma rétine. Comment décrire le fait de se retrouver seul au monde, une brise fraîche dans les cheveux, regardant des paysages qu'on ne retrouve que sur des cartes postales d'endroits dont on n'arrive même pas à rêver ? La chaîne de montagnes s'élance dans toutes les directions, de sommet en sommet, brisant la perfection monotone de ce qui était auparavant une plaine, et lui donnant ainsi toute sa valeur. Je ressens le plus grand des soulagements, j'étais saturé de civilisation.

Je sors de mon sac la bière que l'agent de bord m'a donnée pour s'excuser du fait que mes écouteurs ne fonctionnaient pas pendant le film lors du trajet Montréal-Vancouver. Je l'ai traînée tout ce temps uniquement pour un moment comme celui-ci. Le « Pffffffiiiiiiiii » du bouchon retentit comme un chant de sirène dans mes oreilles. J'embrasse chaque gorgée.

Moi qui pestais contre l'argent que m'a coûté ce voyage ! Tout l'or du monde ne vaut pas ces sensations. L'argent n'apporte pas le bonheur, mais j'avoue qu'il aide à créer des situations propices à le vivre. C'est la plus noble de ses fonctions, mais ce n'est pas une condition indispensable pour être heureux, contrairement à la nature qui, si simple et si merveilleuse, est en elle-même une source de bonheur. On s'est tellement compliqué la vie en se créant des désirs artificiels alors que tous les besoins essentiels peuvent être comblés par la terre à l'état brut.

Oui, je vais un jour abdiquer mon cerveau

Pour qu'il y ait assez de place dans ma tête
    pour tous vos idéaux

Oui, je vais acheter votre bonheur en conserve
    et vos amours éphémères

Oui, j'accepterai votre religion avec votre dieu monétaire

Et vos prières publicitaires

Mais laissez-moi encore quelques instants admirer le ciel

Comme toute bonne chose a une fin, je redescends de ma bulle et de cette montagne. La dernière pente que je gravis, complètement recouverte d'un coussin de neige, est tellement abrupte que je m'élance à la course et me laisse glisser. Sur un bon 200 mètres, je fais du ski sur la semelle de mes souliers. Ça va trop vite pour espérer contrôler quoi que ce soit, la pente est presque verticale, mais je sais qu'une chute ne signifierait rien d'autre que de me retrouver emmitouflé dans une belle neige folle. WOOOOWOOU ! Air pur, eau pure, vie pure. *PURA VIDA.* Je dévale à toute allure. Descendre est toujours plus facile que monter dans la vie.

Surprise! Les téléphériques sont fermés. (Quelle heure peut-il bien être?) Je dois continuer ma descente de la montagne à pied. Ouf... une marche qui n'en finit plus. Je me laisse emporter par un rêve, ça accélère le temps. Hier j'ai appris que Jean Leloup allait donner un spectacle à Vancouver. Je planifiais d'y aller, de continuer sur ma lancée. Mon cerveau, lui, imagine maintenant que je vais le rencontrer, devenir son *chum* et lui proposer une chanson qui deviendra son prochain succès. Être célèbre : le rêve des anonymes. Tant qu'à n'avoir rien à faire et pendant que mes pieds descendent sur le *cruise control*, ma tête se met au travail pour la composer cette fameuse (pas encore) chanson. Je gribouille des mots dans mon carnet tout en marchant, la page se remplit d'encre. Est-ce que c'est bon? Devrais-je plutôt la déchirer? Suis-je prétentieux de penser pouvoir composer pour lui? Aimera-t-il ou me rira-t-il au nez? Enfin, au moins j'aurai essayé...

L'apothéose d'la politique c'est la polémique,
*   pas l'art poétique*

Et quand ça sent l'apocalypse y'a plus d'la politesse,
*   y'a la police*

Et moi et moi en face de tout ça, je me retourne
*   et me détourne*

Enfin voter ça sert à quoi, les candidats s'prennent pour
*   des rois (les rats)*

Au fond de ma laveuse/sécheuse j'essaie de
*   m'blanchir les idées*

Ça brasse/embrasse de tous les bords, un peu
*   de javellisant et quoi encore?*

Ferme donc un peu la télé

J'veux rassembler toutes les idées

Que j'avais avant de l'ouvrir

Avant qu'elles s'décident de partir

*La culture en boîte, c'pas c'que j'préfère. J'aime mieux le
saumon, mais c'est plus cher*

*Au moins quand on mange du saumon on sait exactement
qui c'est l'poisson*

*Le sport est devenu l'opium du peuple pis notre fumoir
c'est la télé*

*Arrêtez de me parler d'vos guerres, ce soir y'a un match
d'la coupe Stanley*

Allez salut, j'te dis salut ! J'vais arrêter de t'écœurer

*Allez salut, j'te dis salut ! Oui, oui j'te laisse écouter
ton hockey.*

*Souvenir ridicule et touchant : (à 18 ans) le regard d'une femme
suffisait pour m'intimider.*

Plus je voulais plaire, plus je devenais gauche.

*Je me faisais de tout les idées les plus fausses ;
ou je me livrais sans motifs, ou je voyais dans un homme un ennemi
parce qu'il m'avait regardé d'un air grave.*

*Mais alors, au milieu des affreux malheurs de ma timidité,
qu'un beau jour était beau !*

Kant

13 JUIN

C'est officiel, je retourne à Vancouver voir Leloup. Je me le
dois. Ensuite, j'irai découvrir Victoria et son île.

Victoria, selon mes préjugés, est une ville soporifique. Malgré
tout je veux bouger car, quelques minutes seulement après
mon retour, je ressens déjà le désir de quitter Vancouver.
L'atmosphère n'y est pas du tout relaxante, surtout lorsque je
la compare aux derniers jours passés en nature. Le stress
qu'impose la vie citadine gruge tellement d'énergie. Et puis, le
nouveau trou à rats qui m'héberge me dégoûte. Je ne suis pas
retourné à la même auberge que la dernière fois, espérant
trouver mieux. J'ai opté pour *The NEW Backpacker's Hostel*
(j'imagine mal l'ancien), qui m'offre une toute petite chambre
crasseuse, d'où émane une puanteur poignante que je partage
avec cinq autres personnes. Des *Playboys* gisent sur le sol,
entourés de vieux draps colorés par le temps. Ici, la saleté est
reine. Les matelas défoncés et jaunâtres semblent avoir servi à
créer plusieurs générations. Les plaintes et les cris des autres
occupants sont masqués par le vacarme des autobus qui
roulent régulièrement de l'autre côté de la fenêtre, qui doit
demeurer ouverte en tout temps pour nous empêcher de
suffoquer. Paysage de la déchéance urbaine. Dans cette
chambre, depuis un demi-siècle seul le temps a œuvré. Je me

rends compte à quel point je suis douillet et habitué au confort. Quelle limite !

Sur les marches du Musée de la civilisation a lieu une manifestation pour la légalisation de la marijuana. Jeunes *punks* aux cheveux verts et personnes âgées jouant aux échecs semblent partager le même idéal. Ils sont beaucoup, mais quel en sera l'impact ? Les médias sont les seuls à décider de ce qui est important ou non dans notre société. Peu importe si la manifestation rassemble beaucoup ou peu de personnes, un responsable des nouvelles décidera de sa portée. Si l'événement est couvert, fera-t-il la manchette ou sera-t-il relégué dans le coin droit du cahier « Habitation » ? C'est une poignée de personnes qui choisissent, parmi tous les événements qui surviennent quotidiennement sur la planète, les quatre ou cinq sujets qui se rendront jusqu'à nous ; comme on ne peut pas être partout, notre connaissance des faits dépend directement d'elles. C'est le pouvoir de *l'agenda setting* : on ne peut pas nécessairement dicter aux gens quoi penser, mais on peut leur dicter les sujets auxquels ils doivent s'intéresser. L'information est le pouvoir qui permet de dominer le monde moderne.

Mon ami Benjamin m'écrivait que, maintenant qu'il est en vacances, il a repris goût à une activité qu'il avait délaissée depuis trop longtemps : penser. C'est incroyable à quel point la société d'aujourd'hui rend la pensée inutile et obsolète. On n'en a ni le temps ni le besoin. On est branché 24 heures sur 24 sur les opinions des « spécialistes-experts », qui eux réfléchissent pour nous. On n'a plus qu'à adopter leurs conclusions. Penser, réfléchir sur un sujet de notre propre choix, en partant d'opinions neutres ou nôtres plutôt que de celles qui nous sont suggérées, est devenu une activité marginale reliée à une science dévalorisée, celle de la philosophie. En fait, la libre-pensée individuelle est le plus gros ennemi d'une société de masse, et elle relève de l'anarchie.

Comment régner sur une population qui n'a pas de besoins communs ? Une belle grosse masse homogène, quant à elle, se satisfait des mêmes bonbons. Comme Noam Chomsky l'affirme, les matraques sont les armes d'une dictature, la propagande est l'arme d'une démocratie. Le peuple doit se satisfaire de ce que ses chefs veulent bien lui offrir.

> *[...] le but de tout conditionnement (est de) faire aimer aux gens la destination sociale à laquelle ils ne peuvent échapper.*
>
> **Aldous Huxley**

Jean Leloup embarque sur scène dans 40 minutes. Le soleil va bientôt rougir le ciel. D'un pas nonchalant je me dirige vers le Festival de la francophonie de Vancouver. Je veux me mettre dans l'ambiance du spectacle. Pour ce faire, je m'arrête à une station-service/dépanneur et cherche en vain de la bière. Le préposé au comptoir éclate de rire devant ma demande. Il m'explique, comme si j'étais un Martien, qu'évidemment l'alcool ne se vend que dans les *Liquor Stores*. Sur ce, je lui réplique qu'au Québec on peut acheter de la bière et du vin *cheap* dans tous les dépanneurs, et même dans les stations-service. Il me regarde, incrédule. Ce soir, ce sera l'histoire qu'il racontera à ses amis, qui l'écouteront bouche bée : « J'te l'dis, au Québec y peuvent s'acheter de l'alcool même dans les stations-service ! » 25 litres d'essence avec une 24 de bière...

Un kilomètre plus loin, j'arrive au fameux *Liquor Store*. Maudit, je n'en reviens pas des prix ! Presque le double qu'au Québec, pourtant on est dans le même pays ! Bon, je n'ai pas le choix, mon corps réclame son délire pour le spectacle. J'entends alors quelques notes d'une musique lointaine qui me rappellent à mon but. Je décampe vers une petite scène aménagée dans une belle ruelle. Devant elle quelques centaines de gens jasent, indifférents à la première partie du spectacle. Puis Jean entre en scène. Son exubérance fait taire la foule, qui restera muette de béatitude durant quelques heures. À l'avant-scène, des dizaines de jeunes dansent et crient toute l'énergie qu'ils possèdent ou qui les possède. Sur scène, Jean s'amuse comme un fou et son bonheur est contagieux. Des textes étoffés, une sonorité recherchée, des improvisations jouissantes. La force qui en émane se propage à tous. Maître des envolées lyriques et musicales, il saisit l'énergie ambiante et nourrit sa transe ; shaman des temps modernes, nous sommes ainsi initiés à l'autre monde.

Résultat de la tour de Babel, la communication est presque impossible entre différentes cultures. La musique est l'effort suprême de l'homme pour pallier cette erreur en communiquant directement par le canal des émotions, par l'énergie pure. Personne ne peut rester indifférent devant la musique. Bien sûr certains n'aimeront pas, mais la perfection existe uniquement grâce à l'imperfection.

Jean m'a indubitablement donné le goût de m'adonner à la musique. Tellement électrisant ! Il resplendit dans une créativité pure. Et ce soir-là, il se débattra sur scène jusqu'à ce que les gardes de sécurité lui enlèvent son micro parce qu'il a largement dépassé le couvre-feu. Ce spectacle justifie à lui seul mon voyage. Leloup est vraiment unique ! En ce moment, il est le seul membre de la culture musicale qui ne fait que ce qu'il désire, qui surpasse les barrières limitatives du *pop*, tout en connaissant un succès commercial. Tous les autres se plient devant leur distributeur/producteur pour offrir un produit aseptisé mais populaire ($$$) ou demeurent dans l'ombre.

J'essaie de lui parler après le spectacle, par égard au rêve qu'avait concocté mon cerveau. Hors-Québec, Leloup n'est quand même pas trop connu… pas d'océan de *groupies* en vue. Enfin, le voilà ! Il me semble un peu perdu, nonchalant. Je lui serre la main et lui glisse quelques éloges. Il me remercie, entame une conversation mais s'arrête sèchement au milieu d'une phrase. Nous nous tenons debout sous les feux de circulation d'une intersection située derrière la scène et, dans cette ville, quand la lumière tourne au vert un infernal bruit d'oiseau électronique intermittent se fait entendre pour avertir les aveugles qu'ils doivent traverser au plus vite s'ils ne veulent plus avoir à endurer ce jacassement sans fin. Jean, lui, ne sait pas d'où provient ce bruit qui l'interpelle. Il regarde au ciel et n'y voit que la nuit. Il regarde tout autour de lui et n'y voit que des lampadaires... Sa figure devient celle d'un enfant devant l'inexpliqué : la bouche et les yeux grands ouverts. Je savoure cet instant en silence pendant que des gardes de sécurité, se prenant trop au sérieux, me repoussent. Comme prévu par mon scepticisme/réalisme, jamais je n'ai eu la chance de lui proposer ma composition. Mais ce n'est pas grave ! La magie qui émanait de son spectacle m'a motivé à joindre ces troubadours modernes qui parcourent le monde en utilisant leurs talents pour transformer leurs créations en bonheur pour les spectateurs. Je ne sais pas si je serais de taille mais au moins j'ai un but, une raison d'exister. Ma vie n'est plus un non-sens.

I was only a child then
Now I'm only a man

Pink Floyd

14 JUIN

À l'aide du *Sky Train*, sorte de métro dans le ciel, je me rends dans le port de Vancouver. J'embarque dans l'immense baleine d'acier, mastodonte qui perturbe le voyage lent, calme et infini de l'eau. Elle slalome entre les petites taches de terre féeriques et inhabitées qui apparaissent çà et là comme des intruses dans l'immensité désertique de l'océan.

Sur le bateau, je consulte un dépliant gouvernemental sur l'hypothermie. Un extrait me fait pouffer de rire. « Oh non ! Vous êtes immergé dans des eaux glaciales. Si vous vous trouvez dans cette situation, voici la mesure la plus importante que vous devez prendre : gardez votre sang-froid… »

Maintenant loin du continent, je débarque sur l'île de Vancouver. La ville de Victoria m'apparaît petite et bien belle, mais très *slow*. Je croise un aréna aux couleurs rose et bleu pastel. On dirait qu'ici le temps s'est figé autour des années cinquante. Tout est propre, coquet et bien entretenu. Une mentalité de campagne dans une ville : le paradis des vieux, la Mecque des retraités.

Nichée dans une superbe maison victorienne, l'auberge de jeunesse vers laquelle je me dirige m'impressionne beaucoup. Elle est dotée d'une imposante façade où le bois règne en roi. Une maison où le vécu et l'histoire ont établi résidence. Une belle fille, début de la vingtaine, habillée en *peace and love*, m'escorte vers le dernier lit disponible : le mien. En quinze minutes, dans une ambiance accueillante et décontractée, je fais la connaissance des colocataires et déjà l'amitié s'installe. Les gens deviennent parfois amis avant même de se connaître. Je viens tout juste d'arriver ; pourtant je me sens si bien que je décide de prolonger mon séjour sans même avoir visité la ville. Je rencontre un Québécois dans la trentaine, le proprio de cette maison centenaire qui fait maintenant officiellement partie du patrimoine. Il a décidé de la transformer en auberge pour rencontrer des gens et leur rendre service. Son auberge est comme un aimant qui attire de bonnes choses, de bonnes personnes. Chaque soir, tous soupent ensemble, comme dans une grande famille. On se sent plus invité que client, et ça fait du bien. Mon premier repas que je ne prends pas seul, mes premières conversations depuis plus d'une semaine. J'en avais perdu l'habitude. C'est vraiment agréable de se sentir chez soi en voyage.

Je m'aventure enfin au cœur de Victoria. Cette ville tente de se donner des allures britanniques, le *Union Jack* y flotte au vent un peu partout. Le thé est servi à cinq heures précises. Les coutumes anglaises y sont admirées, voire glorifiées. Le traversier qui assure la liaison avec les États-Unis est entièrement peint aux couleurs du drapeau de l'Angleterre. Se prend-on au sérieux ou n'est-ce qu'une autre arnaque pour attirer les touristes ? « Venez vivre la Grande-Bretagne à quelques heures de chez vous... » Pour foncer dans l'illusion à cent milles à l'heure, on y retrouve des terrains de croquet, de cricket, de curling intérieur et de *lawn bowling* (en français, boulingrin ou jeu de boules qui se joue sur un parterre de gazon comparable à un *green* de golf ; tous les joueurs sont vêtus de blanc, du chapeau aux souliers). De beaux quartiers historiques et des édifices gouvernementaux tout droit sortis de Londres ajoutent à l'impression que cette capitale provinciale ne fait pas partie du pays.

À l'image de chaque ville, si calme soit-elle, de petits groupes de rebelles arpentent les rues la nuit. Ici leur présence choque, tellement le contraste qu'ils provoquent est grand. À Vancouver, la violence est noyée dans la ville (ou la ville est noyée dans la violence, on ne le sait plus). Ici, la délinquance est enrobée d'un rose bonbon.

Sur une carte des environs je découvre mon nouveau rêve. D'ici, un bateau de croisière se rend à Montréal. Il fait donc le tour du globe! Je vais m'y engager, travailler à bord et être payé pour faire le tour du monde. Et finalement, je débarquerai directement chez nous. C'est si parfait que j'en ai des larmes d'excitation aux yeux. Sans plus attendre et avant la tombée du soleil, je décide d'aller au quai d'embarquement. Je veux voir cet immense bateau sur lequel je parcourrai les océans.

J'y suis! Mais où est donc le bateau de croisière? Je ne vois qu'une toute petite barque de pêche délabrée. La chute est terrible! Ce bateau ne va pas à Montréal, c'est son quai d'embarquement qui se trouve sur la rue Montréal. C'était écrit en si petits caractères sur la carte, je ne pouvais pas savoir. Rêve vite gagné, rêve vite perdu. Ça aurait été trop beau!

Encore déçu, je décide de me promener quelques moments sur le bord de l'eau. Une immense jetée de béton s'avance dans l'océan pour briser les vagues. Sur son dos je suis témoin d'un spectacle à couper le souffle. Il m'est difficile de détailler ce que mes yeux perçoivent, de partager l'émotion que je ressens à l'aide de simples mots. L'immensité de l'océan est limitée à l'horizon par un mur d'imposants nuages sombres. Au-dessus de ceux-ci, quelques pics majestueux des Rocheuses (les berges de Victoria donnent sur le continent) arrivent à se faufiler et à sortir leur tête enneigée et teintée des couleurs surréalistes et violentes d'un magnifique coucher de soleil. Ici et là, le ciel dévoile des cicatrices rouge vif. Si dans un musée j'avais déjà été confronté à un tel tableau, je l'aurais sans doute trouvé irréaliste et j'aurais déduit que l'artiste avait éxagéré.

Dans de tels moments, on ne peut s'empêcher de trouver petits et sans importance les problèmes qui quelques minutes auparavant accaparaient les pensées. On se rend compte à quel point on gaspille du temps et de l'énergie sur des détails insignifiants, à quel point on se creuse la tête pour trouver de petites taches sur des immensités de pureté.

Des moments comme ceux-là nous mettent en contact direct avec nos émotions, et c'est pourquoi nous les considérons comme romantiques. J'aurais tant aimé les partager, mais je suis seul.

LA CHIMÈRE

Moi, je suis légère et joyeuse !
Je découvre aux hommes des perspectives éblouissantes avec des paradis dans les nuages et des félicités lointaines.

Je leur verse à l'âme les éternelles démences, projets de bonheur, plans d'avenir, rêves de gloire, et les serments d'amour et les résolutions vertueuses.

Je pousse aux périlleux voyages et aux grandes entreprises.

Je cherche des parfums nouveaux, des fleurs plus larges, des plaisirs inéprouvés.

Si j'aperçois quelque part un homme dont l'esprit repose dans la sagesse, je tombe dessus, et je l'étrangle.

Flaubert

15 JUIN

Il faut provoquer le hasard. Ce matin, je me suis perdu. Plutôt qu'au centre-ville, je me retrouve au beau milieu d'un superbe parc où le calme et la paix jouent à la balle. Des fleurs se livrent une lutte sans merci afin de se mériter le titre de la plus belle création. Le soleil, quant à lui, efface les dernières traces de rosée de cette herbe civilisée, adorée et entretenue comme la prunelle des yeux, le gazon anglais. Pas un brin d'herbe ne doit surpasser les autres. Ceux qui tentent de s'élever sont les premiers à tomber. La lame de la conformité frappe avec vigilance.

Je découvre un sentier qui mène à un belvédère. Il surplombe une plage qui s'étend sur des kilomètres. Ici, l'océan n'est pas dompté et les rochers de la plage en subissent les foudres. Vague après vague, l'air se remplit de gouttelettes salées qui ont réussi, suite au choc violent, à se libérer de la masse et à s'envoler au gré du vent. Les grondements sourds et agressifs de l'eau témoignent de sa puissance et de sa détermination à repousser les limites, même si celles-ci prennent la forme d'immenses blocs de pierre. Le temps en est témoin, l'eau arrive à repousser n'importe quoi.

En longeant la berge, évitant tant bien que mal d'être pris pour cible, j'aperçois des véliplanchistes qui semblent défier les lois de la physique. Le vent souffle avec une ardeur qui rend la respiration difficile. Leurs planches à voiles volent littéralement sur l'eau, et ce, à des vitesses vertigineuses. Les goélands, qui s'amusent comme des fous à défier leurs propres capacités, n'arrivent pas à concurrencer ces hommes dont la tête frôle l'eau pour offrir au dieu des vents une résistance ultime.

Je passe la journée à admirer, à déambuler, à faire tout ce que je voulais faire, soit rien de prémédité.

L'angoisse est notre condition fondamentale qui vient du fait que la vie n'est pas faite pour l'homme qui, de sa naissance à sa mort, oscille entre la peur de vivre et la peur de mourir.

Ionesco

16 JUIN

Les gens ont tous quelque chose à nous apporter. Peu importe sa provenance ou son degré de connaissance, chaque être humain a inévitablement vécu des expériences, des émotions, et tiré des leçons pertinentes. De ces vies faites d'essais et d'erreurs, on peut enrichir la nôtre; il n'appartient qu'à nous d'aller « cueillir » cette richesse abondante. Les fruits de la connaissance sont comme les fraises d'un champ « d'autocueillette ».

Je commence à me dégêner un peu et parle maintenant régulièrement à mes compagnons de l'auberge, de jeunes explorateurs des quatre coins du globe. Chacun a un récit intéressant à portée de mémoire et nos conversations prennent la forme d'un rassemblement autour d'un feu de camp où, à tour de rôle, nous racontons des histoires pour le plus grand plaisir des auditeurs, et du narrateur. De leurs émotions naissent les nôtres, et dans les émotions baigne le noyau de l'existence.

Dans la cave où nous sommes réunis, étreints par de gros divans douillets, Jerry Garcia guide nos sens vers un périple musical. Pourtant notre attention est à l'orateur du moment. Chaque phrase m'en apprend un peu plus sur la vie. Chacun est un « expert » dans un domaine particulier, celui qui le passionne. Les animaux sauvages pour l'un, l'hébertisme pour l'autre, etc. La passion est la véritable responsable de notre connaissance. La culture personnelle est l'infime partie de l'éducation que l'on n'a pas oubliée; on ne se rappelle que difficilement de ce qui était emmerdant. Un système d'éducation standard est donc une chose utopique puisque chacun a des attentes différentes face au savoir. Apprendre ne nécessite aucun effort lorsque c'est le cœur qui nous guide, sous l'emprise de l'énergie de la passion.

Ma spécialité, c'est la musique. Je ne saurai jamais tout, ni ne serai jamais celui qui en sait le plus, mais je sais un bon nombre de choses sur cet art qui tapisse ma vie. J'ai toujours rêvé de travailler à Musique Plus et d'être payé pour faire ce que je fais dans mes temps libres. Ça, c'est le rêve ultime.

Je me rends compte que ça faisait longtemps que j'étais seul car, dès que j'ai la chance de parler, je ne peux plus arrêter ma bouche. Je veux parler comme quarante. Dans un élan philosophique, la conversation porte sur l'intelligence. Pour survivre et bien fonctionner dans la société, il faut avant tout s'adapter. C'est la base même de la théorie de l'évolution : les espèces qui se sont adaptées à leur environnement sont celles qui ont survécu à travers les âges. Seules les races « intelligentes » ont utilisé les caractéristiques de leur milieu pour assurer leur subsistance. Leur évolution est due à leur adaptation, et vice-versa.

Pour nous, s'adapter à l'environnement signifie s'adapter à une société capitaliste. Dans un tel système, il faut vendre quelque chose — ses services, un produit, etc. — pour en échange obtenir l'argent nécessaire à sa survie. Mais il faut aussi assimiler quelques notions fondamentales qui permettent de fonctionner adéquatement : les normes, les lois, l'éthique, la politesse, etc. Un individu qui n'accepte pas les bases communes et qui ne se conforme pas à la vision sociale sera marginalisé et exclu. Et on ne survit pas seul.

Il faut s'adapter à son entourage pour être aimé et respecté ; s'adapter à son emploi pour être un employé modèle ; s'adapter aux lois pour ne pas être un contrevenant, etc. Mais surtout s'adapter aux croyances pour ne pas être considéré comme fou, car la vérité n'est rien d'autre que ce qui est accepté comme vrai. Enseigner aux gens une vérité qui ne correspond pas à leurs croyances profondes, c'est de l'hérésie, comme ce fut le cas pour Copernic, qui contredisait la Bible en avançant que la terre n'était pas le centre de l'univers.

L'adaptation est la condition du succès dans notre société. Elle nécessite cependant que l'on joue des rôles presque théâtraux. Chaque humain est un être unique ; pourtant, il doit constamment occuper des rôles « standard » qui comportent des règles très spécifiques. Le rôle du *chum*, de l'employé, du bon fils, de l'ami, du client, celui de l'individu *cool*, respectueux, poli, celui de l'invité, de l'hôte, du romantique, etc., chacun de ces rôles nous impose un comportement qui nécessite le refoulement de certaines de nos caractéristiques et en favorise d'autres plus appropriées. Nous assumons plus ou moins bien tous ces rôles, qui nécessitent une maîtrise de tant de personnages que nous sommes tous dignes de l'appellation « acteur ». La capacité de bien jouer chacun des rôles élimine les barrières qui nous séparent du succès. Le pouvoir d'adaptation est donc, selon moi, la véritable intelligence.

La conversation cesse lorsque retentit un klaxon aussi étrange que faible. Deux résidents de l'auberge viennent de s'acheter une grosse « minoune » bleue pour 500 $, question de descendre en Californie. Ils m'invitent chaleureusement. Oh que ça me tente ! L'absence d'un plan structuré permet d'envisager n'importe quelle possibilité. C'est fort complexe que d'être libre ; choisir c'est se limiter. Non, je suis venu d'abord pour voir l'Ouest canadien. Ensuite j'irai aux *States*, si tel est mon destin.

L'après-midi s'annonce très doux. Je vais le passer dans un superbe parc, une grosse tache verte que j'ai repérée sur une carte de la ville. Rendu sur place, l'océan me fait face et m'incite à réfléchir à un documentaire dans lequel on disait que la superficie terrestre qui n'est pas explorée est plus importante que celle qui l'est. Les deux tiers de la planète sont constitués d'eau, et jusqu'à ce jour les profondeurs des océans et de certaines mers sont demeurées inaccessibles. Nous en connaissons davantage sur la lune que sur le fond de nos propres océans. Au fond des mers, il pourrait exister de grandes civilisations vivant sur une superficie plus grande que celle de tous nos continents réunis, et nous n'en avons aucune idée. Nous sommes séparés par des pressions extrêmes (nous, menacés d'implosion si nous descendons ; eux, d'explosion s'ils montent). Ainsi, partageant la même planète, des civilisations vivraient parallèlement en ignorant la présence des autres.

Un cri déchirant m'expulse de mon songe, un bruit semblable à celui de pneus qui crissent. Je lève la tête et du coin de l'œil j'aperçois un immense aigle à tête blanche qui saisit entre ses griffes un autre oiseau. Une mouette ? Vraiment impressionnant ! En une seconde tout est fini. Comme un éclair. Seul ce cri qui torture encore mes oreilles m'assure que je n'ai pas rêvé. Poussée d'adrénaline pure. La guerre pour la survie fait rage aujourd'hui, comme chaque jour d'ailleurs. La proie n'a même pas eu le temps de voir sa vie défiler devant ses yeux. Toutes les créatures aspirent pourtant à l'éternité.

De retour à l'auberge, je soupe en « famille » puis m'assois dans la cour arrière. Je suis seul et j'entends méditer sur mon livre. Ma lecture est interrompue par une fille qui vient s'asseoir près de moi. Suivant ma nouvelle philosophie, adoptée dans le but de vaincre ma gêne, je pose mon livre et entame une relation. Son prénom est Jazzy. Elle vient d'être embauchée au camping de Banff et prend quelques jours de détente avant de commencer le travail. Elle est énergisante, belle, et a une timidité qui lui donne beaucoup de charme. Elle m'impressionne beaucoup. Nous amorçons alors une conversation passionnante. Une Suédoise à l'allure amicale, Victoria, comme la ville, se joint à nous. Avec un petit accent comme je les aime, elle entre rapidement dans le vif du sujet. Deux Américains, un homme et une femme, la suivent et s'assoient à leur tour à notre table avec leurs *Miller Lite*.

Le thème de la discussion porte sur notre impression du futur. Je trouve que la société actuelle semble de plus en plus réceptive et de plus en plus inspirée par des livres comme *La prophétie des Andes*, *Le guerrier pacifique* et *L'Alchimiste*. C'est incroyable le nombre de jeunes qui ont lu ces ouvrages. Si cette philosophie s'installe peu à peu, c'est vers une ère de respect, de partage et de solidarité que nous nous dirigeons. Victoria espère qu'une révolution sociale aura bientôt lieu pour apporter aux gens un bien-être spirituel plutôt que le matérialisme étouffant légué par la génération des bébés qui explosent, les *baby-boomers*. En Suède ou au Canada, les jeunes ont les mêmes aspirations.

Comme il commence à faire nuit, je propose d'aller admirer les étoiles sur une plage que j'ai découverte hier... en me perdant. Jazzy et Ben, un des Américains, se joignent à moi.

La réalité semble absente. Tout nous est possible. Rois du monde, nous traversons la ville complètement déserte. Sur la plage, étendus sur le sable, quelques étoiles filantes nous soutirent des cris d'admiration. Des traînées de lumière au loin nous fascinent et nous attirent comme des papillons de nuit. La plage est largement composée de petits morceaux de bois, lavés et polis par la mer, un combustible parfait. Ivres de bonheur, nous rejoignons un feu encerclé de jeunes gens qui nous croient fous, ou sur une dose impressionnante de Prozac. Un de ces précieux moments où la vie brille de mille éclats.

Trois inconnus dans un monde inconnu, nous revenons à notre belle et grande auberge/maison. Je veux que cette soirée dure éternellement. Les rires, les discussions, les émotions, les sensations, les visions... L'extase de la vie est bien plus délirante que n'importe quel hallucinogène. La drogue est un moyen de s'ouvrir à de nouvelles réalités certes mais, lorsqu'on est à jeun, le but ultime est l'émerveillement et l'ouverture d'esprit continuelle et permanente. Être capable de marcher vers ces nouvelles dimensions sans béquilles.

Jazzy et moi descendons dans la cave pour tenter d'arrêter l'évolution du temps, prolonger la nuit dans ces divans où l'on s'enfonce, à ces heures matinales, comme dans des sables mouvants. Le chant des oiseaux nous fait finalement sentir coupables du peu d'heures de sommeil que nous devrons offrir à nos corps. Bonne nuit.

Well, you know how it feels if you begin hoping for something that you want desperately badly; you almost fight against the hope because it is too good to be true; you've been disappointed so often before.

C.S. Lewis

17 JUIN

Ce matin, le réveil est vraiment pénible. Dormir est souvent la seule chose que l'on désire, car la fatigue a le pouvoir d'éliminer l'attrait des autres options.

Dans le corridor, Jazzy m'attend avec un sourire et je vais me réfugier dans la salle de bain pour l'empêcher d'entendre le battement de mon cœur. Qu'est-ce qui m'arrive ?

Sans destination précise, nous parcourons les rues. Conversation heureuse et rires brisent le calme ambiant. Notre aversion pour la politique est mise de côté alors que nous pénétrons dans le gigantesque et luxueux édifice qui sert à abriter les élus, le parlement de la Colombie-Britannique. Dans une salle engorgée de draperies immenses, de meubles de bois sculptés et de richesses inestimables, un nombre aberrant de politiciens s'engueulent pour des détails insignifiants. Aujourd'hui, c'est pour amender une loi qui vise à réduire le calendrier scolaire de quelques jours — une tradition qui remonte au début du siècle alors que les enfants devaient aider aux récoltes — que nous payons leur salaire faramineux. Des *clowns* décident de notre avenir.

Une théorie de Noam Chomsky me revient en tête. Il affirme qu'une des caractéristiques fondamentales du système idéologique est d'imposer aux gens le sentiment qu'ils n'ont pas la compétence de comprendre les problèmes politiques importants pour qu'ainsi, de bon cœur, ils remettent le contrôle de leur futur et des affaires internationales aux personnes au pouvoir. Ces dernières peuvent ainsi prendre toutes les décisions sans nous concerter pendant que nous nous concentrons sur la météo des jours à venir. Tout comme les notaires et les avocats, qui utilisent dans leurs écrits des termes complexes, un jargon incompréhensible, sauf par leurs semblables, pour s'assurer d'être constamment indispensables.

L'entrée principale de l'édifice est un chef-d'œuvre. Des portes aux vitraux somptueux, des boiseries raffinées. Mais son utilisation est réservée uniquement à la reine d'Angleterre lorsqu'elle visite le parlement, ce qui ne s'est jamais produit. Il faut dire qu'un différend envenime les relations entre cette province et la mère patrie. En effet, l'emblème de la Colombie-Britannique et son drapeau viennent tout juste d'être acceptés officiellement par la Grande-Bretagne après des années et des années de critiques et de confrontations, car ils représentent un coucher de soleil sur l'océan Pacifique et, selon la formule consacrée, « le soleil ne se couche jamais sur l'Empire britannique »...

Je remarque que le français est totalement absent au parlement. Je pose la question et me fais rétorquer sèchement que le français n'est pas une langue officielle de la Colombie-Britannique. D'ici cinq ans par contre, on prévoit que le mandarin en sera une. Le Québec est officiellement français ; pourtant, tout est bilingue à notre parlement. Une question de respect pour les habitants d'un pays bilingue, il me semble... Au fond, les Canadiens anglais ont beau critiquer la politique culturelle du Québec et la loi 101, Montréal est tout de même la seule ville d'importance où le rêve canadien du bilinguisme s'est matérialisé.

Jazzy en souriant, et pour changer de sujet car je m'emporte, m'apprend que sur le sommet du parlement de Winnipeg (sa ville natale) il y a le *Golden Boy*. Une statue en or d'un garçon nu. Personne ne sait ce qu'elle représente et personne ne semble se poser la question. Elle est là, c'est tout. La nudité est d'or et la parole est d'argent.

L'énorme Musée de la civilisation de Victoria est notre prochain arrêt. Jazzy achète deux billets « 13 ans et moins » pour économiser quelques sous. Une section entière est consacrée aux Indiens, et c'est de loin la plus intéressante. Culture si riche, mythologie si imagée, un art incomparable. Les Cris, arrivés à leur puberté, rencontrent un dieu particulier durant une transe, et ce dieu devient leur protecteur personnel. Comme chaque divinité possède des caractéristiques spécifiques (le feu, la guerre, la médecine, le soleil, la lune, etc.), chaque membre de la tribu peut recourir aux pouvoirs que lui accorde spécifiquement son dieu pour remplir un rôle social précis.

Des masques pour effrayer les esprits malins, des totems gigantesques pour signifier, entre autres, une transaction. Les Amérindiens étaient parfaitement adaptés à leur habitat. Ils ont été presque anéantis par nos maladies et nos fusils. Nous avons exclu les survivants pour pouvoir exploiter leurs terres à notre guise, les saigner à blanc, elles aussi.

Jazzy évoque quelques-uns des sujets de discussion de notre soirée d'hier alors que nous étions sur la plage, autour du feu. Elle ne peut s'empêcher de rire aux larmes en repensant à Ben l'Américain qui émettait des théories à la fois farfelues et intéressantes. Ses yeux lançaient des étincelles au ciel de la nuit. Selon lui, les humains sont comme des atomes engagés dans une folle course. Les trajectoires de certains se croisent et ce n'est dû en rien au hasard, qui n'existe pas. Notre rencontre a un but précis, à nous de le découvrir.

Après que je lui aie raconté mon rêve de me faire embaucher sur un bateau de croisière, passant par l'Alaska et ses glaciers incroyables, Ben ne pouvait plus tenir en place. Passionné par un tel projet, il décide sur-le-champ de s'y rendre, puis de traverser vers l'ex-URSS, pour ensuite descendre vers l'Asie et l'Australie. Il incarne la liberté pure. Tout ce qu'il possède au monde tient dans son sac à dos. Vivant de « jobines » qu'il obtient grâce à ses connaissances en chimie et en informatique, il n'a pas peur de l'inconnu et ne souffre pas d'un besoin écrasant de sécurité. « *Being here, now, with you two makes it all worth while.* » Sourire en coin camouflé sous sa barbe, joie de vivre brillant dans ses yeux, il a une vie remplie d'expériences uniques. Il foule la planète comme s'il était dans sa cour arrière. Il est ce que je rêve d'être. Une conversation avec lui est assurément originale, intelligente et intéressante. Il a toujours un point de vue indépendant de nos biais culturels.

En marchant sur les quais près du centre-ville, Jazzy me prend par le bras et me tire vers un joueur de didjeridoo. Je sors mon aki et nous débutons une partie, les rythmes australiens s'emparant de nos corps. Je la dévore du regard : beauté naturelle, sourire charmeur, yeux de feu, en paix avec elle-même ; vêtue le plus simplement du monde, elle resplendit. Aucune pression, aucune hypocrisie. Être moi-même, c'est la seule chose qu'elle me demande. Tout autour d'elle, il y a une spirale qui me conduit vers la félicité.

Après un souper qui était pour un affamé digne des dieux, nous rejoignons Ben et Victoria dans un sympathique bar en bordure de mer, où l'eau devient rosâtre durant ces instants où le soleil regagne d'autres cieux. La musique celtique remplit l'air, la bonne bière mon corps, et les bons amis mon cœur.

Assis à côté de Jazzy, savourant sa présence et frôlant innocemment sa cuisse avec la mienne, j'écoute avec intérêt l'introspection de Victoria. La jolie Suédoise est triste. Après avoir pris sur ses épaules le suicide de son père, elle s'est aperçue que sa vie n'avait ni but ni sens autre que cette absence de bonheur qui ronge toute sa motivation. Elle a décidé de s'arracher de la routine le jour où elle a reçu une lettre d'un vieil ami qui lui décrivait la beauté d'une ville, visitée par hasard, qui portait son nom. Il n'en fallait pas plus pour qu'elle choisisse cette destination et qu'elle laisse tout tomber pour tenter de réapprendre à vivre. En lui parlant, je me rends compte de nos similitudes. Nos faiblesses et nos désirs sont les mêmes, notre quête est la même. En lui faisant part de ma vision des choses, de mes attentes, de mes peurs, je l'aide à se comprendre. Et puis, ce qu'elle comprend s'applique parfaitement à moi aussi. Telle celle d'un sphinx tout-puissant, une énergie pure émane de ses yeux, et alors sa physionomie change, sa voix devient confiante et puissante. Ce que nous réalisons simultanément nous fait tellement de bien que nous en avons les larmes aux yeux, vestiges de souffrances traînées depuis trop longtemps. C'est ainsi qu'autour d'une bière ma philosophie de la vie change complètement. Me jugeant sans cesse par ce que je produis concrètement, sans jamais réussir à atteindre les buts utopiques que je me fixe, voilà que je deviens confiant, vivant, heureux et puissant. Les notes du violon électrique accompagnent les paroles apaisantes de Victoria : « *Being powerful without necessarily producing anything. Just being bright. Just living. Not being judged, not being evaluated. Just shining with all your energy, being a sun.* » Être en vie et briller à pleins feux afin que ceux qui nous côtoient soient énergisés. Ne pas produire à tout prix, mais bien ÊTRE. Ne pas chercher à atteindre l'impossible avant d'être satisfait de ses réalisations. Tout simplement être fier de vivre pleinement.

Au fond, c'est si simple ! Mais ça m'a donné un choc comme si je venais de découvrir des extraterrestres. Je quitte le bar sur un tapis volant. Je flotte, *air walk*. Tout me sourit, tout m'est permis. Ce soir, je suis le dieu des dieux.

Maîtres des rues désertes, nous nous dirigeons vers l'auberge, qui s'approche à chacun de nos pas. Ben reprend de plus belle avec ses théories loufoques pour cette fois m'expliquer que le passé n'existe pas. Le futur n'existe pas non plus d'ailleurs. Tout ce qui existe n'existe qu'au présent. Le passé n'existe que par les souvenirs et les vestiges que l'on voit ou imagine présentement, maintenant. Le futur n'existe pas encore. Au moment où il se déroulera, il sera le présent. L'infinité du temps se retrouve donc en cet instant. Et en cet instant, je suis heureux, infiniment heureux. Je suis en train de me créer le plus merveilleux des passés en savourant chaque seconde de mon futur.

Victoria, mon amie et la ville, resteront à tout jamais dans ma mémoire. (À tout jamais, c'est maintenant, dirait Ben.)

Le lit ne m'invite pas encore avec assez d'insistance pour que je néglige les commandements de mon cœur. Arrivé à l'auberge, je me retire discrètement dans un endroit sombre et isolé. Je suis nerveux, nerveux devant ce qui pourrait arriver, ou échouer. Des bruits de pas me font littéralement frémir, j'en ai le souffle coupé. Jazzy vient me rejoindre. Je ne désirais rien de plus au monde. Dans l'euphorie de cette journée et dans l'intimité que procure la nuit, mes lèvres s'unissent aux siennes, entamant ainsi l'aventure au cours de laquelle deux êtres se transforment en un seul et unique soleil éblouissant.

Pour qu'un amour soit inoubliable, il faut que les hasards s'y rejoignent dès le premier instant comme les oiseaux sur les épaules de saint François d'Assise.

On peut avec raison reprocher à l'homme d'être aveugle à ces hasards dans la vie quotidienne et de priver ainsi la vie de sa dimension de beauté.

Milan Kundera

18 JUIN

Aujourd'hui la journée est simple : simplement la vie. Je repars, laisse derrière Ben et ses voyages fascinants, et Victoria, la femme qui tout comme moi semble finalement avoir trouvé son chemin. Je quitte aussi cette ville qui a été pour moi le lieu de rencontres grandioses.

Jazzy m'accompagne à Vancouver. De là, elle doit retourner au camping de Banff afin d'entreprendre son nouveau travail. Je ne sais plus quoi faire. D'un coté, je devrais poursuivre mon voyage ; je suis ici pour cela, pour voir du pays. De l'autre, je voudrais demeurer à ses côtés, dormir la tête contre son épaule, sentir son souffle chaud dans mon cou. Mais je ne la connais que depuis si peu de temps. J'ai l'impression de m'attacher à elle beaucoup trop rapidement. Elle m'a ensorcelé. Le soleil et la lune se marient dans ses yeux.

Sur le traversier, les ailerons d'orque nous accompagnent alors que le continent grossit à l'horizon. Nous nous envolons dans la stratosphère de nos rêves. Le vent frisquet nous offre un prétexte pour nous blottir l'un contre l'autre. Couple anonyme face à l'immense plaine d'eau. Couple resplendissant devant la foule qui le noie. Je me sens comme un brise-glace dans un monde figé. Sentiment éphémère de surpuissance jalousée. *In her smile lies the beauty of life.*

Le temps d'une courte balade dans l'impressionnant Chinatown, puis voilà que Jazzy s'apprête à partir pour Banff. Quelques heures d'existence commune et déjà je lui soutire des larmes. Ça semble être ma spécialité. L'amour sans souffrance n'est-il qu'un mythe ? Il semble que j'ai blessé mortellement toutes les filles que j'ai aimées. Plus j'aime, plus je blesse.

Je me retrouve seul, entouré de béton et de déprime : « *Welcome back to Van man !* » Je retrouve la solitude, ma seule partenaire fidèle. En deux jours, Jazzy m'est devenue indispensable. Son énergie resplendissante est contagieuse. Par sa seule présence, elle possède le pouvoir de remplir de bonheur les gens qui l'entourent. N'est-ce pas le plus rare et le plus merveilleux don qu'a fait Dieu aux humains ? Et moi ici, sans elle, je me sens vide, incomplet.

Et sa petitesse lui revint, tel un fardeau étranglant.
La réalité le frappa comme un soleil aveuglant qui
s'impose après une nuit magique.

For the man who thinks, life is a comedy
For the man who feels, life is a tragedy

Caroll Lewis

19 JUIN

Aujourd'hui ne me semble rien de plus que la journée qui suit celle d'hier et qui précède celle de demain.

C'est la fête de ma sœur, que fait-elle aujourd'hui? « Les pensées sont comme des *flowers* », chante MC Solaar. Si on ne les offre pas, elles se fanent, se privant du bonheur potentiel qu'elles peuvent procurer.

Je fais un dernier tour de piste. Je pense, je pense, je pense trop... Je revisite les quartiers qui m'ont plu et ceux qui m'ont déplu. Ayant amplement profité de mon séjour, je peux maintenant quitter Vancouver sans remords.

Je croise les *junkies* sur le chemin de la gare. Une dernière fois, je contemple ces (ani)maux de ville et subis leur regard injurieux, celui qu'ils lancent à tous ceux qui ne souffrent pas autant qu'eux.

He who makes a beast of himself
gets rid of the pain of being a man

Dr Johnson

Je réserve un siège dans le prochain train à destination du parc national des Rocheuses, plus précisément Jasper. La voix qui fait grincer le vieil amplificateur rouillé somme les retardataires de se presser alors que le cheval de fer se lance dans une course de 17 heures vers le cœur des montagnes. Je m'assois sur le banc en similicuir, me tourne la tête vers la gigantesque fenêtre qui me sert d'écran pour visualiser les paysages qui défilent. Je quitte les tours à bureaux pour les sommets naturels. La voie ferrée passe de vallée en vallée, se frayant un étroit chemin entre les falaises, les rivières et les arbres immenses. D'une longueur incroyable, le train semble occuper complètement les vallées. Les cascades attaquent les rochers avec vigueur, créant des arcs-en-ciel permanents. Les sommets recouverts de neige nous encerclent. Les animaux, maintenant habitués, mangent calmement sans se soucier de notre bruyante présence. Des fleurs de toutes formes se dressent haut et fort, comme une bannière, celle de l'été. Je quitte la Colombie-Britannique et entame l'Alberta.

La fenêtre m'offre des paysages grandioses et reflète l'image d'un couple japonais, assis derrière moi, qui tente d'emprison-ner la beauté de l'instant dans un petit appareil à *flash* incorporé. Les aborigènes pensaient que cet appareil volait leur âme pour l'emprisonner dans la petite boîte noire. En fait, je pense que c'est effectivement le but ultime de la photo mais, Dieu soit loué, la technologie ne nous permet pas encore d'y arriver.

Je suis inspiré par la beauté qui s'offre à mes yeux, et mon cerveau se met en marche. Je pense au sens de la vie, je n'ai rien de mieux à faire. Récemment, le dalaï-lama a affirmé que le but de la vie était d'être heureux. Mais l'évolution est-elle un frein au bonheur, puisque avec l'évolution se trouve la prise de conscience des problèmes et des paradoxes qui régissent notre vie? D'ailleurs, la description du nirvana est la béatitude complète, l'absence de pensée. Peut-être qu'arrêter totalement de réfléchir en se laissant vivre comme une plante est la clé du bonheur. Le doute mène droit en enfer. Les plus heureux seraient-ils donc ceux qui vivent sans se questionner, sans évoluer, sans utiliser leur intelligence?

Non, ça serait trop bête. Dans la simplicité doit néanmoins se trouver la solution, car de la complexité ne naît que la complexité, et le bonheur est simple. On le ressent sans le chercher, sans se forcer, sans se concentrer. Il apparaît, tout simplement. Le philosophe Mill pense que si nos conditions de vie matérielles sont tolérables et que nous sommes dans un état de santé acceptable nous n'avons aucune raison de nous sentir malheureux. Si nous le sommes quand même, c'est par choix. Ça me semble un peu trop simpliste, mais c'est peut-être justement le secret : arrêter de scruter trop méticuleusement pour enfin voir.

Il se fait tard, plus aucune lumière ne traverse la vitre. Je profite du fait que le siège voisin soit libre pour m'étendre et tenter de passer une douce nuit. Le bruit régulier (tcho-tcho, tcho-tcho, tcho-tcho...) du train m'endort comme une berceuse maternelle. Mais quelque chose cloche, je ressens un sentiment de vide ; j'aurais aimé qu'*elle* occupe ce siège vacant...

I lost count of the days. As, probably, the world was glad
to lose track of me for a while.

Saul Bellow

20 JUIN

Le voyage en train présente une succession de corniches, de tunnels, de ponts et de vues étourdissantes. Le train serpente des vallées étroites où les montagnes tentent de se cajoler. Le chemin de fer se faufile agilement, disposant de si peu d'espace, un rebord de falaise ou un pont improvisé. Je regarde avec méfiance un gros homme qui se penche vers sa fenêtre, risquant à tout moment de faire balancer le train dans le vide qui nous frôle dangereusement.

Historiquement, des explorateurs ont été lancés tels des chiens de chasse pour trouver une faille dans ce mur de roches, pour trouver un passage qui permettrait au train de voyager *ad mare usque ad mare* et ainsi éviter que l'ouest du Canada ne soit annexé aux États-Unis, qui en rêvaient. Je m'imagine dans les bois, sans cartes, sans civilisation, sans idée précise où aller, sans sentiers pour me guider, devant chasser pour assurer ma subsistance... Tout compte fait, la vie moderne est bien peu excitante.

Il y a maintenant deux semaines que je suis parti du Québec. Il me semble qu'une trop grande partie de ce temps a été consacrée à planifier mon retour. Je commence à peine à réaliser l'aventure que je vis et à quel point j'en suis heureux. « *Ubi bene, ibi patria* », m'a écrit mon père : « Là où tu te trouves bien se trouve ta patrie. »

Depuis la création du parc national, en 1907, Jasper n'a pas beaucoup changé. La gare a été l'édifice précurseur de son développement, et c'est encore l'édifice le plus imposant de l'endroit. Ville sortie de nulle part, en pleine nature, elle semble être atterrie là par accident, par erreur. Les montagnes, qui dressent des fortifications quasi impénétrables tout autour de la ville, la font paraître bien petite. Les animaux sauvages, comme les wapitis, gambadent librement dans les rues. Un totem coloré, d'une trentaine de pieds, veille solennellement sur les autos du stationnement. Les montagnes sont dénudées ; la roche n'est guère propice à la vie. De petites boutiques longent la rue principale, mais le marché n'est pas encore assez développé pour permettre la survie d'un système économique complexe. Heureusement !

Je ressens quelque honte à penser très/trop souvent à Jazzy, comme un adolescent. Je suis ridicule.

Mon sac à dos se fait lourd alors que j'entre enfin à l'auberge de jeunesse, qui dort au pied d'une montagne chatouillant le ciel. Je me joins aux dizaines de voyageurs dans l'architecture de masse qu'est le dortoir. Noyé dans l'impersonnel, je perds l'envie de me trouver des camarades. Je redeviens le timide solitaire que j'ai toujours été, et que j'ai toujours tenté de fuir. On ne se sauve jamais de qui on est vraiment. Il faut tenter de minimiser nos défauts au lieu de gaspiller notre énergie à les renier.

La montagne sur laquelle l'auberge est posée se nomme Whistlers, le « s » final la différenciant de l'autre montagne du même nom. Les *whistlers* sont les marmottes des montagnes, espèces de chiens des prairies qui sifflent (des siffleux). Ces marmottes ont littéralement envahi la montagne, ils sont partout. Il y en a tous les mètres ; debout sur leurs pattes arrière ils nous épient et, d'un son strident et répété, informent leurs voisins de notre présence. Un vrai système de « surveillance de quartier ». L'air se remplit de leurs cris tandis que les rares nuages teintés de rose annoncent une pluie d'étoiles et un lendemain ensoleillé.

Ring the bells that still can ring
Forget your perfect offering
There is a crack in everything
That's how the light gets through

Leonard Cohen

21 JUIN

Un rêve nerveux me soutire de mon sommeil. Où suis-je? Le dortoir est rempli de sons qui meublent le silence. La sueur perle sur mon front. Je me lève en tentant de ne pas déplacer d'air; chaque bruit dérange les dormeurs provenant des quatre coins de la terre. Peu importe leur origine, tous les gens se ressemblent dans le sommeil. Débarrassés des tensions du monde, leurs visages adoptent une expression de béatitude qu'on ne voit que trop rarement. Tous les masques sont tombés.

L'auberge, qui ressemble à une cabane en bois rond, est loin de la ville et de ses services. Au lieu de marcher les cinq kilomètres qui m'en séparent, je décide de gravir la montagne de Whistlers. Un téléphérique propose aux paresseux la vue panoramique qu'offre son sommet enneigé, mais seules mes jambes me déplacent gratuitement et l'argent dépensé pèse lourd dans la balance mesurant mon appréciation d'un endroit.

La montagne me regarde de haut et semble rire de la petitesse de mes pas; pourtant, chacun de ceux-ci m'apparaît comme une épreuve. Je grimpe la pente, qui se fait de plus en plus abrupte. Mes pieds sont pesants et se traînent difficilement. De chaque côté de la piste, de petits suisses m'observent, spectateurs de ma souffrance. La sueur de mes cheveux ruisselle en cascade dans mon dos. Ma respiration devient caverneuse. Je ne vois aucun paysage, sauf celui des roches et du sable que je piétine. Mon cerveau devient gélatineux, mon corps devient robot. Pourquoi me torturer ainsi avec des épreuves de la sorte ? D'où vient ce besoin de m'imposer une telle souffrance ? Le sifflement des chiens de prairie devient un hymne à la dureté de mon périple... ou un rire moqueur.

Voilà, le sommet est en vue. Il ne reste qu'une dernière pente, sablonneuse, escarpée et glissante. Si petite comparée à celles que je viens de parcourir, si grande comparée à ces buttes qui s'attribuent le titre de « monts de ski » au Québec. Après presque quatre heures de montée incessante, un vent puissant se lève et soulage la chaleur qui m'écrase. Mes jambes retrouvent une énergie nouvelle. Le sommet est à quelques enjambées, la fin est à ma portée. Le sable et les roches glissent sous mes pas, m'obligeant trop souvent à les recommencer, mais je vois enfin mon but. Je foule une dernière pierre et devant moi se dresse une toile d'une inimaginable beauté. Aussi loin que porte ma vue, des lacs turquoise reflètent les pics enneigés qui m'encerclent. Entre roches et neige, de petites fleurs se fraient un chemin. Le vent m'inonde d'un air pur et frais. Des ruisseaux suicidaires s'élancent du haut d'énormes falaises. Je ne sais plus où donner de la tête. Chaque tableau que découvrent mes yeux semble être la plus belle réalisation de Dieu. Mon sourire se grave sur mon visage et mes bras s'étirent victorieusement vers le ciel. L'énergie déborde, la nature m'englobe. Je fais partie de cette montagne, je fais partie de l'univers et de sa beauté. L'effort requis pour la montée est mille fois récompensé. J'ai l'impression d'être tiré vers l'avant par une force invisible, mon corps s'étant habitué à l'effort de monter. Je suis à des années-lumière de ces gens qui... hein ? Des gens ? Mes sens reprennent le contrôle et j'aperçois des dizaines de touristes qui m'observent, et ce, de bien plus près que je ne l'aurais pensé. Fraîchement débarqués du téléphérique et grelottant dans leur manteau d'hiver, ils me dévisagent comme si j'étais un animal sauvage, moi qui suis torse nue et qui baigne dans la sueur. La conquête dans les yeux, je flotte sur la neige. Les touristes s'éloignent de moi comme si j'étais une apparition. J'enfile mon chandail, me peigne les cheveux avec les doigts et me faufile parmi eux, ces inconnus indignes qui ont foulé « ma » montagne, ces intrus. Je ne peux m'empêcher de croire que je mérite davantage qu'eux l'accès à ce panorama. Eux, ils ont simplement déboursé le prix d'un billet, sans autre effort que celui d'ouvrir un porte-monnaie.

On tente trop souvent d'atteindre ses buts en courant comme une poule sans tête, mais le parcours emprunté pour y arriver est ce qui détermine sa valeur. De nos jours où le temps est de l'argent, le trajet à faire est souvent considéré comme un obstacle indésirable qu'il faut franchir le plus rapidement possible. En fait, le sens attribué à la réalisation d'un objectif se trouve dans le chemin parcouru et, en sautant ou hâtant cette étape, on lui enlève toute sa saveur. Trop facilement acquis, même le plus important des buts ne vaudra pas son pesant d'or. Il faut savoir apprécier chacun des pas qui y conduit.

Il en va de même pour le bonheur : il n'est pas un but qu'on atteint comme toute autre destination. C'est dans sa quête qu'on le trouve, et en la poursuivant constamment qu'on le détient. Dévaloriser la notion de quête est ridicule puisque notre vie complète en est une. Ça me rappelle ce garçon d'environ 17 ans que j'ai rencontré en Italie, dans le sous-sol de la petite église du village de mon père, et qui croyait que le but ultime de la vie était le passage au paradis. « Quand je me sens déprimé, me racontait-il, je tâte mon pouls et retrouve la félicité, car chaque battement de mon cœur en est un de moins qui me sépare de Dieu. » Une chance que la religion considère le suicide comme un péché, sinon ses adeptes emprunteraient tous cet escalier roulant vers le paradis.

Dans ce monde où l'abstrait ne vaut rien, les gens tournent en rond pour tenter de trouver ce qu'ils ont déjà sous la main, mais qu'ils ne posséderont jamais. Toutes les quêtes vers la possession du bonheur sont en effet vouées à l'échec, car lorsqu'on réussit à posséder quelque chose on ne fait plus les efforts nécessaires pour le mériter, on le considère comme acquis et on cesse de l'apprécier. Et ne pas apprécier le bonheur, c'est être malheureux.

Tout est un moyen, même l'obstacle.

Ibn Séoud

22 JUIN

En marchant le long de la route bordée de forêt qui mène à la ville, je rencontre un wapiti qui décide de me suivre. J'aime les animaux et les animaux m'aiment; pourtant, leur caractère sauvage m'effraie. Va-t-il se sauver? m'attaquer? La même imprévisibilité que l'on ressent devant un gros gars musclé saoul dans un bar « boum-boum » qui, en totale absence de logique, est prêt à se battre contre n'importe qui pour prouver aux filles *sexy* qu'il est le plus riche/puissant/fort du monde. Darwin a dû fréquenter un de ces bars avant de réaliser que l'homme descendait du singe.

Le soleil gêne ma peau, qui rougit à vue d'œil à sa moindre apparition. C'est donc sous un nouveau chapeau de pêche kaki, mon nouvel achat, que je déambule dans les rues de Jasper. À la moindre réflexion de mon image, mon avis change du tout au tout à savoir si je l'aime ou non, si j'ai l'air d'un con avec ça sur la tête. Une chose est sûre : je suis certain de mon incertitude.

Un petit café Internet m'attire. Les propriétaires sont québécois, ainsi que la majorité du *staff*. Ils me rappellent — dose de réalité — que la fête de la Saint-Jean est dans deux jours. Cette journée symbolique doit être dignement fêtée, je dois me trouver un bon *party*. Je ne fais pas encore assez confiance au destin pour lui confier les plans de cette soirée. La plus grosse ville du parc national des Rocheuses est Banff. C'est donc là que j'irai festoyer puisque c'est là qu'il y a le plus de chances d'y avoir un feu de joie ou quelque chose du genre. De plus, je connais quelqu'un qui travaille au camping...

Pour une somme qui me paraît astronomique, j'embarque dans un petit autobus qui me conduit au lac Maligne. Sur les dépliants promotionnels, on vante ce lac comme étant le plus grand et le plus profond des Rocheuses. Je ne veux quand même pas manquer ça.

Devant un lac de cette beauté — creusé par le temps à même le flanc des montagnes, rempli goutte par goutte par la pluie et la neige des glaciers que le soleil transforme lentement mais sûrement, et ce, loin de toute habitation — se dressent machines distributrices, restaurants, boutiques de souvenirs, kiosques de location de canots, télescopes payants, autobus, petits bateaux de croisière et des centaines de touristes, surtout américains, qui viennent apprécier la nature sans trop vouloir sortir de leur confort. Admirer la beauté sauvage certes, mais seulement de l'autre côté d'une fenêtre qui maintient la climatisation. Au fond, la nature leur fait peur, car c'est un univers où l'argent n'assure pas la subsistance. C'est un monde où ils ne savent plus vivre. Ils passent plus de temps à choisir une carte postale qu'à regarder le paysage original, grandeur nature. « À quelle heure le retour à l'hôtel est-il prévu ? »

Je m'enfuis au sommet d'une petite montagne qui m'offre une vue admirable sur le lac. Ce fameux point de vue qu'on retrouve sur les cartes postales justement. Je me jure de concentrer toutes mes forces pour ne jamais devenir comme eux. Mais au fond, je suis un des leurs. Laissé à moi-même dans cette forêt, je ne survivrais pas longtemps, moi non plus...

Ce mont était autrefois un poste d'observation pour les pompiers chargés de déceler les feux de forêt. Un emploi tout de même unique : il n'arrive rien pendant des années, mais lorsque l'alarme est sonnée... c'est vraiment extrême.

La tour d'observation qui se dresse au sommet offre un régal pour les yeux. Mais on arrive mal à ignorer les bateaux de croisière remplis de touristes qui plaquent le lac comme une vilaine varicelle.

Au retour, un bouchon de circulation (!) en plein milieu de la forêt m'apprend qu'il y a un ours au bord de la route. Une pluie de flashs électroniques inonde le pauvre animal, qui ne veut que manger en paix. Le chauffeur m'apprend qu'il y a quelques années un couple (des Américains, bien sûr) avait enduit de miel les mains de leurs jeunes enfants pour que le grizzly s'approche d'eux, dans le but de prendre une photo mémorable. Ils ont fait abattre l'animal le jour même de l'enterrement de leurs enfants. Moment mémorable en effet... Pauvre ours !

Demain, je quitte Jasper pour aller vers Banff et sa fête de la Saint-Jean (ma raison officielle). Les départs sont toujours tristes quand on pense aux gens et aux endroits qu'on quitte. En même temps, on devrait être heureux en pensant à ceux qu'on va découvrir.

Doué d'une naïveté permanente, il vivait plus que les autres.

Boris Vian

23 JUIN

Un jour, mon ami Marc m'a expliqué que la question « pourquoi ? » est la seule qui revêt une forme d'importance. Le « comment », le « où », le « qui », le « quand », etc. , toutes les autres questions sont futiles, car peu importe les variables il y a toujours moyen de trouver une solution. Tous les morceaux du casse-tête tombent en place, et ce, pratiquement sans effort une fois que la réponse à la question préalable « pourquoi » est connue. « Pourquoi » est la question fondamentale la plus compliquée et la source de toutes les crises existentielles. C'est la question qu'on essaie souvent d'éviter...

Entre Jasper et Banff, il y a le petit village de Lake Louise. Pourquoi j'arrêterais à Lake Louise ? Cette question me trotte dans la tête alors que je déjeune. Pourquoi ce lac jouit-il d'une réputation internationale ? Une trappe à touristes, sans aucun doute. J'en ai souvent entendu parler mais personne ne m'a jamais expliqué pourquoi je devrais y aller. De toute façon, je viens de voir le lac le plus grand et le plus profond des Rocheuses. Au comptoir de mon gîte, le préposé m'apprend que l'auberge de jeunesse de Lake Louise affiche complet. Ça règle le cas.

La mini-fourgonnette qui fait la navette entre la dizaine d'auberges de jeunesse du parc national arrive dans le stationnement avec un nuage de poussière. Un petit Québécois avec un accent terrible y sort et hurle : « *Fast, fast ! We're late.* » Du haut de ses 25 ans (je devrais dire « du bas » puisqu'il est si petit), sous ses lunettes fumées et sa casquette, il pèse allègrement sur le champignon, et c'est avec lui que ma traversée des Rocheuses débute.

Sommets de tous genres, lacs de toutes formes et glaciers immenses recouvrent presque la moitié de la superficie totale du parc. Nous suivons une route qui tente désespérément de s'accrocher au fond d'une vallée. Des chutes font soupirer quelques Français qui m'accompagnent ; des chèvres de montagne font briller le flash des Japonaises. Moi, c'est ma bouche qui ne veut plus se refermer devant tous ces stimuli.

Des arrêts à chaque auberge nous permettent de visiter des recoins merveilleux et isolés du parc. Une des auberges s'appelle « Moskito Creek », et à peine la porte de la fourgonnette entrouverte des dizaines (si ce n'est des centaines) de maringouins nous prouvent très concrètement leur existence. C'est la première fois que je vois ces bestioles ici, moi qui les déteste tant. Je sais à quoi ressemble mon enfer sur terre. Je ne descends que quelques minutes du véhicule, au cours desquelles j'en ai constamment quatre ou cinq sur la peau en train de m'extirper du sang. L'angoisse vient du fait que je ne sais pas où ils se trouvent. Je panique en scrutant chaque parcelle de ma peau pour tenter d'écraser dans une flaque rouge ces insectes pris d'un véritable « trip de bouffe ».

Prochain arrêt : les « Columbia Icefield », ces immenses glaciers qui occupent à eux seuls une vallée complète et qui n'ont jamais arrêté leur mouvement depuis des millions d'années. Ils me font le même effet qu'une nuit où le ciel brille de mille étoiles : je me sens simple et minuscule devant l'immensité du monde qui m'entoure. Les glaciers se forment au sommet des montagnes. La neige compactée, transformée en glace par le temps, glisse de quelques pouces par jour avant d'arriver à un point où elle fond aussi rapidement qu'elle ne descend. C'est sa limite. Mais cette limite recule d'année en année en raison du réchauffement de la planète. Déjà la régression de plusieurs centaines de mètres en quelques dizaines d'années est tristement impressionnante. L'humain aura bientôt éliminé ce legs préhistorique.

Le paysage est quasi lunaire avec son étendue de glace grise, de crevasses, et l'absence de vie... hormis ces gens qui font la file pour monter dans d'étranges autobus modernes aux énormes roues. On nous propose contre 30 $ une balade de trente minutes sur le glacier. « N'y allez surtout pas à pied », nous avertit notre guide, car de profondes crevasses, camouflées sous une fine couche de neige, attendent qu'un malheureux intrépide y pose le pied.

Grand aventurier selon ses dires, il nous raconte l'histoire de son expédition au sommet d'un glacier similaire. Pendant une terrible tempête de neige, la visibilité devenue nulle, il a commis l'erreur des erreurs : marcher perpendiculairement à la trajectoire vers le sommet, découpant ainsi une masse de neige qui s'est séparée et qui l'a entraîné dans une gigantesque avalanche où le ciel, la neige, l'enfer et la mort ne font plus qu'un. La panique fait paraître chaque seconde comme étant la dernière. Complètement enseveli, ne sachant plus où se trouve la surface, le secret est de cracher pour savoir dans quelle direction est le ciel. On voit dans quel sens la salive tombe, ce qui indique de quel côté il faut creuser, ajoute-t-il.

Ses contes défilent les uns à la suite des autres. Entre deux histoires, appréciant pleinement la réaction émerveillée des passagères, il me demande où je vais. Je lui réponds « à Banff », parce que de toute façon l'auberge de Lake Louise est complète. Si cela me déçoit ? Bien, un peu au fond. Avant que je ne puisse m'y opposer, le chauffeur me conduit à l'auberge de Lake Louise et s'arrange avec la préposée au comptoir pour qu'elle me libère un lit malgré le fait qu'ils étaient tous réservés. « C'est une chambre qu'on garde pour les imprévus », me dit-elle, et j'en suis un. Je remercie le chauffeur, qui me laisse comme il m'a rencontré, dans un nuage de poussière.

Bon, ça va faire un endroit de plus à ranger dans mes souvenirs. Quelque chose me tiraillait l'esprit pour que je vienne ici ! J'y suis, je vais donc pouvoir passer à autre chose.

De ma courte vie, c'est sans aucun doute la plus belle auberge de jeunesse que j'aie visitée. Construite en pin massif, elle offre des chambres avec salle de bain privée et on y trouve un foyer, un salon et un café branché. Je me sens gêné d'habiter ici, c'est trop beau !

Je planifie une petite visite pour l'après-midi : prendre des photos pour prouver que je suis bel et bien venu ici. Puis je me coucherai tôt, et demain je serai à Banff. Je fais de l'auto-stop pour franchir les quatre kilomètres qui séparent le village du lac.

Prisonnier d'immenses glaciers l'encerclant comme les tours d'une forteresse, un lac turquoise presque fluorescent semble rayonner d'énergie. Les fleurs remplissent l'air d'un parfum magique ; l'eau est d'une couleur irréelle. Les montagnes escarpées, de roches colorées, soutiennent des masses de cristaux gelés sur leurs épaules. Dès l'instant où j'entrevois ce site, je comprends instantanément le « pourquoi ». Pourquoi les premiers explorateurs du Canadien Pacifique ont décrit ce lieu avec tant d'engouement que leur patron est venu en personne y ouvrir un site de villégiature. Je comprends pourquoi ce site est reconnu internationalement. Je comprends tout cela en sentant l'énergie ambiante me remplir et me soulever.

Je me dirige vers un des sommets qui entourent le lac et, à chaque mètre d'élévation que je gravis, l'eau semble changer de couleur, passant d'un bleu foncé à un vert-gris. Je ne regarde même plus où je pose les pieds pour ne pas manquer une seconde de cette féerie. C'est irréel !

Après une heure de montée, j'emprunte un sentier qui mène à la « plaine des six glaciers ». Six énormes glaciers, des millions d'années de magie naturelle, entourent, observent, dévisagent et embrassent les privilégiés que le chemin a conduits jusqu'à cet endroit. Au milieu de cette plaine surélevée, une cabine qui servait jadis de base aux alpinistes est maintenant transformée en salon de thé. Je suis épuisé, mais une piste de deux kilomètres s'ouvre devant moi, le vrai bout du chemin. Je n'ai plus la moindre goutte d'énergie, mais je ne peux pas me permettre d'avoir effectué tout ce trajet, ces heures et ces heures de montée, pour m'arrêter à seulement deux kilomètres de la fin. Je me dois d'aller jusqu'au bout.

Chaque pas est pénible. Je me traîne jusqu'à la base de l'immense glacier Victoria, la fin du sentier. Je suis heureux d'être enfin arrivé et me laisse tomber sur un rocher. Puis mon regard se lève et je suis médusé par cette énorme masse de glace sculptée à même la montagne. « *It's a Kodak moment.* » Autour de moi m'observent six énormes glaciers qui reposent là depuis la dernière glaciation, attendant patiemment la prochaine pour pouvoir reconquérir le monde. Je sors lentement ma vieille caméra, effectue les ajustements nécessaires pour la mise au point, la lumière et la vitesse, puis au moment où tout est fin prêt un grondement éclate comme un coup de tonnerre. À cent cinquante mètres à peine, une avalanche se met en branle. Rien de dangereux pour moi, mais aussi rien de plus beau. Je n'ai qu'à recadrer et à appuyer sur le déclencheur de ma caméra pour l'immortaliser, comme si elle était prévue et que je m'étais préparé expressément pour elle. C'est trop parfait! Elle fait vibrer le sol et danser les roches sous son poids. Fluide, douce, et pourtant si puissante, elle ressemble à une énorme chute d'eau, mais au ralenti. Englobant tout sur son passage, caressant le flanc de la montagne d'une douce violence, elle se couche finalement en silence à ses pieds.

Au retour, le lac fait scintiller les rayons de soleil et j'avoue que j'aimerais bien passer l'été ici, travailler dans un quelconque hôtel ou restaurant. Peu m'importe, pourvu que je puisse demeurer près de cet endroit fabuleux. C'est la réponse à mon « pourquoi ». Mais je n'ai pas le temps de distribuer des curriculum vitae et d'attendre les offres d'emploi puisque, comme décidé, je pars demain matin. À tout hasard je vais vérifier à l'auberge, sur le babillard, s'il n'y a pas un emploi disponible immédiatement. Au moins j'aurai essayé.

Le conducteur qui me prend en auto-stop veut bien m'amener jusqu'à l'auberge, mais auparavant il doit faire un arrêt à l'épicerie. Ce n'était pas dans mes plans, mais somme toute c'est parfait. J'en profiterai pour m'acheter de quoi me faire un souper.

Je m'enrage en voyant le prix des aliments et me convaincs que d'habiter ici me coûterait trop cher, quand tout à coup un cri retentit. Mon nom ! Quoi ? Je me retourne : Èva ! Ma bonne amie Èva avec qui je suis allé à l'université ! Comment ? Que fais-tu ici ? Elle m'apprend qu'elle et son chum Gabbo, un autre de mes bon amis avec qui j'ai étudié, sont atterris ici par hasard et qu'ils se sont trouvé du travail ! De plus, notre ami commun Trixtus, avec qui je prévoyais dans un premier projet d'acheter une auto pour venir dans l'Ouest, les a aussi rencontrés ici par hasard, a trouvé un emploi au même hôtel qu'eux et habite le même appartement ! Les trois faisaient partie de mes classes et de mes fêtes d'université (les beuveries). Trop de coïncidences... Je visite leur appartement, je suis aux anges. Logé et nourri pour 5 $ par jour, et ce, à proximité du paradis. Je nage dans le rêve.

Èva m'invite au feu de joie qui a lieu ce soir à l'occasion de la Saint-Jean-Baptiste. Moi qui justement désirais une belle célébration. Je suis choyé.

À la fête, toutes les personnes que je rencontre sont chaleureuses. Autour des flammèches que le feu lance vers les étoiles, je décide qu'il faut à tout prix que je travaille ici durant l'été. Je ne peux ignorer pareilles coïncidences. Le hasard n'existe pas. Demain, j'offrirai mes services à l'hôtel où travaillent mes amis, le Post Hotel. Sans oublier que Lake Louise n'est qu'à quarante minutes de Banff... et de Jazzy. Et vive la Saint-Jean!

Toute chose a une raison d'être;
il t'appartient d'en faire le meilleur usage

- Quel usage pourrai-je jamais faire de cet accident?

- Il n'y a pas d'accidents, il n'y a que des leçons.

Dan Millman

24 JUIN

Je me réveille dans ma petite chambre d'auberge et me vêts le plus « homme sérieux » que mes fringues me le permettent. Mon C.V. à la main, je me dirige vers le prestigieux Post Hotel. Je fonce comme un train, sans aucun doute à l'esprit, car je sais que je dois et que je vais travailler là, peu m'importe le poste. Les énormes portes vitrées se referment automatiquement derrière moi, sur mon passé et sur toute possibilité de faire marche arrière. Je m'enfonce dans le lobby, tout de pin rouge. Des arbres complets servent de poutres. Une énorme tête de bison empaillée épie mes moindres gestes. Des meubles luxueux, des comptoirs sculptés à la main, des gens de la haute société, des cigares, des cravates, des parfums, des bijoux, de la soie... j'en suis étourdi.

J'arrive au comptoir, tout est si irréel, mais je suis en mission et je sais que je vais réussir : je dois avoir cet emploi et je l'aurai. La jolie réceptionniste me demande si elle peut m'aider. Je divague, trop de pression, il faut détendre l'atmosphère. Je lui demande sa chambre la plus dispendieuse. Elle me répond que la suite royale coûte deux mille dollars par nuit. Je ris, d'un rire de névrosé. Deux mille dollars ! Ça n'a rien pour me détendre ! Je lui tends mon C.V. et lui avoue que ce n'était qu'une blague, que je veux simplement postuler pour un emploi. Un homme, de la physionomie d'un ours en veston cravate, m'approche. Il est le responsable des ressources humaines de l'hôtel. Il était juste à côté et a entendu ma blague niaiseuse. Plus besoin de m'imposer de rôle sérieux.

Je suis totalement décontracté lorsqu'il me pose ses questions. J'ai l'impression d'avoir déjà mon emploi et qu'il ne s'agit que de formalités. Il est impressionné par ma confiance et me parle d'un emploi sur le *front line*. Je n'ai aucune idée de quoi il s'agit, mais je lui souris comme s'il était mon meilleur ami. Il m'apprend que le contrat ne se terminerait qu'en octobre. Aie! Moi qui pensais rentrer au Québec dans quelques semaines. Après réflexion, je me souviens d'avoir dit à mes proches que si tout allait mal je serais de retour après deux semaines, et que si tout allait bien, qui sait? Mais jusqu'au mois d'octobre, c'est long longtemps. Je redescends de ma bulle en pensant à l'imposant laps de temps que je devrai passer ici, si j'y travaille.

Le responsable me demande de revenir à 15 h. Je pars et mon cerveau aussi. La peur s'installe. Que faire? Je ne peux pas nier les présages qui m'indiquent clairement de rester ici, mais ils étaient plutôt muets quant à la possibilité que j'y demeure jusqu'au mois d'octobre...

Ma montre indique 14 h 40. Vingt minutes d'attente! J'ai juste envie de courir vers Banff pour me jeter dans les bras de Jazzy ou encore de m'entourer d'amis, à notre brasserie préférée, pour boire une bière et rire en leur compagnie. Tout oublier, me coucher dans mon lit, dans mes affaires. Je me sens si faible, vidé par le stress.

Je me présente à 15 h et soudainement me bute à ma phobie des entrevues, à ma gêne écrasante. Je suis de retour sur ma planète. Le responsable des ressources humaines m'accueille. Je reprends un peu confiance en pensant à Èva, Gabbo et Trixtus. Je dois travailler ici, je n'ai jamais été aussi convaincu de ma vie. Après un autre bref entretien, le directeur général de l'hôtel vient me rejoindre et me pose quelques questions. Je ne suis plus là. Seul mon corps réagit, comme un automate. Le d.g. m'apprend que cet hôtel est l'un des plus prestigieux (et dispendieux) du Canada. Plus encore que le Château Lake Louise, qui se trouve sur le bord du lac.

Enfin, le copropriétaire de l'hôtel s'installe devant moi. Je ne sais même plus ce que je lui dis. Je suis comme un légume qui sourit. Il me serre la main et je me dirige vers la sortie. Je veux courir, je veux crier. Enfin, je sors ! Mes épaules se relèvent suite au poids qu'elles viennent de perdre. Partir ! Partir ! Des mots reviennent trotter dans ma tête comme des souvenirs d'une autre vie : « Reviens nous voir après-demain. » Je cours prendre mon sac à dos, et cinq minutes plus tard je suis dans l'autobus pour Banff, direction « oubli ». Quelle journée stressante ! Je n'en ai plus trop l'habitude. Est-ce que je veux vraiment passer quatre mois de ma vie dans cet hôtel ?

Vivement noyer mes soucis dans les bras de Jazzy… J'ai son numéro de téléphone. Dans l'autobus, je planifie la soirée : souper romantique, sortie dans un petit bar *cool* et demain toute la journée, bras dessus, bras dessous, apprécier la légèreté de la vie. Mon sourire revient et Banff m'accueille.

Je l'appelle du terminus : pas de réponse. Je marche dans la ville. Je rappelle, pas de réponse. Rappelle, pas de réponse. Rappelle et rappelle. À chaque téléphone public que je croise, systématiquement je l'appelle, puis rappelle et rappelle. Plus de cinq dollars en vingt-cinq sous gaspillés pour jaser à sa boîte vocale. Ça fait presque une semaine que tous mes espoirs dorment dans ses bras. Je rappelle, rien. L'heure du souper arrive. Maintenant il est trop tard. Juste une bière alors ? Rappelle encore, rien.

Je me résigne à me rendre à l'auberge de jeunesse de Banff, trop loin du centre-ville pour espérer conserver ne serait-ce que la toute fin de mon plan original. Je suis devenu névrosé. Il est

21 h. Je rappelle, ça répond ! L'espoir me remplit comme un raz-de-marée. J'ai envie de hurler son nom dans le combiné. Une seule phrase parvient jusqu'à mes oreilles : « *You have the wrong number.* »

Je m'effondre. Assis par terre dans l'entrée achalandée de l'auberge, fixant le mur, la tête entre les mains, plus rien n'a de sens. Je n'ai plus un soupçon d'énergie. Je veux pleurer, crier, détruire et mourir, mais mon corps ne répond à rien. Je rampe jusqu'à mon lit et y tombe comme dans un cercueil. Tout s'écroule. S'est-elle jouée de moi ? M'a-t-elle tout simplement donné un faux numéro pour se débarrasser de moi ? Est-ce même son vrai nom ? Je divague. Je n'ai plus rien pour me supporter, je sombre dans le vide. Les heures avancent et mes yeux finissent par se fermer. Mon cœur n'est plus dans ma poitrine.

Ce qui fait la grandeur de l'homme, c'est qu'il porte son destin comme Atlas portait sur ses épaules la voûte du ciel.

Milan Kundera

25 JUIN

Banff me répugne. Ville dans un parc national, son environnement est constitué de commerces, de bars, de restaurants et de centres commerciaux. Pourquoi le gouvernement a-t-il permis la construction de tels établissements sur un site national destiné à préserver l'écosystème ? Les wapitis qui broutent dans le stationnement de l'hôpital semblent déprimés. Le McDo engraisse les mouettes qui y font escale et y attendent en file leur Big Mac. Un restaurant dispendieux se vante de servir de la viande de bison, une espèce qui à l'état sauvage est complètement disparue. La nature avec un signe de piastre ! Les six voies du boulevard principal s'étirent jusqu'aux montagnes qui, elles, rêvent sûrement d'écraser les humains qui, sous leurs yeux, ont tant détruit. Venez voir la nature… à deux minutes des centres d'achats ! Je croyais qu'un parc national avait comme mission d'empêcher la destruction de la nature causée par la main humaine. L'actuelle ministre de l'Environnement envisage de mettre un frein au développement économique du parc, ce qui lui a valu des menaces de mort, selon le journal local. C'est qu'avec le taux de change actuel de la devise canadienne — le plus bas depuis les années 60 — le dollar américain peut tout acheter : de notre électricité jusqu'à nos terres, de notre eau jusqu'à notre air…

Ah ! les protecteurs de la paix mondiale, nos vénérables voisins les Américains. Quoi que l'on en pense l'ALENA ne comprend pas trois pays, mais bel et bien un seul : les États-Unis, qui bénéficient des ressources naturelles du Canada et du *cheap labour* mexicain. Merci, Oncle Sam !

Au fond, je suis seulement frustré. Ma visite à Banff n'avait qu'une seule et unique raison : Jazzy. Et maintenant je doute même qu'elle veuille me voir. Cependant, je me souviens du nom du camping où elle devait travailler. J'ai vérifié auprès du préposé au comptoir de l'auberge de jeunesse, et ce camping existe réellement. « Il se situe à quarante minutes de marche. » Exténué, déprimé, et trois heures de marche plus tard, je passe enfin la barrière du Two Jack Campground. Quarante minutes... ouais !

À l'accueil, le gardien m'apprend que Jazzy travaille bel et bien à cet endroit, et que c'est son véritable nom, mais qu'elle ne commence son quart de travail que le lendemain. Aujourd'hui elle fait, semble-t-il, du camping sauvage dans un endroit très éloigné. Dieu ne nous veut pas ensemble. Je lui laisse un petit mot, puis je vais m'écraser au bord du Two Jack Lake, complètement anéanti.

La vue des montagnes dans le reflet de l'eau glaciale et le chant des oiseaux m'apportent une certaine sérénité. La beauté et le calme de la nature me permettent toujours de remettre les choses en perspective. Tout de même, peu importe de quel angle j'observe la situation, le but de ma venue à Banff est un échec total.

Sur l'interminable chemin du retour, entre son camping et la ville, longeant les montagnes vers la civilisation, je m'égorge à chanter un blues en prenant un accent américain. Mes pas sont le tambour pendant que mon cerveau se lance dans des solos de guitare. Ma voix résonne dans les vallées désertes.

Ain't got no friends, ain't got no family...

Rien de mieux pour tromper le temps, qui s'écoule trop lentement ces jours-ci.

Don't know where I'm going. Only God knows where I've been.

Lorsqu'une personne prend conscience du temps, lorsqu'elle s'en préoccupe constamment, c'est qu'il y a quelque chose qui cloche. Car lorsqu'on est heureux le temps n'a plus aucune importance, on oublie jusqu'à son existence. Le bonheur est une prise de conscience de cette inconscience.

I say baby, I would beg on my knees just to kiss you..

De retour à ma chambre d'auberge, chaque bruit de pas, chaque voix, me font tressaillir, espérant que ce soit Jazzy qui ait lu ma lettre pour ensuite venir me rejoindre. Mais tel n'est pas le cas. Je m'étends sur le lit et espère m'endormir... quelques semaines.

Il n'est pas de destin fécond qui ne s'écarte des voies trop balisées.
On ne trouve son propre chemin qu'en cessant d'y résister.

Alexandre Jardin

26 JUIN

Ma déception de ne pas avoir vu Jazzy me torture encore l'esprit alors que j'enjambe péniblement les marches de l'autobus qui me reconduira au Post Hotel. J'entrevois deux possibilités, et l'une ou l'autre me satisferait. Si j'ai le job, c'est le début d'une grande aventure et, si je ne l'ai pas, c'est le prolongement de l'ancienne...

Le responsable m'attend avec un contrat à signer ; il m'offre un poste de concierge (*bellman*). Le travail consiste à accueillir les clients, à les informer et à répondre à leurs besoins (service aux chambres, transport des bagages, etc.). Dans un hôtel où la chambre la moins dispendieuse est à 450 $ la nuit, je commence à peine à imaginer les pourboires (les mots « peine » et « pourboire » ne devraient pas se retrouver dans la même phrase). La première recommandation du responsable c'est de me surveiller, car plusieurs personnes voulaient désespérément ce poste et elles vont sans doute m'en vouloir de l'avoir obtenu. La jalousie ! Ça commence bien ! Je n'ai même pas débuté mon service et j'ai déjà des ennemis potentiels.

Je suis content d'avoir cet emploi certes, mais je n'en saisis la réelle valeur qu'aux réactions des employés que je croise : « Quoi ! Tu viens d'arriver et ils t'ont donné le poste de *bellman* directement ? Voyons donc ! Ça fait neuf mois que j'applique pour ce job-là ! Bungee, lui, ça fait sept ans et il ne l'a pas encore eu ! »

Tout d'un coup, la peur m'envahit. Si c'est un job si payant et si convoité, ça ne doit quand même pas être un poste routinier et simpliste, sinon il ne créerait pas un tel engouement chez les employés. Est-ce que je vais être à la hauteur ? C'est mon rêve d'être ici. Pourtant, est-ce que je désire sincèrement y rester jusqu'au mois d'octobre ? Ne devrais-je pas continuer mon voyage tout simplement ? Je ne sais plus.

J'apprends avec grande joie que je vais être logé dans le même appartement qu'Èva, Gabbo et Trixtus. Enfin, ce n'est pas tout à fait un pur hasard puisque j'avais mentionné dans mon entrevue qu'ils étaient mes amis. À la question « Pourquoi veux-tu travailler ici ? » j'ai simplement raconté l'histoire des coïncidences qui ont fait en sorte que je me retrouve à Lake Louise en compagnie d'amis. Puis j'ai terminé en affirmant que j'y voyais un signe du destin, que les hasards portent toujours un message. D'une voix posée, j'ai conclu : « Je dois travailler ici, c'est aussi simple que ça. » J'étais tellement convaincu. Je devais sûrement être la personne la plus motivée qu'ils aient jamais rencontrée lors d'une entrevue. J'avais remarqué que le directeur général avait eu une drôle de réaction quand je lui ai raconté que mon destin était de travailler ici, à n'importe quel poste. Je pense qu'il me croyait un peu cinglé... Ce qui importe, c'est que j'aie réussi, et la fin justifie les moyens. L'employeur trouvait que je faisais preuve de confiance en moi, que je serais parfait pour accueillir les clients. Entre-temps, ma vraie nature a refait surface et je suis redevenu le petit gars gêné qui se rend maintenant compte qu'il devra travailler avec le public tout l'été, aborder les gens et leur parler. Aïe ! Dans quelle galère me suis-je embarqué...

[...] le moment où quelqu'un s'engage avec détermination, alors la providence se met elle aussi en branle.

Toutes sortes de choses se produisent pour aider quelqu'un qui autrement ne se seraient jamais produites.

Tout un courant d'événements découle de la décision, favorisant toutes sortes d'incidents, de rencontres et d'aide matérielle imprévus, qu'aucun homme n'aurait rêvé qu'il puisse ainsi trouver sa voie.

Goethe

27 JUIN

Voilà, les jeux sont faits! Je commence demain matin, à 6 h. *No more turning back.*

Aujourd'hui très tôt, avant même que le frère de la lune ne se lève, je rencontre mon nouveau boss, Diamondback. Un petit homme, presque bossu, cheveux foncés mal coupés, avec une grosse moustache épaisse et noire. Un petit nerveux. J'ai de la misère à le cadrer, mais je vais m'habituer à lui et devenir son ami. C'est mon plan. Il travaille depuis onze ans au Post Hotel. C'est sa vie et sa fierté. *Oh boy...* Il est très spécial. Il me raconte qu'il devait être promu chef des pompiers bénévoles du village, sauf qu'ils lui ont demandé de raser sa moustache, qui risquait de prendre en feu. Ça, jamais! Il a refusé le poste. Mais moi, il m'oblige à raser mon *pinch*. Nous sommes tous égaux, mais certains sont plus égaux que d'autres.

Je suis *bellman*, lui *bell captain*. Il devient mon commandant dès que j'enfile l'uniforme. Son premier ordre prend la forme d'une liste. Je dois aller à Banff pour m'acheter des pantalons noirs, des chemises blanches, des souliers de cuir noir, des cravates noires, une ceinture noire et des bas noirs. Aïe, j'imagine déjà la facture!

Je prends le prochain autobus et décide de faire mes emplettes le plus rapidement possible afin qu'il me reste suffisamment de temps pour céder à la tentation de voir Jazzy. Bien qu'on trouve à Banff de nombreux commerces, la grande majorité de ceux-ci sont* des attrape-nigauds, vendant des chapeaux de castor *made in China*. Mais moi, je ne suis plus un *tourist*, je suis un *local*. À partir de maintenant, je peux officiellement rire des touristes et pester contre leur trop grande affluence. Je m'aventure dans le plus grand magasin : *The Bay*. C'est mon dernier espoir. Non ! Ils n'ont rien à ma taille. Je dois me contenter de pantalons trop larges et de chemises aux manches trop courtes.

À présent les souliers ! Je fais le tour de nombreuses boutiques. Je ne demande même plus à voir le modèle ; tout ce que je veux c'est des souliers de cuir noir, de pointure onze. Entre dix et douze ? Non, rien. Finalement, on me déterre de l'arrière-boutique des souliers monstrueux. On dirait des pantoufles en suède. Ils sont trop grands et trop chers, mais ai-je vraiment le choix ? Il n'y a rien d'autre. Affreux ! Je n'aime pas magasiner, mais aujourd'hui ce fut particulièrement pénible et catastrophique. Près de 300 $ de vêtements qui ne me vont même pas !

Je me réfugie dans une cabine téléphonique et lance un appel désespéré au camping *Two Jack*. Oh quel bonheur ! une voix mélodieuse me fait oublier jusqu'à mon nom. Mes problèmes s'enfuient, ne sont que de vagues souvenirs, comme on oublie un rêve à son réveil. Jazzy, en personne, me donne rendez-vous en ville. Le temps d'admirer, par cette merveilleuse journée ensoleillée, un énorme wapiti qui s'est invité à un mariage dans le parc du centre-ville et Jazzy se pointe en face de la

---

* Tout auteur qui se respecte évitera la formulation « ceux-ci sont » parce qu'on peut la confondre avec *saucisson*. Merci de votre attention ; maintenant recommencez la phrase sans vous arrêter à la note de bas de page. Ne passez pas *Go*. Ne réclamez pas 200 $.

bibliothèque. Nos corps ne font qu'un le temps d'une accolade, mais soudainement la gêne s'empare de nous et la nervosité nous paralyse. Le doute naît si rapidement devant l'incertitude de la vie. Un bon souper réussit à nous détendre, et dans la douce brise de cette soirée étoilée nos lèvres s'unissent à nouveau. Comme des feux d'artifice, une lumière de bonheur jaillit de ses yeux, une étincelle d'espoir dans la nuit.

S'oublier dans les bras de l'autre, voilà le véritable amour. Mais ce sentiment n'est que trop éphémère et déjà, dans l'autobus qui me ramène au travail, j'ai l'impression de m'être embarqué dans quelque chose qui va finir par me poignarder. À l'extase de l'amour se joint trop souvent l'extrême noirceur de la souffrance. Devrais-je m'envoler vers ce soleil, sans me soucier que mes ailes sont de cire ?

L'humour est la politesse des désespérés.

Pierre Foglia

28 JUIN

Les grandes portes vitrées de l'hôtel s'ouvrent sur mon premier jour de travail. Dans la petite pièce placardée de filles nues qui nous sert de bureau (le *bell desk*), je n'ai même pas le temps d'achever mon nœud de cravate que Diamondback vient me chercher et m'ordonne de le suivre. Pour la première semaine, je ne serai rien d'autre que son ombre. L'imiter dans tous ses gestes (limité dans tous les miens), sans penser, sans entreprendre quoi que ce soit, comme un enfant qui n'a d'autre rôle que celui d'apprendre.

La routine du matin consiste à courir comme un fou pour préparer le café qui sera servi aux étages supérieurs, café que les gens ingurgitent comme si leur vie en dépendait. Puis le ménage du *lobby* : passer l'aspirateur en veston cravate, prenant grand soin de le fermer dès qu'un client s'approche du *front desk* afin de ne pas étouffer les conversations. Plus tard, il faut épousseter et lustrer les boiseries (tout ce qui m'entoure est en bois), allumer un feu de foyer, vider les cendriers et les nettoyer dès que quelqu'un s'en sert. Surtout, ne jamais oublier de sourire aux clients pendant que Diamondback s'occupe du service aux chambres, des bagages et… des pourboires.

Une des responsabilités concerne les cendriers qui se trouvent sur les étages. Ce sont des contenants métalliques remplis de

105

sable blanc. Toutes les heures, je dois passer le sable au tamis pour enlever toute particule de cendre puis, à l'aide d'une étampe de bois, le marquer de l'effigie de l'hôtel. Ma ronde quotidienne est composée d'une suite de petites tâches toutes plus aliénantes les unes que les autres.

Je fais la connaissance de mes collègues de travail : Mikey, Jett, Billy et Josep. Ils semblent sympathiques, mais parlent toujours d'argent ; comment et pourquoi il ne faut pas voler les clients des autres, et bla bla bla. C'est la guerre des pourboires. C'est un sujet tabou et en même temps la principale préoccupation.

Diamondback me paraît toujours aussi spécial. Derrière son énorme moustache se cache un homme vide. Son seul but est de servir tous ceux qui l'entourent. Un esclave qui a lui-même choisi d'en être un. Il gravite autour de son propre monde, seule solution pour rester un serviteur efficace durant onze ans. Tout doit être fait à sa manière... même si elle est ridicule.

Bon, ma journée de travail est terminée ! Je retourne à mon appartement. C'est vraiment agréable d'avoir un chez-soi à l'autre bout du pays. La bière, le pot et la télévision constituent la routine des habitants du 40 (notre adresse). Mais je suis venu ici pour bouger, pour vivre pleinement quoi, et je ne vais pas adopter de routine limitative. La bière et le pot d'accord... mais pas trop de télévision.

Nous sommes huit personnes dans le 40 : Èva, Gabbo, Trixtus, moi et quatre autres colocataires, Kyle, Bungee, Fred et Evrin. Kyle est un personnage fort sympathique. C'est un clown aux longs cheveux bouclés à la *Side Show Bob*. Il a toujours le mot pour rire. De tous les colocs qui m'étaient inconnus, c'est avec lui que je me lie le plus rapidement. Dès qu'on le voit, on rit déjà des blagues qu'on devine qu'il va faire. Pendant la fête de ce soir, sans le vouloir parce qu'un peu beaucoup alcoolisé, il me démontre son habileté incroyable à imiter un légume. Il s'écrase sur le divan et seule sa bouche arrive à bouger. C'est hilarant! *Kyle with style*! Je le questionne pour savoir s'il est sombré dans le coma et il me répond, dans un français cassé : « Ça très va! » Bien qu'il ne parle pas français, il réussit toujours à placer quelques mots ou quelques phrases bien choisies. Je ne sais où il les pêche. Plus tard, je lui demande « *Hey Kyle! What do you want to drink?* » et il me répond avec un accent pitoyable : « Qu'importe le flacon pourvu qu'on ait l'ivresse. »

Je commence vraiment à apprécier mon séjour, même si parfois être sédentaire m'est plus difficile que de voyager...

He took a face from the ancient gallery
And he walked on down the hall.

Jim Morrison

29 JUIN

Des valises par-ci, des valises par-là. Je dois les empiler sur un chariot, puis les porter aux chambres. Des clients qui, pour une seule nuit, apportent plus de bagages que j'ai de possessions. « *Welcome to the Post Hotel Sir, would you like me to park your car? Do you need some help with your luggages?* »

C'est mon premier *shift* avec Billy, le *bellman* que Diamondback m'a présenté comme étant un voleur, un fou et le pire employé imaginable. Âgé de 44 ans, son regard d'enfant laisse transparaître des lueurs de démence. Je me suis si souvent fait prévenir qu'il était méchant que j'ai presque peur de lui. Il m'accueille avec un grand sourire tellement non mérité qu'automatiquement je doute de son honnêteté. Toujours il me parle comme si j'étais son meilleur ami, tentant de mettre en évidence tout ce qu'on pourrait avoir en commun. Il est né à Montréal et aimerait pratiquer son français déficient avec moi, mais Diamondback m'a bien averti que si jamais il m'entendait parler français avec un des employés, ou pire encore avec Billy, j'étais automatiquement renvoyé.

Billy saute sur les clients comme un chien affamé sur un os. Il me reproche ma gêne, et me fait bien vite remarquer que si un client refuse mon aide à cause de ma façon maladroite de l'aborder il perd son tour, et donc des pourboires. L'argent mène le monde. Je me dois d'accoster les clients dès que leur automobile s'immobilise, de les complimenter, de nourrir leur ego, de les servir comme ils l'entendent, et ce, dans le but de leur soutirer le plus gros pourboire possible. De la prostitution légale! Il n'y a rien que je méprise plus que l'hypocrisie dont je dois faire constamment usage. M'intéresser à tout ce qu'ils disent comme s'ils étaient des dieux. Admirer jusqu'à leurs défauts. Que suis-je devenu? Cheveux *clean cut*, fraîchement rasé chaque matin, veston cravate, baisant le derrière des gens pour un dollar US de plus.

En fait, c'est de l'adaptation instantanée. En quelques secondes il faut saisir l'essence même du client, devenir son meilleur ami, lui parler des sujets qui l'intéressent, de la manière qui l'intéresse. Faire un volte-face en quelques secondes lorsqu'on passe du chauffeur d'autobus à une vieille dame riche et snob. Un masque de plus dans la galerie, un rôle de plus pour l'acteur. Si on enlevait tous nos masques, il ne resterait rien de nous.

Ma tête est pleine de contradictions.

The distance between insanity and genius
is measured only by success.

Extrait du film de James Bond, *Tomorrow Never Dies*

30 JUIN

Première semaine ici, bilan : *all good*. J'adore mes colocs et mon job. Cet emploi recèle un très bon potentiel monétaire. Bien sûr, l'hypocrisie y domine, mais n'est-ce pas le cas un peu partout ?

Je n'ai qu'un jour de vacances cette semaine. Je ne peux pas profiter de la nature qui m'entoure comme je le voudrais. En revenant du travail, Gabbo me propose de faire de l'escalade avec Kyle. Fatigué mais désireux de faire quelque chose, j'accepte. Gabbo est un gars *cool*, toujours prêt à faire la fête et à s'amuser. Champion en titre de Jeopardy et des Olymbières de l'université, il est une de ces personnes qui nous motivent à aller quelque part lorsqu'elle s'y trouve.

C'est donc dans une atmosphère éclatée que je me retrouve encerclé de cordes et de falaises aux abords du lac Louise, regardant Kyle défier le premier la gravité. Comme le lac est assiégé de rochers de toutes dimensions et de toutes inclinaisons, c'est un des sites d'escalade les mieux cotés en Amérique du Nord. Les falaises ne sont pas immenses, mais la beauté du lac, d'où émane une douce énergie bleutée, donne une touche féerique à chacun de nos coups d'œil. Aujourd'hui le lac et le ciel partagent la même couleur ; ils ne sont séparés que par d'immenses amas de pierres et de glaces.

À l'autre bout du pays, je réalise que la perte de sécurité et de stabilité qui me faisait si peur lors de mon départ ne fut qu'éphémère... coût modique pour récolter de telles richesses.

Je profite de ce moment calme, où ma seule responsabilité est de m'assurer que la corde garantissant la vie de Gabbo ne s'entremêle pas, pour écrire une carte postale à ma bonne amie Isa. Celle-ci semble supporter péniblement un stage culturel où la masse de travail est inhumaine. Par surcroît, il s'agit d'un stage non rémunéré, comme c'est si souvent le cas dans le domaine culturel québécois :

[...] Je t'envoie des ondes positives pour que tu puisses surmonter le négativisme qui t'entoure en raison du béton, du manque d'argent et de l'exploitation des humains par d'autres humains qui s'enrichissent pour pouvoir exploiter encore plus d'humains pour s'enrichir encore plus et leur permettre d'exploiter encore plus d'humains. Puis, ces patrons meurent sans se rendre compte que leur vie au complet n'a été qu'un cercle vicieux sans tête ni queue et que jamais ils n'ont fait ne serait-ce que l'ombre d'un pas dans une direction quelconque. Nous qui suivons notre voie semblons nous égarer car nous nous éloignons des valeurs actuelles de cette société qui prône l'acceptation aveugle et l'immobilisme. Aller vers quelque part signifie pour elle se perdre, perdre son temps [...]

J'aurais tout simplement pu lui écrire qu'ici il fait beau et chaud, que les montagnes sont belles et que je m'ennuie d'elle et de la gang. J'aurais pu... aurais-je dû ?

Most people are as happy as they make their mind to be.

Abraham Lincoln

2 JUILLET

Me revoilà revenu de l'enfer. Hier j'étais mourant. Je devais travailler au double de mon salaire grâce au *Canada day*, mais je suis plutôt resté cloué au lit, incapable de bouger. Un empoisonnement alimentaire ou quelque chose du genre. Il n'y a pas de téléphone à l'appartement, et donc pas de moyen de prévenir qui que ce soit. Seulement mon quatrième jour de travail et je ne me suis même pas présenté. Ça commence bien! J'apprends que mon boss est enragé; il pense que j'ai été malade parce que j'ai trop fêté. Je voudrais bien lui expliquer que je ne célèbre pas le jour de la Fête du Canada, mais je ne crois pas que cela me tirerait d'embarras. Plutôt le contraire…

Alité pour une seconde journée, je me défoule sur la guitare acoustique de Gabbo. J'en étais à jouer mon *blues de la marche* à tue-tête lorsque la porte de ma chambre s'est entrouverte lentement pour dévoiler une partie du visage de Jazzy. La vie me revient! Sur le seuil de la porte, gênée, elle baisse la tête et laisse paraître le vert de ses yeux entre les mèches colorées de ses cheveux. Je me lève comme un lépreux que Jésus vient de guérir et je la prends dans mes bras durant un moment qui me semble trop court. D'un pas tranquille, nous nous rendons près du lac pour y voir refléter les rayons d'un superbe coucher de soleil. Avec elle je suis énergie.

113

La noirceur tombe brusquement, imprévue malgré sa ponctualité quotidienne. La forêt qui nous entoure revêt un masque sinistre où les bruits sauvages semblent tous plus mystérieux les uns que les autres. Il est temps de redescendre les quatre kilomètres qui nous séparent du village. L'air est humide et lourd, la lune se cache périodiquement derrière les nuages menaçants. Tous nos sens deviennent aiguisés. L'inconnu qui nous entoure fait naître la peur qui maintenant nous habite. Un panneau indique un petit sentier qui longe des rapides dévalant jusqu'au village, dans la forêt profonde, loin de la route pavée. Avant d'y penser deux fois, nous nous engageons dans un boisé des plus denses, éclairés que de la faible lueur de la lune. Nous foulons ce sentier inconnu dans le bruit chaotique de la cascade, qui est notre unique partenaire. Juste assez de lumière pour savoir où poser le prochain pas. Jazzy s'agrippe à mon bras comme si sa vie en dépendait, pendant que je lui murmure à l'oreille des paroles rassurantes visant à la convaincre que je n'ai pas peur : mensonges. Si je laisse la panique m'envahir, Jazzy fera de même et personne ne pourra plus nous en délivrer. Mon cœur entame un solo de batterie alors que je tente désespérément de suivre le sentier qui s'étire dans le néant. Le bruit des cascades enterre les craquements de branche ou tout autre bruit qui nous ferait croire à la présence de grizzlys ou d'un quelconque cauchemar. Parfois un vrombissement lointain se fait entendre et des faisceaux lumineux balaient faiblement la forêt pour éclairer la brume de la nuit remplie d'ombres qui se déforment ; la route est à quelques centaines de mètres. Le moment est irréel, un rêve éveillé. La poigne de Jazzy se resserre sur mon bras, coupant ainsi le sang destiné à ma main, alors que nous traversons, baignés dans l'obscurité la plus totale, un long tunnel d'acier qui croise la route. Des images terribles envahissent notre imagination. Le bruit de nos pas se réverbère contre les parois, prélude sonore classique de la scène principale de tout film d'horreur de série B qui se respecte.

Qu'il est formidable — on le réalise une fois le moment terminé — de ressentir l'incroyable force de nos sens nous envahir et déclencher en nous un ouragan d'émotions qui veulent s'échapper dans un cri à faire trembler la terre. C'est dans ces moments d'émotions extrêmes qu'on apprécie vraiment la vie. S'obliger à reprendre conscience de son existence est un moyen de lutter contre le fait qu'on considère souvent comme acquis, et presque systématiquement, cette réalité pourtant si merveilleuse.

Après un dernier crochet dans le vide, quelques lampadaires nous accueillent à la sortie du sentier. Enfin sortis du néant ! Au lieu d'en ressentir une folle joie, nous sommes quelque peu déçus à l'idée que cette aventure soit déjà terminée. Cependant, mon rythme cardiaque ne diminue pas avec l'apparition de la lumière, car à présent je peux discerner la splendeur de Jazzy.

La timidité nous retire l'usage de la parole alors que, pour la première fois, nous nous apprêtons à partager le même lit. Jazzy s'étend près de moi et je lui demande de m'exprimer ses sentiments, ses pensées. Elle rougit et m'apprend qu'elle n'a jamais fait l'amour. Voilà qui explique la nervosité et le stress qui l'habitent. Du haut de son innocence, elle contemple le monde de l'amour comme un pays inexploré où la peur de l'inconnu se mêle au plaisir de la découverte. J'ai mis tellement de temps à comprendre l'importance des émotions, des sentiments, de la patience et de l'amour. Je suis prêt à lui faire partager mes découvertes, tout ce que j'aurais voulu savoir à l'époque. Tant de regrets et de peines sont nés de l'ignorance et du désir de tout connaître prématurément. Elle s'offre à moi comme une fleur de rosée, si belle, si innocente et si fragile. D'autres l'auraient cueillie sans même hésiter. Mais je comprends aux sautillements de ses paupières qu'elle s'apprête à faire ce qu'elle croit devoir faire, et non ce qu'elle ressent. Luttant contre mes instincts primaires, je l'enlace tendrement et la laisse s'endormir doucement contre ma poitrine. Fier de moi, j'admire dans la lueur bleutée de la lune l'innocence de cette femme en devenir, cette fleur sur le point d'éclore.

Le paradis tout comme l'enfer peuvent être terrestres.
Nous les amenons avec nous partout où nous allons.

Extrait du film *1492 : Christophe Colomb*

3 JUILLET

Je fais la grasse matinée dans les bras de Jazzy, cette personne que je connais si peu et que la beauté fait briller. Nous passons une journée simple à déambuler entre les montagnes, à regarder l'eau couler, les fleurs pousser, à être bien. La vie n'est guère compliquée avec elle. Innocence que j'admire, moi qui suis si lourd et si complexe. J'ai constamment besoin de gens pour me rappeler la légèreté de la vie. Au fond, la vie n'est compliquée que lorsqu'on se la complique en pensant qu'elle est compliquée.

Le bonheur est facilement atteignable quand il ne dépend pas de la perfection, car la perfection n'existe pas. La perfection est un standard qu'ont inventé les hommes pour s'évaluer et se comparer. Mais, dans un monde où nous sommes tous uniques, un standard commun n'est qu'une utopie.

La notion de perfection ne peut avoir de sens que sur le plan personnel. On ne doit pas passer par la perfection sociale pour atteindre le bonheur individuel, mais plutôt être heureux pour atteindre sa propre perfection. La recherche de la perfection, telle que définie selon des critères qui ne sont pas les nôtres, est ce qui rend notre vie si complexe. Sous le brouillard de cette complexité démotivante se cache le bonheur. Jazzy me fait comprendre tout cela sans avoir recours à la parole, sans même prononcer un mot.

Le 40, notre appartement (prononcez *the forty*), est vraiment l'endroit de tous les regroupements. Je dois apporter une précision importante quant à l'aspect social du village de Lake Louise. Seules les personnes qui travaillent dans le parc national des Rocheuses ont le droit d'y habiter. Et comme la très grande majorité des emplois sont saisonniers (au salaire minimum), ils sont occupés par des jeunes qui sont à Lake Louise pour le *trip* et qui se foutent éperdument de leur emploi. Tout comme moi, ils voient le travail comme une possibilité de séjourner plus longtemps dans cet endroit de rêve, rien d'autre. C'est leurs vacances, entre deux sessions d'étude. Ça ne les dérange donc aucunement d'arriver au travail morts de fatigue le lendemain matin, s'ils ont pu profiter de l'occasion de faire la fête toute la nuit. Fin de la parenthèse.

Tous les soirs, disais-je, des gens d'un peu partout partagent leur joie de vivre dans le havre de bruit qu'est notre appartement. Comme rien ne nous appartient et que nous ne comptons pas y vivre très longtemps, l'endroit est idéal pour la débauche. Un trou dans le mur, une brûlure sur le tapis, *who cares?* Comme le disait Jett, mon collègue *bellman*, la seule raison pour laquelle ils ont installé un tapis, c'est pour protéger le plancher. La différence entre cet appartement et un appartement « normal », c'est qu'ici si on renverse une bière on se fâche aussi, mais uniquement parce qu'il nous en reste moins à boire. Le tapis (on l'a testé) est extrêmement absorbant. On en était à calculer le nombre de litres d'alcool qu'il avait pu ingurgiter depuis le début de l'été lorsque Kyle, approchant son oreille du sol, s'est mis à crier « Silence! » Tout le monde l'a observé religieusement. « *He's trying to tell me something... euh... I'm thirsty.* » Le tapis a soif! D'un geste vif, Kyle a vidé sa bière sur ce beau tapis pour apaiser sa soif. À compter de ce jour-là, jamais un *party* ne s'est déroulé sans que notre tapis n'ait une ration convenable. Après tout il le mérite, il nous supporte à longueur de journée. J'espère que ses prochains locataires le traiteront aussi bien que nous le faisons.

Bungee, un de mes colocs, est dans la trentaine. Il occupe depuis plus de sept ans le plus bas poste de l'hôtel et n'a jamais eu de promotion. Il se mérite toutes les tâches que personne d'autre ne veut faire, lave les serviettes et les draps sales des clients. Toutes les semaines, il se ramasse avec un nouveau virus à cause des nombreux microbes qu'il côtoie. Puisque l'hôtel reçoit beaucoup de clients orientaux, il attrape des maladies contre lesquelles le corps occidental ne semble pas encore posséder d'anticorps, à en juger par ses symptômes. Il me raconte tout cela pendant que je me demande intérieurement si je devrais : a) le trouver totalement nul de ne jamais avoir mérité de promotion, b) blâmer l'hôtel pour son ingratitude envers un employé si motivé et si constant, ou c) le blâmer, lui, pour avoir accepté de telles conditions de travail et un tel irrespect pendant plus de sept ans. Tout le monde me dit, et c'est là le plus triste de l'histoire, qu'à la rentrée scolaire il y a un tel roulement d'employés qu'on est assuré d'avoir une promotion. Mais Bungee ne s'en fait pas ! Un jour, un jour... Ce petit rouquin bizarre, qui a des touffes de cheveux et de moustache qui lui sortent de partout autour de la tête et d'épaisses lunettes qui doublent ses yeux globuleux, vit dans une chambre encombrée de boîtes et de contenants de toutes sortes. Cet amateur de gadgets électroniques a accumulé, au fil des années, une importante collection de jeux vidéo, d'ordinateurs minables, de téléviseurs noir et blanc, de magnétoscopes et plusieurs autres objets qui servent à meubler une maison (moche). Tout cela parce que, depuis maintenant trois ans et demi, les responsables de l'hôtel lui promettent de le loger dans un luxueux appartement moderne qu'ils réservent aux employés les plus « importants ». Beaucoup d'espace, et moins de monde venant de partout faire la fête dans le salon pendant qu'il essaie de dormir. Il est maintenant prêt à déménager... depuis trois ans et demi...

Un jour, alors qu'il était en train de laver les fenêtres extérieures de l'hôtel, au troisième étage, il a perdu pied et est tombé. Une corde le retenait à la taille et il pendait, comme ça, devant les fenêtres de la salle à manger pleine à craquer, la tête en bas, criant de peur, se balançant d'un bord à l'autre et ne pouvant rien faire pour se détacher. C'est cet incident qui lui a mérité le surnom de « Bungee ». Sa dentition aléatoire et son visage de rongeur n'aident en rien la publicité que je suis en train de lui faire. Bossu de l'hôtel, il travaille à longueur de journée dans la *laundry room*, au plus creux de la cave, stratégiquement placé loin de la vue des clients. J'aimerais dire que j'invente et exagère, mais malheureusement...

Cet homme a évacué de son cerveau les fonctions permettant la réflexion, évitant ainsi la dépression que lui causerait la prise de conscience de sa situation actuelle. Dès le retour du boulot, il s'enferme dans sa chambre et enfile silencieusement bière après bière avant d'aller, vers huit heures le soir, s'achever dans un bar du village. Il n'aime pas le nombre impressionnant de gens qui, chaque nuit, se rassemblent dans notre salon, mais ne s'en plaint pas ouvertement. Il m'explique avec grande fierté le truc qu'il a conçu pour « dormir-quand-je-travaille-à-six-heures-a.m.-et-qu'il-y-a-un-maudit-gros-party-directement-sous-ma-chambre-dont-le-plancher-n'est-aucunement-insonorisé ». Il a fait l'acquisition de super-bouchons d'oreilles de luxe, contenant de la vraie cire d'abeille, et d'un contenant de valiums *extra-strength* format familial. Ajoutez cela à sa ration quotidienne d'alcool, et le voilà qui pourrait ronfler même s'il y avait un tremblement de terre.

Je le trouve sympathique, et finalement la réponse à la question que je me posais à son sujet est « b ». Je crois que les responsables de l'hôtel l'ont tout de suite perçu comme une proie facile, et que depuis ils refusent de se pencher sur son cas. Nul besoin d'offrir de bonbons à quelqu'un qui se satisfait d'écailles de *peanut*.

Malgré tout, je le trouve très sympathique. Seul problème : c'est un type solitaire et distant. Il ne parle que très peu. Je comprends pourquoi lorsqu'il me relate avec nostalgie ses souvenirs de tous ceux qui avant nous habitaient ici. Presque tous les employés ne sont là que pour les vacances et rares sont ceux qui décident de rester. Quand on travaille ici à long terme, qu'à chaque saison on cohabite et s'attache à des gens pendant trois ou quatre mois, puis que d'un coup paf ! ils partent et qu'on ne les revoit jamais, ça doit être très difficile à la longue. Vivre chaque année de telles séparations doit être douloureux et explique sans doute pourquoi Bungee est si distant et si réticent à tisser de nouvelles amitiés. Il s'est construit une forteresse émotionnelle presque impénétrable, ne veut pas de nouveaux amis qu'il perdra systématiquement.

Mais nous les petits nouveaux, qui sommes majoritaires, tout frais et ici pour s'amuser avant toute chose, nous ne nous doutons même pas de l'existence de cette menace. Nous nous lançons sans frein dans des amitiés nouvelles et merveilleuses, transportés par les ailes de l'innocence.

*L'angoisse est la conscience de ne pouvoir faire autrement
que d'être libre ; c'est la conscience qui s'angoisse elle-même
devant elle des possibles infinis.*

Texte sur la philosophie de Jean-Paul Sartre

4 JUILLET

Ce matin, j'arrive en retard d'une demi-heure. Je vis les conséquences des célébrations un peu trop enjouées d'hier soir. Mon boss doit penser que je ne suis pas un employé très très « modèle ». Depuis mon embauche, il y a cinq jours, une absence pour raison de maladie et une demi-heure de retard. Je dois mettre des bouchées doubles pour me faire pardonner.

Mes souliers affreux font fureur. Ces « pantoufles » en suède noir dépriment mes patrons, qui tentent de les ignorer, mais suscitent l'euphorie chez mes collègues, qui me surnomment *Mr Loafer* (M. Pantoufle). Au fond, cela fait partie de mon image de clown ; je ne prends rien au sérieux, car je suis justement venu ici pour perdre le trop grand sérieux qui meublait ma vie.

Je peux palper la tension qui existe entre les *bellmen*. Elle est liée à des questions monétaires, à l'argent qui pervertirait jusqu'au meilleur des hommes. Certains tueraient leur mère pour posséder plus de billets verts ; pourtant l'argent n'est que du papier qui sert à nous rouler. Ces discussions autour de l'argent me rendent malade, mais je vais terminer mon contrat, je vais passer au travers. Si je me le répète assez souvent, peut-être arriverai-je à me convaincre. En fait, c'est simple. Il faut seulement tenter d'être « absent » lorsque deux bons amis deviennent de farouches compétiteurs durant leur *shift* et viennent à tour de rôle décrier l'incompétence de l'autre, son manque de tact, la manière malicieuse qu'il a utilisée pour voler un pourboire en se faufilant pour accomplir une tâche « payante » pendant que l'autre étampait les cendriers.

Je suis bien loin de toutes ces tracasseries, je m'en fous. Elles ne m'empêchent pas de faire ce que je dois faire et, quand la situation devient trop pénible, je n'ai qu'à sortir de l'hôtel et à lever les yeux au ciel pour voir ces gros nuages douillets qui bondissent de sommet en sommet comme d'énormes boules d'ouate. Puis je regarde l'immense glacier Victoria, qui surplombe le lac, et cette montagne au loin sur la droite, dont le sommet imite parfaitement la forme de Snoopy dormant sur sa niche. Finalement, mes yeux se fixent sur Temple Mountain, la gigantesque et menaçante, qui représente le plus gros défi d'escalade du parc. Elle s'élève comme la gardienne du temps et, au sommet, son glacier attitré reflète fièrement les couleurs orangées du lever de soleil. La neige devient alors un écran où se déroule le spectre des couleurs, un spectacle accompagné de l'hymne à l'astre lumineux interprété par les oiseaux. C'est en fredonnant un air joyeux que je me rends au travail le matin, car j'emprunte toujours le petit sentier qui projette mon regard contre les flancs massifs de ce mastodonte de pierre.

Les portes de l'avenir sont ouvertes à ceux qui savent les pousser.

Coluche

11 JUILLET

Au travail, les ondes négatives continuent d'affluer entre les *bellmen*. Il faut toujours un bouc émissaire pour soulager les frustrations. Aujourd'hui, comme trop souvent d'ailleurs, c'est Josep qui écope. Derrière sa petite physionomie, son teint foncé, ses yeux lucides et heureux, son sourire moqueur et sa petite moustache bien taillée se dissimule un homme bon et cultivé. Né en Éthiopie, il a étudié en gestion à l'université nationale et est venu au Canada pour y décrocher l'emploi de sa vie, mais il a frappé un énorme mur : les baccalauréats éthiopiens ne sont pas reconnus en Amérique.

J'apprécie le fait qu'avec lui je peux avoir des conversations intelligentes et découvrir sa culture. Provenant d'une très grande et importante famille, il me confie en chuchotant que son grand-père était empereur en Éthiopie et que son arrière-grand-père, lui, était roi, surnommé « le roi des rois d'Afrique » grâce à sa bonté, à sa générosité et à sa puissance. Suite à un coup d'État, il y eut chute de la monarchie et sa famille perdit tous ses avoirs. La saisie de la maison familiale, la détresse de sa mère et l'insolence des forces militaires sont autant de raisons qui ont incité Josep à venir au Canada après ses études.

Il m'invite à son appartement et me montre des photos de son pays, de ses parents et de son animal domestique préféré. Ses

125

yeux brillent de joie. J'éclate de rire devant le portrait d'un énorme orang-outang accoté sur un mur, bière à la main (à la patte devrais-je dire), dans une pose décontractée. Josep me raconte comment l'animal est littéralement tombé à la renverse la première fois qu'il a essayé cette boisson. Après quelques semaines cependant, s'il n'avait pas sa canette tous les jours, il faisait la baboune et refusait de jouer. C'était devenu une coutume que de prendre chaque après-midi la bière ensemble. Toutefois, un jour où l'orang-outang avait un peu trop bu, ou peut-être pas assez, il a mordu la femme de ménage qui, selon Josep, était toujours bête avec l'animal. On a dû remettre l'animal en liberté afin d'éviter qu'il ne se fasse abattre. La tristesse qui afflige Josep atténue la puissance de sa voix alors qu'il m'explique que les clans d'orangs-outangs n'acceptent pas les intrus et que son copain, laissé à lui-même, n'a probablement pas survécu plus de quelques jours. On ne survit pas seul dans la jungle de la vie.

Pour Diamondback, Josep n'est qu'un intrus qui a été embauché sans son accord, sans même qu'il ne soit consulté. C'est un accroc à la hiérarchie, une attaque au respect qu'il croyait mériter de ses supérieurs… et de plus, c'est un Noir. Josep reçoit ainsi toutes les tâches et les horaires les plus désagréables. Mais il revendique du respect et n'apprécie guère les tâches dégradantes qui habituellement ne sont pas réservées aux *bellmen*. Josep avait postulé à l'hôtel pour un travail de gestion, son domaine d'étude. On lui avait répondu quelque chose du genre : « On t'aime bien, on veut te donner le meilleur poste possible, mais auparavant tu dois te familiariser avec les diverses fonctions et les lieux. Il te faut commencer au pied de l'échelle, mais ce ne sera que pour quelque temps. » C'est ainsi que d'en haut, où se situent les bureaux, il est passé en bas, au salaire minimum, sous la tutelle d'un Diamondback frustré qui lui rend la vie insupportable. Pauvre lui… mais je n'y peux rien.

People that hate you won't stop until you hate them
And when you do, your life is over.

Nixon

12 JUILLET

Première tâche après avoir dîné, je me fais mandater pour débloquer une toilette. Au même moment des clients se présentent, et c'est à mon tour de les accompagner à leur chambre. Josep, en pestant, m'enlève le siphon des mains. Une heure plus tard, toujours enragé, il me raconte comment il a eu le mauvais réflexe, une fois arrivé dans la « zone sinistrée », de tirer la chasse d'eau. Tout a débordé, l'eau inondait le plancher et des substances solides et odorantes y flottaient, transportées au gré des vagues. Muni du siphon, Josep jouait au « hockey » en tentant d'empêcher le tout de voguer vers la chambre à coucher et son précieux tapis. À ses côtés, la cliente pleurait en lui hurlant toutes les insultes que son dictionnaire personnel renfermait. Finalement, il a dû ramasser le tout à l'aide de ses mains et passer la vadrouille en veston cravate. Il n'est pas heureux… Je ris en le regardant mimer son aventure, ris jaune à la fin de son récit quand je me rends compte qu'il m'a donné une tape sur l'épaule. « Ne t'inquiète pas, je me suis lavé les mains », me lance-t-il sur un ton moqueur.

Des besognes de ce genre ne font pas partie des fonctions spécifiques d'un *bellman* mais, comme les proprios veulent faire le plus d'argent possible, chaque emploi de l'hôtel devient un *melting pot* de plusieurs tâches. Josep déplore cet état de fait

127

et refuse de recevoir des ordres d'un nabot sans aucune éducation, qui se pense mille fois supérieur à lui. Sa dignité a fait de lui l'ennemi numéro un, l'homme à abattre, et tout le monde veut sa tête. Pas moi! Je reconnais la valeur de son discours, et de sa personne. L'adaptation à tout prix n'est pas un de ses principes, et je crains que ce ne soit là un jour la cause de son renvoi.

Si ce qu'il affirme est vrai — et je n'en doute pas —, s'il est vraiment le petit-fils du dernier roi des rois d'Afrique, c'est sans conteste la personne la plus importante que j'aie rencontrée de ma vie. Et dire que je l'ai laissé déboucher une toilette à ma place…

Jazzy vient me rejoindre à ma sortie de l'hôtel et c'est un départ vers le Stampede de Calgary. Le plus important festival extérieur au monde (c'est du moins ce que prétendent les organisateurs) présente un amalgame d'odeurs qui passent de celle des vaches à celle du pop-corn, le tout noyé sous une mer de chapeaux de cow-boy. Des bottes à la moustache, tout le monde vit au rythme de la musique country. Des kiosques partout : animaux à vendre, tracteurs, biftecks sur le grill, vaches en exposition dans des cages de métal… Il y a de la viande partout, et Jazzy qui ne consomme aucun produit animal trouve le spectacle bien pénible. Des carcasses d'animaux fraîchement dévorés remplissent les poubelles, qui débordent, et la sauce barbecue maquille les lèvres des visiteurs, qui sont fiers sans bon sens. Onze mois sur douze, ils vivent selon un mode de vie que je suis le premier à ridiculiser, mais une fois l'an ils ont leur festival, ils ont leur place et peuvent enfin sortir de l'ombre et de la honte. Une fois l'an, ils cadrent avec leur entourage. Un univers totalement différent. Hi ha! Leur idole est celui qui réussit, durant huit secondes, à rester en selle sur un taureau enragé. Il devient une célébrité dont la photo fera la première page des journaux du lendemain.

La fête tourbillonne et l'argent coule à flots. Un immense casino occupe le centre du site, des manèges l'entourent et quelques enclos proposent toute une variété de spectacles. On s'empile dans les estrades du Cattle Peinning Competition, où 30 jeunes veaux courent avec fureur et désespoir sur une patinoire de hockey remplie de terre pour la circonstance. Ils sont numérotés de 1 à 10, et trois veaux possèdent le même numéro. Une ligne sépare la « glace » en deux parties égales : d'un côté se trouve une cage, de l'autre les veaux, qui se bousculent, s'attendant avec raison au pire. À tour de rôle, des équipes de trois cavaliers entrent au grand galop dans l'arène, puis un juge crie au micro un numéro tiré au hasard. Les cavaliers ont alors 30 secondes pour séparer les trois veaux sélectionnés du troupeau effrayé, et les faire pénétrer dans la cage destinée à cette fin, et ce, sans qu'aucun autre veau ne dépasse la ligne médiane. Le trio qui réalise le meilleur temps gagne. Les cavaliers n'ont droit à d'autres artifices que leurs cris et leurs chevaux. Le troupeau de veaux s'affole uniformément. Les cavaliers arrivent à bloquer la masse, à isoler les trois « élus » et à les poursuivre jusqu'au moment où d'eux-mêmes ils entrent dans la cage. Les chevaux semblent faire partie de leur cavalier, comme des minotaures. Les veaux, eux, voient de gigantesques animaux galoper à toute vitesse vers eux. Des cris émanent de partout ; la terreur se lit dans leurs yeux. On me raconte qu'il est désastreux pour la compétition de voir un veau mourir d'une crise cardiaque. La foule délire : leur nourriture se donne en spectacle, ça creuse l'appétit. Après le défilement de quatre ou cinq équipes, les veaux sont remplacés par d'autres, plus fringants, car ils deviennent si angoissés et si énervés devant ces charges répétitives que les conditions du jeu ne sont plus équitables pour les cavaliers qui suivent. Un jeu amusant pour toute la famille...

Cow-boys de ville qui, entourés de gratte-ciel, conduisent leur pick-up avec du Shania Twain à fond la caisse. Cow-boys modernes qui, avec leurs bottes à paillettes et leurs jeans trop serrés, se cherchent un but dans la société moderne alors qu'ils s'imaginent prendre part à la découverte de l'Ouest aux belles années de *Billy the kid*.

Nous quittons le Stampede et la chaleur du soleil. Mon petit tour de ville de Calgary ne m'impressionne en rien ; le Texas du Nord me semble assez moche. Je quitte Jazzy et cette ville pour, à la tombée de la nuit, rejoindre mon lac.

J'ai n'ai pas le temps de mettre les pieds dans l'appartement qu'un petit groupe d'amis me kidnappent et m'engouffrent dans la grosse van brune de Timmy, destination inconnue. Je perçois dans l'ambiance exaltée que ça va me plaire. Après une demi-heure de route, nous arrivons au lac Emmerald. Un lac merveilleux qui se berce au creux d'une vallée. Les étoiles éclairent nos pas pendant que nous défilons devant les maisonnettes à louer qui forment ce complexe hôtelier. Voilà que se présente notre destination ; je pouffe d'un rire bienheureux. Devant moi un immense bain tourbillon extérieur de 20 ou 30 places dégage une colonne de vapeur qui monte vers le ciel. L'eau est extrachaude et les jets puissants si agréables. Nos yeux admirent le lac, les étoiles et les montagnes qui nous entourent pendant que notre corps se fait dorloter. Ma bière dans les mains, je réalise que ce moment vaut bien toute une semaine de travail. « On ne se gâte jamais assez », dis-je en allumant le gros cigare que me tend Timmy. Difficile de se sentir mieux ! La grosse vie sale !

Tu sais que je ne peux rêver la vie sans toi
J'ai mémoire des eaux où je me suis baignée
Maintenant que je vis, que je rêve à la fois
Tout mon être voudrait que tu sois le dernier.

Richard Desjardins

13 JUILLET

On ne se soucie guère de ce que l'on possède. On s'inquiète seulement par rapport à ce qui nous manque, face à ce que l'on désire posséder. C'est en amour que ça m'est le plus frappant. Si quelqu'un a un amour inébranlable pour vous et que vous avez la certitude que peu importe ce qui arrivera cette personne continuera de vous aimer, vous êtes en face d'un amour voué à l'échec. L'amour demande d'être cultivé chaque jour pour briller éternellement de ses mille feux. Un amour que l'on « possède » ne requiert aucun entretien et meurt lentement, comme une fleur qui ne recevrait plus d'eau une fois éclose. L'incertitude, la peur de perdre l'autre, de ne pas être la meilleure personne pour lui (ou elle), nous pousse à nous dépasser, et c'est dans ces moments-là que les sentiments, les émotions et les amours les plus puissants trouvent leur berceau.

L'amour de Jazzy ne me semble pas totalement acquis. Son mystère m'ensorcelle, sa fragilité m'émeut, sa beauté me touche. Mais des douleurs du passé me hantent. Tous les gens se souviennent de leur premier amour — on n'oublie jamais son premier amour —, le plus intense. L'innocence nous poussait alors à faire un avec l'autre, et ce, sans restriction aucune. Foncer à cent milles à l'heure vers le bonheur : l'autre devient notre vie et notre raison de vivre. Lorsqu'on frappe un mur, sa première peine d'amour, on frôle la mort parce qu'on n'avait pas prévu qu'on aurait un jour besoin de freins. Des peines d'amour interminables, des « moments qui rendent le suicide convenable », comme dirait Alexandre Jardin. C'est à ce moment qu'on réalise qu'on n'est pas immortel, qu'on n'est pas à l'abri de la souffrance la plus pure, la plus dure. C'est une mort cérébrale.

Quand deux personnes se fondent en une seule, c'est que chacun ne vit qu'à moitié. L'amour est la découverte d'un autre, pas la perte de soi.

Après la pluie, il y a le beau temps, une renaissance où l'on devient plus rationnel. On a appris de ses erreurs et on ne veut pas foncer à fond de train dans une histoire qui potentiellement pourrait mal finir. On a peur. Et à moins d'être masochiste, les amours subséquents sont plus logiques. On ne veut plus de dépendance affective, car dépendre de quelqu'un entraîne un sevrage insupportable lorsque l'être aimé s'en va.

C'est l'absence totale de peur qui permet l'abandon complet, et c'est cet abandon qui a rendu notre premier amour si intense. Plus on accumule d'expériences plus on accumule de peurs, et c'est contre les blessures potentielles que l'inconscient construit une muraille protectrice.

J'ai beau regarder le ciel et fermer les yeux, je vois quand même le mur arriver, celui du possible échec de mon amour pour Jazzy. La souffrance que j'ai vécue dans le passé m'oblige à devenir extrêmement prudent, car je n'ai plus l'énergie nécessaire pour traverser une nouvelle peine. Nous ne sommes qu'en juillet certes, mais je vois déjà la fin de l'été arriver, et notre « Au revoir, oh oui on va s'écrire, ça va marcher, on va s'arranger, je vais déménager pour vivre à tes côtés. L'amour est plus fort que tout. À bientôt… » Des amours « longue distance », je n'y crois plus. J'en ai déjà vécu un, et j'ai aussi vécu son échec. Je sais que plus je m'embarque dans ce nouvel amour plus je serai détruit. Plus l'amour est fort, plus la peine risque de l'être. Dans le rêve que Jazzy fait de notre futur, je ne vois qu'un coma pénible où, au lieu d'une mort subite, on se laisse tout juste un soupçon de vie qui nous permet de souffrir plus longtemps, avant de finalement céder.

J'ai vécu trop d'expériences négatives pour trouver dans ses projections ne serait-ce qu'une étincelle de possibilité. Je suis trop pessimiste je sais, mais c'est un mécanisme d'autodéfense qui est indispensable à ma survie émotionnelle, du moins jusqu'au moment où j'aurai achevé ma reconstruction. (Arrive-t-on jamais à se reconstruire complètement après une peine d'amour ?)

Entouré de barricades qui me protègent de toute éventualité, j'annonce à mon amie que la fin de l'été signifiera mon retour au Québec et la fin de notre relation. Derrière ces murs, je n'arrive plus à réaliser ce que j'ai à ma portée, je ne vois que ce que je n'aurai plus. Sous cette armure, je piétine son cœur pour préserver le mien. Quand serai-je capable de séparer souffrance et bonheur ? Ces sentiments seront-ils toujours si étroitement tissés ?

*Il éprouvait le sentiment radieux de s'être une fois de plus emparé
d'un fragment du monde; d'avoir découpé avec son scalpel
imaginaire une mince bande de tissu dans la toile infinie de l'univers.*

Milan Kundera

15 JUILLET

Dès que j'en ai le temps, je pars à la découverte des montagnes
qui m'entourent; elles m'aident à voir les choses sous une
perspective différente, à décompresser, à réaliser que vivre au
jour le jour est la meilleure solution, et qu'en cet instant Jazzy
ne fait pas encore partie de mon passé.

Ces excursions vers les sommets me remplissent d'énergie.
Mathy, une voisine et collègue de travail, est une fille drôle,
toute menue mais pleine de vie, qui aime bien partager les
pistes avec moi. Quelques minutes d'auto-stop, et nous voilà
entourés des dix sommets enneigés et acérés qui bordent le lac
Moraine (celui qui apparaissait au verso des anciens billets de
20 $). L'eau de ce lac est tellement opaque qu'elle ressemble à
de la gélatine, plus précisément du Jello aux bleuets.

Aujourd'hui, nous escaladons l'une de ces montagnes si
impressionnantes. La montée est longue, et zigzag après zigzag
nous arrivons enfin sur un plateau complètement ceinturé de
glaciers. Les rarissimes herbes que l'on y trouve se fraient un
chemin à travers le sol sec et glacé. La vue est incroyable! Nous
sommes prisonniers des glaces. Une telle forteresse laisse
croire que mère Nature avait de bien puissants ennemis. Le sac
de croustilles que je traîne dans mon sac explose soudainement

d'un bruit sourd, à cause de la basse pression à cette altitude. On ne peut nier un tel signe : il est temps de prendre une pause-collation.

Nous nous dirigeons ensuite vers deux pointes qui déchirent le ciel, leur centre formant un col étroit mais envisageable qui nous permettrait de poursuivre notre excursion : la Sentinel's Pass. Trois kilomètres au-dessus du niveau de la mer, nous remontons la pente ; aucun obstacle ne peut nous arrêter.

Arrivés entre les deux gigantesques aiguilles, nous nous retrouvons devant une longue descente. Le vent assèche notre sueur. Le paysage est digne des régions montagneuses et arides de l'Australie : quasi désertique, formé de sable et d'immenses roches concassées. Des tonnes et des tonnes de pierres grugées par le temps, empilées avalanche après avalanche, constituent ce versant de la montagne ; aucune vie. Nous dévalons cet empilement aléatoire et instable sur cette pente des plus impressionnantes. Avec en tête le slogan *We brake for nobody*, nous nous lançons dans le vide, à toute allure, en ligne droite. « Tant qu'on ne freine pas, on ne glisse pas… » Mathy se retrouve quand même bien vite les quatre fers en l'air… créant un mini-éboulement. Le parcours est vraiment difficile : les pierres vacillent et menacent nos chevilles, mais mes pieds sont de taille (onze et demi pour être exact) et m'offrent un bon support. Nous doublons un couple, qui lui descend pas à pas. Chacune de leurs enjambées est soigneusement calculée pour éliminer tout risque possible. Je me demande s'il seront encore là demain…

Après des centaines de mètres de descente, le paysage désertique laisse peu à peu place à une végétation luxuriante au milieu d'une vallée entourée de chutes d'eau pure, issues des glaciers. La vie bat son plein dans ce nouveau paysage. Les oiseaux se font entendre. La beauté et la richesse qui nous entourent sont semblables à celles des forêts tropicales. Sur quelques centaines de mètres, nous sommes passés d'un désert sans vie à une forêt resplendissante ; on a, avec raison, baptisé cette vallée *Paradise Valley*.

Grâce aux nombreux ruisseaux, nous pouvons apaiser notre soif. Mais l'eau, sous forme de glace quelques minutes auparavant, nous rougit instantanément les mains. Elle mord tellement elle est froide.

Après des heures et des heures de marche, l'énergie se fait plus rare. Cependant, la route qui mène au village de Lake Louise, huit kilomètres plus loin, est en vue... Mes jambes sont si molles que je dois me concentrer pour qu'elles ne plient pas du mauvais sens. Selon un panneau placardé d'informations en bordure du chemin, cette route panoramique entre le village de Lake Louise et le lac Moraine, de quinze kilomètres au total, est transformée en piste de ski de fond l'hiver, totalement interdite aux automobilistes. Un beau chalet en bois rond attend les skieurs au bout du chemin, chocolat chaud au bord du feu. J'aime bien le concept.

Plus que huit kilomètres à faire. Nous enjambons péniblement l'asphalte en rêvant à notre confortable divan lorsque deux touristes, un homme et son vieux père, nous abordent pour nous demander des indications. Lorsque j'entends le fils traduire ma réponse en italien pour son père, je m'empresse de recourir à cette langue enfouie au plus profond de mes souvenirs, et tente de me dérouiller un peu. Quelques phrases bégayées dans un italien affreux, et nous voilà en voiture ! Ces gens acceptent de nous conduire jusqu'au perron de notre appartement. *O sole mio !*

Mathy est impressionnée par le fait que je parle italien, et me fait remarquer que cette langue a des pouvoirs... séducteurs. En effet messieurs, je ne vous apprendrai pas que pour faire craquer une dame il n'y a rien de mieux que de prononcer quelques mots d'italien. Peu importe lesquels ! J'ai même essayé avec succès la phrase : « Mes souliers sont vraiment usés. » La réaction ne se fait pas attendre, généralement un doux sourire et de longs soupirs… Appelez immédiatement au 1-800-je-veux-parler-italien-pour-obtenir-du-succès-avec-les-femmes et, pour seulement cinq paiements faciles de 199,99 $ (américains), vous recevrez une cassette miracle contenant toutes les formules et tous les trucs indispensables à une vie amoureuse que vous ne pouviez rêver de mériter. Les preuves sont établies, Don Juan lui-même parlait l'italien ! N'attendez pas une seconde de plus ! De ravissantes téléphonistes, que j'ai recrutées en personne à l'aide de ces formules miracles, n'attendent que votre appel !

Mathy est *housekeeper* au Post Hotel, elle fait le ménage des chambres. C'est toujours un plaisir de l'entendre rager lorsqu'elle est à quatre pattes dans le bain en train de frotter ; on sait qu'on va rire aux larmes de ses commentaires à propos des tâches pénibles qu'on lui confie. « Pourquoi ont-ils construit les câl… de douches avec des hos… tuiles qui se salissent à la moindre tab… de goutte d'eau ? » Frotter, frotter, toujours frotter. C'est une fille qui n'a pas peur des mots (surtout lorsque ses patrons ne les comprennent pas). On reconnaît immédiatement la chambre dans laquelle elle travaille aux cris qui en émanent. Surtout lorsqu'elle doit enfiler l'énorme douillette, presque trois fois plus grande qu'elle, dans son enveloppe. Le moins qu'on puisse dire c'est qu'on ne s'emmerde jamais avec elle.

Une fois écrasé sur le divan du 40, je tombe sur un gros cahier noir qui contient plein de poèmes et de superbes dessins ; il appartient à Fred, un autre de mes colocs. Ils m'impressionnent énormément (le livre, et Fred de l'avoir ainsi rempli). Fred est un de ces artistes atteints de vertiges inexpliqués. Dans son regard on peut voir le feu brûlant de la création, qui est en tout point semblable à celui de la folie. Il habite dans la cave avec sa blonde Evrin. Du haut de ses six pieds, il contemple le monde de ses grands yeux bleus, et comme bien des artistes il est introverti et difficile à approcher…

Avec la guitare de Gabbo, je lui joue mon *blues*, juste pour savoir ce qu'il en pense. Il commence d'abord par battre la mesure avec les mains puis, de sa voix grave et rauque, ajoute à l'improviste des couplets à ma chanson. Il est emporté par le rythme qui remplit l'appartement. Nous descendons dans sa chambre accompagnés de Gabbo qui, lui, s'empare de la basse électrique d'Evrin. Fred commence à réciter les poèmes compilés dans son cahier noir, et la musique nous habite, nous transporte. Notre corps entier est sous son charme. Fred nous infuse de l'ambiance de ses poèmes, puis Gabbo et moi l'accompagnons dans un périple musical. Je suis à des milliers de lieues d'ici ; je suis dans la vibration de mes cordes, je me retrouve dans la voix de Fred qui raisonne et résonne. En extase, en transe, nous concevons une musique entraînante et créative.

Quand je relève finalement les yeux, je m'aperçois que la chambre déborde de spectateurs, venus de je ne sais où, qui dansent avec leur tête, leurs mains et leur corps. Toutes les tentatives musicales que nous entreprenons fonctionnent, comme si on avait toujours joué ensemble. Je n'avais jamais ressenti ce sentiment auparavant. Des mois plus tard, des gens que je ne reconnaissais même pas m'en parlaient encore. La création est une chose tellement gratifiante. Cette soirée fut mémorable.

L'être humain peut-il réaliser quelque chose de plus beau que de créer ? N'est-ce pas ce qui nous sépare des animaux ? Nous nous sommes emparés de cette force créatrice qui était auparavant l'unique apanage de Dieu. Dans l'unicité de notre imagination dorment les créations les plus merveilleuses. Malheureusement, cette faculté est trop souvent gaspillée dans l'abandon et la paresse. La création devient une fonction obsolète dans notre société, à l'exemple des dents de sagesse. On pourra bientôt, à coup sûr, se la faire enlever.

I don't know the key to success.
But the key to failure is trying to please everyone.

Bill Cosby

17 JUILLET

Aujourd'hui, j'ai vécu le cauchemar des cauchemars. La salle à manger du Post Hotel, une des cinq meilleures au Canada, est un endroit sacro-saint. Les plats dans les 50 $ sont de véritables chefs-d'œuvre. Les serveurs (seulement des hommes le soir) offrent un service classique et distingué, la cave à vins est extraordinaire, le *cigar lounge* jouit d'une réputation internationale, etc. Aucun employé n'a le droit d'y pénétrer sans autorisation préalable. Pour les commandes reçues par le *room service* et qu'on doit prendre dans la cuisine, il faut emprunter la cour extérieure et descendre avec son plateau entre les mains par la sortie d'urgence, entre les conteneurs à déchets et les *peleurs* de patates assis en arrière. Or, voilà que je me rends compte qu'il n'y a plus de cendriers dans le lobby. Je dois aller à la cuisine pour en soutirer des propres du lave-vaisselle. Au diable le détour par l'extérieur ! Je suis fatigué (lire : paresseux). Je me faufile dans la salle à manger, qui est pleine à craquer. Les serveurs font la course contre la montre pour amasser les plus gros pourboires possibles, et donc ne me remarquent pas. À la cuisine, j'empile tous les cendriers en verre que je trouve puis, par les portes battantes, réintègre la salle à dîner. J'essaie de tenir la tête bien haute pour avoir l'air raffiné. Soudain, du coin de l'œil, comme au ralenti, je vois tous mes cendriers me glisser entre les doigts et se fracasser lourdement contre le sol dans un gigantesque vacarme. Le tonnerre laisse place à un silence des plus lourds. Je relève la tête ; tous les gens de la salle à manger me dévisagent, mais je ne vois personne d'autre que les deux propriétaires suisses, là juste devant moi. C'est la première fois que je les vois ensemble. Pour une première, c'en est une des plus mémorables. La figure d'un rouge pétant, la sueur ruisselant dans mon dos, je ramasse ces petits morceaux coupants tout en tentant d'esquiver les portes de la cuisine, qui me frôlent constamment, et les serveurs, qui me contournent au pas de course. Ils veulent me tuer : j'ai indisposé les clients, ce qui signifie pour eux moins de *tips*. Plus jamais je ne repasserai par la salle à manger. Et vive la honte !

Surprise ! Jazzy me rend visite à l'hôtel ; elle réussit tant bien que mal à me calmer les nerfs suite au choc nerveux que j'ai subi. Mais, faute de pouvoir bénéficier d'une pause, je ne peux lui parler comme j'aurais voulu le faire. J'ai l'impression de travailler tout le temps, et l'été qui défile si rapidement. Nous évoquons tout de même un projet de voyage au Costa Rica. En Amérique centrale c'est toujours l'été, et tant que ce sera l'été nous serons ensemble. Elle retourne m'attendre au 40. À mon retour, la joie d'avoir terminé le boulot sera décuplée par le fait que je me retrouverai dans ses bras.

Je suis épuisé, mais il me reste quatre heures de travail à faire. À bout de souffle, je m'assois sur le plancher du petit *bell desk* et m'appuie contre le mur. Billy, avec son énergie débordante, vient me rejoindre. Il est si étrange avec ses yeux pétillants, son sourire presque démoniaque et ses manières empressées. Il me trouve bien amorphe, et cela le désespère. Il me propose alors un remède contre la fatigue : il me tend deux petites pilules blanches et me disant de les avaler avec du lait, pour apaiser leur passage dans l'estomac. « Je te les offre, mais tu promets de ne jamais me demander ce que c'est. » Assez douteux comme proposition, mais enfin il ne veut quand même pas me tuer ! Sceptique, je n'en avale qu'une seule. Après quelques minutes, je vois le monde avec les yeux de Billy et je comprends enfin son comportement et ses manières. Je deviens comme lui. Je fonce vers les clients, leur arrache quasiment les bagages des mains ; je parle à un tempo de discothèque. Il y a tant de choses à faire, je cours de tous les côtés. Les gens me semblent si lents, si inefficaces. Billy m'avoue qu'il apprécie l'agressivité dont je fais enfin preuve pour aller « chercher » les clients : ils ne sont même pas débarqués de l'auto que leurs bagages sont déjà sur mon chariot. Les *tips* s'empilent et s'empilent, quelle journée !

Billy m'avoue aussi qu'il aime beaucoup travailler avec moi, mais que Jett est son collègue préféré. « Tu sais, Jett et moi savons comment être des *hustlers*. On a vendu de la drogue et plein d'autres choses dans notre jeunesse... On a appris comment s'imposer aux gens pour leur soutirer le maximum. Quand on travaille ensemble, ça roule. » Moi je n'ai pas encore acquis ces habiletés, mais j'avoue que j'apprends très vite.

Puis il enchaîne en me parlant de son premier job, qui consistait à ramasser, à l'aide d'un bâton clouté, les déchets sur le campus de l'Université de Montréal. Comme personne ne le surveillait, il passait ses journées à boire de la bière chez un ami et ne se rendait au travail que pour y chercher sa paye. Lui dire que je fréquentais aussi cette université, mais à titre d'étudiant, ne servirait qu'à créer un froid entre nous. Il est dans un autre univers que le mien, mais pourtant j'arrive à l'y rejoindre. Tout ce que j'ai à faire, c'est de me répéter à un rythme de discothèque « *money, money, money...* »

Ah, l'argent, dernier des dieux ! Le double jeu capitaliste consiste non seulement à s'élever dans la hiérarchie sociale pour gagner davantage, mais aussi à abaisser les autres. Car, puisque la quantité d'argent en circulation est fixe, c'est de leurs pertes qu'on pourra s'enrichir. Comme un vautour qui tue ses semblables pour s'assurer qu'il sera le seul à profiter d'une carcasse. C'est pour cette raison que la société évolue si lentement : les grandes compagnies étant si efficaces pour « rabaisser » les autres, pour conserver jalousement leur monopole, elles n'ont même plus besoin d'aller de l'avant. L'exemple type est celui des automobiles électriques ; elles sont, depuis fort longtemps déjà, parfaitement opérationnelles. Les grandes pétrolières ont tout simplement acheté les brevets d'invention, ou les inventeurs, pour que nous puissions brûler toujours plus d'énergie fossile. Et le jour où les réserves de pétrole seront rendues à un niveau alarmant (pour leurs profits), elles mettront en chantier la construction de voitures électriques et demeureront ainsi en total contrôle du marché. C'est de cette façon qu'elles retardent délibérément l'évolution.

Des remèdes contre le sida ou le cancer auraient sûrement déjà vu le jour si les compagnies pharmaceutiques avaient un but plus noble que celui de faire des profits. Les produits pour prolonger momentanément la vie et les antidouleurs temporaires rapportent beaucoup plus, et à beaucoup plus long terme, qu'un simple antidote. Ces compagnies risqueraient la faillite si un antidote venait à être découvert, surtout s'il est de source naturelle et qu'elles ne peuvent en acheter le brevet… Alors au diable la recherche. On invente désormais pour les dernières syllabes de ce mot : la « vente ». Les vies humaines n'ont pas leur place au cours de la Bourse.

Ce soir, il y a fête pour l'anniversaire d'Èva et presque tout le « lac » est là. Une masse humaine s'accumule dans l'appartement et la musique défonce les petits haut-parleurs. C'est incroyable de voir à quel point certains employés modèles le jour, en veston cravate et tout le tra-la-la, sont en fait des drogués-alcooliques-défoncés une fois les masques tombés. Si les clients savaient, ils auraient honte de payer si cher pour leurs services.

Je voudrais passer la fête à bavarder avec tous et chacun. Mais quand on tente d'être avec tout le monde à la fois on finit par être seul, *outsider* de toutes les conversations.

La fête prend de la vigueur avec l'affaiblissement des participants. Tous les types de drogue, tous les types d'alcool et tous les types de gens sont réunis dans un commun désir de fuir momentanément la réalité. Un gars en particulier, un grand noir, attire mon attention. Il me semble tout crispé. Il crie et danse comme s'il avait un doigt dans une prise électrique. Jett vient me voir, me demande si je suis relativement alerte, et me pointe précisément cet individu : « Regarde ce gars-là, il est sous l'effet d'une mauvaise *coke*, sûrement coupée avec du *speed* et/ou du PCP. Tu vois la mousse qui se forme sur ses lèvres ? Il est sur le point de *buster*, de faire une *overdose*. On verra bien si son corps tient le coup mais s'il tombe, tiens-toi prêt, il va falloir que tu viennes m'aider. Tu sais comment faire un massage cardiaque ? » Euh… Disons que ma perception de la fête a fait volte-face assez rapidement merci.

Jett a une vaste expérience du domaine. Il n'a que 25 ans mais il consomme constamment depuis plus de dix ans. De la marijuana au crack, il connaît tous les effets possibles pour les avoir vécus de façon concrète. Un *bad trip* ou une *overdose* n'a rien de bien mystérieux pour lui. Tenant compte des variables rencontrées, il sait exactement comment réagir. Cette connaissance pratique m'impressionne au plus haut point. Enfin quelqu'un qui sait de quoi il parle. Il n'est pas de ces moutons qui acceptent pour des vérités les rumeurs ou la propagande gouvernementale. Jett vit dans cet univers, et cet univers vit de lui.

Finalement, le corps du grand noir a tenu le coup, mais pas son estomac. Il se retrouve sur le balcon, à vomir tout ce qui l'avait empoisonné. Une chance parce que, pour dire la vérité, je ne sais pas comment faire un massage cardiaque…

Je termine la soirée sur le bord de la rivière, à regarder les étoiles filer, en compagnie de Jazzy. On dirait que quelqu'un a tiré une rafale à la mitraillette pour cribler le ciel de balles. Je divague au bruit des rapides et imagine la vie sur une de ces étoiles, au paradis. L'imagination est l'antidote d'une réalité trop pesante.

Jazzy imagine le paradis comme un endroit parfait, des étendues de gros nuages d'ouate. Mais quand tout est blanc et pur, on ne distingue plus rien. La vie est ainsi faite ! C'est par ses contrastes qu'elle nous éblouit, qu'elle nous fait réaliser qu'on est bien vivant. Quelqu'un qui est toujours heureux ne peut plus jouir de son bonheur (c'est le lendemain d'une maladie qu'on apprécie la santé). Une vie en dents de scie est la plus riche expérience que puisse vivre l'humain. Éliminer le malheur revient à éliminer le bonheur. Le second ne vient pas sans le premier ; ils sont indissociables. Le paradis n'est pas fait pour moi.

*Depuis ce temps, soleil, lune, étoiles peuvent s'arranger à leur
fantaisie; je ne sais plus quand il est jour, quand il est nuit :
l'univers autour de moi a disparu.*

Goethe

18 JUILLET

L'appartement est invivable, tout est tellement sale. La fête
d'hier soir lui a donné un coup fatal. Le tapis est noir, les
fauteuils sont imbibés de bière, la vaisselle est empilée —
modèle réduit des Rocheuses —, de la pâte à dents et de la
crème à raser couvrent le miroir de la salle de bain, le renvoi de
la douche est bouché et elle déborde, les toilettes sont des
cendriers géants, l'air est vicié, tout est en décomposition.
Régnant sur ce chaos, tel un trophée, une énorme pyramide de
canettes de bière vides s'élève jusqu'au plafond.

Le travail m'appelle, mais je n'en veux pas. Maudit job où les
employés sont traités comme des problèmes. Je suis crevé
mort. Je me tape l'autre pilule de Billy pour mieux passer ma
journée. Jett me voit arriver et la première chose qu'il me dit,
c'est : « *Hey! You look toasted!* » Mes yeux scintillent et mes
dents brillent dans le noir tellement un sourire béat occupe
mon visage d'une oreille à l'autre. Au fond, durant ces
moments, je deviens un *super employé*. « Madame, Monsieur,
votre chambre ! Les lits sont au deuxième étage, le bois pour le
foyer est ici. Voici les commandes du bain tourbillon et de la
télévision par satellite. Votre balcon donne sur la rivière, la vue
est magnifique. La distributrice à glaçons est dans le corridor,
deuxième porte à droite. Je pose vos valises sur le lit ? Merci,

passez un agréable séjour parmi nous. » Enfin, ne jamais oublier de tendre la main. L'argent, l'argent ! On dirait qu'il leur sort par les oreilles ; ils dépensent plus en une nuit que le salaire hebdomadaire des gens ordinaires. C'est un milieu si aliénant et absurde ! Je dois le quitter avant de devenir fou.

Les esclaves du système capitaliste ont pour chaîne leurs désirs. Ils se la passent eux-mêmes au cou.

Dès que mon horaire indique que je suis libre de nouveau, je m'enfuis pour revenir sur le champ de bataille qu'est notre appartement. Tout est propre, tout est nettoyé ! Je veux les embrasser. Kyle a réussi à entasser dans son coffre d'auto un peu plus de la moitié du contenu de notre placard à bières vides. Il a ramené 57 $ de consigne. Cette somme est immédiatement réinvestie dans d'autres bières, bien sûr ! Ça me rappelle la blague des deux gars saouls qui se disent : « Faut pas lâcher ! Il ne reste que sept bières à boire avant d'avoir assez d'argent de consigne pour pouvoir s'acheter une autre caisse. »

Ce soir, le party « après-party » a un arrière-goût plutôt amer : Kyle a démissionné de son poste de plongeur à l'hôtel, il n'en pouvait plus de se faire piler dessus. Josep, quant à lui, trouve que les conditions de travail sont meilleures en Éthiopie qu'elles ne le sont ici. Des salaires moindres bien sûr, mais plus de respect pour les employés.

Je bois, je bois, mon corps n'est qu'une éponge. L'altitude du lac, plus de deux kilomètres au-dessus du niveau de la mer, fait que l'alcool tape drôlement fort. Tout le monde se rappelle sa première « brosse » ici, alors qu'après avoir consommé deux bières chacun était saoul mort. *But practice makes perfect.*

Le départ de Kyle m'attriste. Les regrets viennent remplir l'air, et la nostalgie glorifie le passé. Dire adieu est comme mourir, mais c'est de la mort que surgit la renaissance. Se réfugier dans le passé n'est qu'un moyen d'éviter le présent.

En observant les couples présents à la fête, je constate que bien souvent les personnes qui sont unies par l'amour ne se ressemblent pas du tout. Fred, par exemple, est du type « artiste » réservé, mais l'alcool aidant il devient un personnage plus grand que nature qui capte l'attention du public entre ses doigts pour la projeter vers le ciel, comme une poudre magique. Un vrai maître de cérémonie! Evrin, sa blonde, est la fille la plus timide que je connaisse. Pendant un party, elle s'enferme dans sa chambre. Elle consacre toute son énergie à fuir les situations qui pourraient révéler son existence au reste de la terre. Cependant, sous cette carapace impénétrable semble se cacher une femme merveilleuse, remplie de charme, qui gagnerait à se faire connaître. Mais un potentiel ne vaut rien tant qu'il n'est pas exploité.

Pourtant, de ce couple aux allures contradictoires émane un amour qui semble indestructible. De temps à autre, ils traversent tout de même certaines périodes de froid. Mais ces petites discordes sont les fruits naturels de l'union entre deux êtres uniques. Des êtres uniques présentent par définition des différences, et de ces différences naît l'incompréhension d'où jaillissent les disputes. La beauté de l'amour réside même dans ses aspects les plus obscurs.

Au milieu de la soirée, Fred m'avoue qu'il est en chicane avec Evrin. Calmement, je lui rappelle qu'elle est la personne la plus importante de sa vie, qu'il l'aime, et voilà que le sourire lui revient. Fred m'abandonne pour la rejoindre et je ne le revois plus de la soirée. C'est fou comme les problèmes des autres nous semblent simples. Il m'avait expliqué qu'il en était à mettre au point un discours pour s'excuser auprès d'Evrin. Sur ce, je lui avais simplement répliqué que seul le cœur peut transmettre les véritables émotions. Réciter un texte relève d'un acteur, et « si elle est en amour avec un acteur elle ne l'est pas avec toi... »

L'amour est sans pitié. Il saisit ton âme et te propulse dans un univers merveilleux, mais il faut aussi savoir vivre avec les trous noirs de cet univers, sinon la chute est terrible.

Amis, amenez-moi tous vos problèmes, je suis le nouveau psychologue-miracle qui ne facture rien. Mais quand il s'agit de mes propres ennuis, je vaux ce que je facture...

Josep est seul dans son coin, mais c'est déjà extraordinaire qu'il ait accepté notre invitation. Je vais lui parler. Nos discussions habituelles revêtent une forme plutôt simple. Elles débutent généralement par une question de ma part, du genre « Et alors... cette Éthiopie ? » La réponse est presque toujours un long monologue que je n'ose interrompre tellement il est intéressant. Ce soir, il me parle de son père, l'empereur qui n'a jamais été roi. Après le coup d'État et la prise du pouvoir par un dictateur militariste, l'empereur déchu est devenu un emblème vide. Au lieu de se sentir abattu et de succomber à la déprime qui rôdait dangereusement dans les parages, son père, après avoir laissé retomber la poussière, s'est procuré une mini-fourgonnette avec laquelle, chaque matin pour son grand plaisir, il va ramasser les enfants du village pour les emmener à l'école. Chaque soir, il fait l'opération inverse, et ce, beau temps mauvais temps. Il est l'autobus scolaire de la municipalité. L'empereur est revenu à son peuple, plus près de lui qu'il ne l'avait jamais été. Il ne possède plus le pouvoir, mais a retrouvé la joie de vivre en servant ceux sur qui il devait régner...

Tels des aimants les lits attirent les corps fatigués, mais le mien n'a pas encore eu sa dose suffisante de vie pour aujourd'hui (en plus, je suis en congé demain). Devant le silence et la monotonie d'un appartement vide d'après-party et la mélancolie qui s'y niche, je décampe, seul, vers les étoiles. J'aimerais vaincre cette solitude grâce à la compagnie de Jazzy, mais les fins de semaine sont nos seuls moments communs.

Je marche dans la nuit sur un tronçon de route que les cartes appellent la « 1-A ». Mais elle porte aussi le nom de *Great Divide*. C'est la ligne de partage des eaux : les gouttes de pluie qui tombent à ma gauche trouveront leur chemin jusqu'à l'océan Pacifique, celles qui tombent à ma droite se rendront jusqu'à l'Atlantique. Une infime distance décide de la direction et de l'aboutissement de ces gouttelettes, des milliers de kilomètres qu'elles parcourront. Un simple coup de vent de dernière seconde, et leur sort change complètement. Mais peu importe de quel côté elles se dirigeront elles vont apporter la vie.

Pourquoi s'inquiéter de notre destinée? Planifier et fonder ses espoirs sur quelque chose d'aussi incertain que le futur est une entreprise vouée à l'échec, car tout changement inattendu, si petit soit-il, éliminera certaines des attentes. La déception ne se trouve pas dans le futur, mais bien dans nos espoirs par rapport à celui-ci. Seul le présent importe; un présent merveilleux est synonyme d'un futur merveilleux, car le futur devient immanquablement le présent. Maintenant est le seul moment qui compte. Ça me rappelle un passage de *L'alchimiste*, où un homme avoue que le rêve de sa vie est de voir La Mecque, mais qu'il ne s'y rendra jamais de peur d'en être déçu. Hypothéquer son présent pour les « peut-être » du futur me semble un prix bien lourd à payer... Vroom! Ces mots me trottent encore dans la tête au moment où une auto, qui file à toute allure, brûle le *stop* à l'intersection où je traverse. Elle défonce l'air à quelques centimètres de l'endroit où mon saut m'a amené. Un tourbillon de lumière, de vent, d'émotions, de réflexes et... de crissements de pneus. Un cri s'échappe de ma gorge pendant que l'auto passe et disparaît au loin. La mort encore dans les yeux, son souffle dans mon cou, je me relève, haletant...

Une fois mon esprit sorti de sa torpeur, la première pensée qui me vient est celle que le cri que j'ai émis lors de cet accident était très aigu, tel celui d'une femme. J'ai honte! Je ne voudrais pas mourir en émettant un cri si aigu. J'aimerais avoir un puissant cri de mort, finir ma vie avec honneur. Je marche dans la nuit. L'humidité forme, au sommet des arbres de la forêt, des nuages qui m'enveloppent, et je me pratique à crier. Je veux un cri long, solide, fort et grave. Il faut qu'il devienne un automatisme. AARRGHH! AARRRGGHH!

AAAOOUURRGGHH!

Oui c'est bon, je suis prêt à mourir mais, à bien y penser, je préfère vivre encore un peu. Il faut vivre à fond, sans que la perspective de la mort ne vienne nous freiner avant son temps.

J'ai peur de la nouveauté et de l'inconnu, peur de sortir des sentiers battus, peur de défier les normes, peur de tout ce qui sort du cadre routinier, peur aussi d'être pris dans la routine. Mais une force intérieure me pousse à défier ces peurs écrasantes, à les affronter pour, malgré un coût important, faire ce que je désire vraiment. J'ai peur aussi de la mort, que je viens de rencontrer; je veux vivre à fond pour n'avoir aucun regret lorsqu'elle viendra me chercher. Sur ma pierre tombale je veux qu'on inscrive ces mots : « Seule la mort lui apporta le repos. » Mais j'ai assez vécu pour aujourd'hui, le monde des rêves m'attend dans mon lit.

> *Tu es absente de ma vue et de ma vie.*
> *Je te quitte pour rejoindre la solitude,*
> *seule partenaire de mes nuits.*

J'aimerais parfois m'arrêter
Trouver un endroit où rester
Mais je n'aime que voyager
Et je ne fais que passer.

Jean Leloup

19 JUILLET

Ah! comme la bière a coulé. Mon salon n'est qu'un jardin de gens ivres. Deux jours de congé! Je pars pour Banff rejoindre Jazzy. Youhou! Mon pouce, outil de communication très puissant, alerte le conducteur d'une petite fourgonnette qui, sur deux voies de large, coupe le chemin aux autres véhicules pour m'embarquer. Un Polonais, cheveux longs et noirs, barbe d'une semaine et lunettes fumées posées sur un nez cassé, m'accueille. Il arrive difficilement à changer les vitesses et à tenir le volant simultanément puisque son autre main est monopolisée par une canette de bière, qu'il ingurgite dans un temps éclair. Il est en route pour chercher le fils de son patron, qui fait de la plongée sous-marine au lac Minnewanka, et ce n'est pas loin du camping de Jazzy. Il m'explique que ce lac a été créé par un énorme barrage artificiel (dans un parc national!?!). Au fond du lac, un village a été complètement submergé : maisons, voie ferrée, commerces — 30 mètres sous l'eau — sont devenus un paradis pour les plongeurs. Un village fantôme habité par des poissons!

Stationnés au bord du lac pour attendre notre « homme », nous observons les centaines de plongeurs jouir de leur loisir. Quelques chèvres de montagne nous contournent et, parmi les automobiles, recherchent la nature.

153

Encore tout détrempé, un grand blond vient nous rejoindre au véhicule. À son bord, le Polonais m'offre une bière et m'amène visiter un autre lac, tout près. Il me raconte que son passe-temps préféré, c'est d'emprunter un sentier dans le bois, puis de le quitter afin de se perdre. Hier encore, avant qu'il ne fasse trop noir, il lui a fallu sauter d'une falaise de plusieurs mètres pour rejoindre la civilisation, sinon il se tapait une nuit complète dans la forêt. Sa cheville ne l'a pas pris, et donc aujourd'hui il se repose. Il m'explique que s'égarer dans les bois est un rêve qu'il pourrait difficilement réaliser dans sa Pologne natale. « *You Canadians, don't know your luck!* »

En se débouchonnant une autre bière, il me décrit son emploi. Il est ingénieur et conçoit présentement un appareil pour évaluer les viandes. Les classifications A, AA, AAA sont attribuées par des spécialistes qui observent et tâtent la viande. Ils évaluent son taux de gras, sa teneur en nerfs, sa tendreté, sa couleur, sa texture, etc. Le problème, selon lui, c'est qu'une viande très grasse est évaluée A au Canada et AAA en France. Les Mexicains, eux, apprécient une viande à forte teneur en nerfs. Donc, au gré des goûts des spécialistes d'un pays, la classification varie pour une même qualité de viande. Ce Polonais a trouvé la solution : il a mis au point une machine qui évalue la viande selon un standard universel. Les morceaux de viande sont alignés sur un tapis roulant et cette machine, à l'aide d'infrarouges, de rayons X, etc., leur attribue une cote. La technologie au service des steaks! Il me parle aussi de la nécessité d'inventer une machine du même type pour classifier les femmes : niveau de gras, grosseur des seins, analyse du cerveau, compte en banque, capacité de supporter les beaux-parents, etc. « Franchement! » lui dis-je, indigné… pour préserver mon image auprès des lectrices.

Il me dépose finalement devant le chalet de Jazzy. Quel personnage! Il a dû boire six ou sept bières le temps de me conduire ici…

Je cours vers la porte de ma bien-aimée, qui ne se doute aucunement de ma visite. Surprise! Elle est bien contente de me voir, mais sans plus... Je suis déçu. Elle me rassure en me disant que cela n'a rien à voir avec moi. Elle est déprimée, trouve le temps long, ne s'entend pas tellement bien avec ses collègues de travail, se sent seule.

Nous chassons ensemble la solitude en s'étreignant dans la petitesse de son lit simple. Je sens son amour, mais aussi sa peur. Voilà une énigme dont elle ne possède pas encore la clé. Je lui explique que l'amour ne suit pas de règles précises et ne se retrouve pas dans les livres de recettes.

L'amour est un combat. Dans la peur de le perdre vit la passion. Dans le désir de le conquérir vit le romantisme. Et, quand le romantisme devient superflu, la passion meurt. L'amour ne doit jamais être dompté, car l'amour domestiqué s'appelle amitié. L'amour est un sentiment incontrôlable qui brille de toute sa splendeur dans un laisser-aller total. Sa seule règle, le désir; sa seule loi, la passion.

Jazzy est paralysée par la peur de décevoir, de ne pas être à la hauteur. Je connais trop bien ce sentiment. Je veux que tout soit parfait, qu'elle voit le monde merveilleux qui s'offre à elle, sans subir le traumatisme que tant de gens vivent à leur première relation, celle qu'on n'oublie jamais. Cette nuit n'est pas la bonne... mais ça viendra.

Écrire, c'est une façon de parler sans être interrompu.

Jules Renard

20 JUILLET

Après une grasse matinée, nous décidons d'aller nous baigner aux Hot Springs de Banff. Cette source d'eau thermale est responsable de tout le développement économique de la région et de la création du parc national. Au début du siècle, quand quelques employés de la compagnie de train ont découvert cette caverne, ils l'ont décrite comme possédant une inimaginable beauté. Ils avaient découvert « l'eau du diable », celle qui sent le soufre de l'enfer. Puis la business s'y est installée. Les annonces mentionnaient l'eau miraculeuse qui guérit toutes les maladies. Des handicapés en chaise roulante venaient s'y baigner, puis repartaient sur leurs pieds. Un véritable don de Dieu! Un médecin a embouteillé cette eau pour la vendre comme une boisson thérapeutique extra-ordinaire. Un énorme complexe hospitalier s'est développé tout autour de la source.

Puis le gouvernement est intervenu, a décrété la région « parc national » et en a chassé les fraudeurs. J'ai bien hâte de voir cette caverne d'eau thermale, située sur la montagne baptisée en son honneur, la Sulphur Mountain. Les dépliants promotionnels regorgent d'illustrations d'explorateurs qui descendent dans cette grotte merveilleuse attachés à une corde.

La fraude est loin d'être disparue ; elle est simplement légalisée. Un gigantesque hôtel se dresse entre nous et la vue qu'on aurait pu avoir de la vallée. Un immense complexe abrite la source, qui maintenant est canalisée. Il n'y a plus de caverne ; l'eau est acheminée à une piscine où des centaines de personnes s'entassent comme les nouilles d'une soupe. L'eau thermale a été diluée afin de perdre son odeur sulfureuse. Tout ce qui rendait ce site exceptionnel à été remplacé par des édifices, des restaurants, des boutiques-souvenirs. Dix dollars pour se baigner, mais maintenant l'argent tombe directement dans les poches du gouvernement. Quand on a le pouvoir de chasser les fraudeurs, on acquiert le monopole.

Je barbote et me détends en attendant Jazzy. Je l'aperçois qui s'avance, toute gênée de se présenter devant moi en costume de bain. Je me rends compte à quel point je l'aime, mais je surprends quelquefois un brin de méchanceté qui enveloppe mes paroles. C'est assurément mon mécanisme d'autodéfense contre la blessure d'une séparation éventuelle qui vient de s'enclencher. Mon inconscient me pousse à garder mes distances.

> *Qui a déjà aimé dans des proportions qui justifient*
> *l'emploi de ce verbe ne pourra condamner un tel procédé.*
>
> **Alexandre Jardin**

Quelquefois je voudrais me donner totalement à Jazzy, et d'autres fois m'éloigner d'elle. Je déteste tant ces séparations continuelles que nous imposent nos emplois. J'aimerais tout oublier et me laisser flotter dans ses bras, mais alors je frappe le mur protecteur que je me suis moi-même construit.

On arrive à la connaissance par l'étude ;
À la confiance par le doute ;
À la compétence par la pratique ;
Et à l'amour par l'amour.

Thomas Szasz

25 JUILLET

Mon job me stresse. Dans l'univers de l'argent il n'y a pas d'amis. Josep et Jett se sautent à la gorge. Moi, en essayant d'être neutre, je me ramasse toujours au milieu de leurs disputes, ce qui est encore pire. À tour de rôle, ils tentent de me faire ranger de leur côté. Pénible !

La majorité des clients de l'hôtel sont américains et, par le fait même, pas trop brillants (selon moi). Je ne veux pas généraliser, mais ça m'est difficile de faire autrement *(note à l'éditeur : si ce livre est traduit en anglais, veuillez retirer ce paragraphe)*. Ce matin, un *Yankee* m'a demandé à quelle heure les animaux du parc étaient remis en liberté. Il pensait que tous les animaux des Rocheuses canadiennes étaient gardés en cage la nuit, comme si on était dans un gigantesque parc safari... Un chauffeur d'autobus m'a par la suite raconté qu'en revenant d'une visite aux glaciers des Columbia Icefields il a surpris un Américain avec un gros bloc de glace sur les genoux, assis tranquillement dans son siège. Le chauffeur lui a alors demandé de se départir de ce bloc pour éviter un dégât d'eau dans l'autobus. Le Texan de répondre avec son bel accent : « Cette glace existe depuis des millions d'années, pourquoi fondrait-elle maintenant ? »

Ce soir, c'est au Sitzmark que ça se passe. C'est le bar de la station de ski du lac Louise, qui se situe au pied de ses pentes. Le jeudi, toutes les deux semaines, on y organise une immense fête avec un groupe de musique. La bière y est moins chère qu'au Liquor Store et un système de navette gratuit est disponible à partir de nos logements. Les jeunes, de Jasper à Banff, se retrouvent à ces happenings géants. Il n'y a pas beaucoup de bars dans le coin, mais quand ça fête ça fête solide. Les jeunes prennent deux semaines pour accumuler l'argent et l'énergie qu'ils vont dépenser durant cette soirée… et pour se remettre de la dernière.

Un *band* reggae joue ce soir. La salle, entièrement construite de billots de pin géants, est immense. Les gens saouls débordent de partout et se pilent sur les pieds. Dans les moindres recoins les gens dansent, sans se soucier de l'existence ou de l'absence d'une quelconque piste de danse. L'alcool coule à flots. À la fermeture, tout ce bétail s'entasse dans les autobus jaunes, et c'est le retour au bercail dans les cris et les chants.

Il est tard, mais des bruits dérangent la quiétude de la nuit. Ils proviennent… de mon appartement!?! Le *party* est *non stop*. Je suis complètement claqué, mais je n'ai pas le choix de me joindre à mes amis et de continuer la fête avec eux. Fred et Gabbo ont commencé à boire vers une heure de l'après-midi et il est maintenant quatre heures du matin. Trente-cinq bières, selon leurs calculs… et je n'aurais pas mis ma main au feu pour jurer de l'exactitude de ce chiffre. Quand les pichets coulent à flots, il est difficile de bien tenir les comptes. En fait la seule manière, c'est de calculer le lendemain combien d'argent on a flambé. Une chose est certaine : « *The forty is the place to be!* »

Et nous comprenons là que notre vocation est de sillonner indéfiniment les routes et les mers du monde. En restant toujours curieux, en regardant tout ce qui se présente à nos yeux.

Ernesto Che Guevara

26 JUILLET

Aujourd'hui est un autre jour… de travail. La levée du corps est vraiment pénible. Gabbo a toujours de la difficulté à se réveiller le matin, et je sais qu'aujourd'hui ça sera encore pire. Je commence mon quart de travail à 7 h, lui à 8 h. Il est déjà 8 h 30 et je le cherche partout en vain. Je dis à mon boss qu'un cuisinier m'a demandé d'aller réveiller un plongeur, j'emprunte le camion de l'hôtel, et je pars. Diamondback ne me pose pas de questions, car les lendemains des fameux Sitzmark ça m'arrive très souvent de devoir aller réveiller des employés qui ont « passé tout droit ».

J'arrive au 40, Gabbo dort profondément. Je le réveille en lui demandant doucement si d'aller au travail faisait partie de ses plans de la journée. Après un coup d'œil rapide en direction du réveille-matin, il s'expulse du lit comme un ressort. En 38 secondes il est prêt! Je le dépose à l'entrée des employés, vais stationner le camion, et je le revois sortir aussitôt. Il s'en va. Quoi? « Oh, ils m'ont renvoyé, je retourne me coucher », me dit-il nonchalamment. Ce n'était pourtant pas son premier retard… Merde, ça signifie le départ d'un coloc, d'un bon ami et la fin de nos *trips* musicaux.

La journée continue lentement. Le soleil redescend de son zénith. Un appel à la réception signale qu'un ours noir se promène dans les environs de l'hôtel. Je vais immédiatement faire le tour des lieux et le vois se cacher dans un buisson, à quelques mètres de clients qui sirotent leur café sur leur balcon et qui ne se doutent de rien. Je vais les prévenir et ils entrent à toute vitesse dans leur chambre. Je ne croyais pas leur donner une telle frousse.

Erreur, ce n'est pas pour sauver leur peau qu'ils ont couru ; ils ressortent aussi vite de la chambre, caméra en main, et s'avancent vers le buisson ! Quels cons ces touristes !

Finalement, j'agite mon impressionnant trousseau de clés et effraie le pauvre ours, qui se sauve en direction des bois. Mais, pour rejoindre son habitat, il doit d'abord traverser toute la longueur du stationnement. Les gens se précipitent de partout pour aller chercher leur appareil-photo. Leurs yeux ne servent à rien, il leur faut une preuve tangible capable d'impressionner parents et amis. À mon grand soulagement, mais quelle déception pour la masse qui s'entasse maintenant dans le stationnement, l'ours atteint finalement la forêt.

Un gardien du parc, dépêché sur les lieux avec une carabine, m'explique comment différencier un ours noir d'un grizzly : « Quand la bête te poursuit, grimpe à un arbre. Si elle monte elle aussi pour venir te chercher, c'est un ours noir. Si d'un seul coup de patte elle abat l'arbre pour t'attaquer, c'est un grizzly. »

Je retourne au 40, épuisé et écœuré. Tout ce que je veux, c'est me coucher. Des bières se débouchent et une partie d'aki débute dans la cour. C'est une mini-célébration pour la « libération » de Gabbo et son pied de nez à l'autorité (autant le prendre de cette manière). La fatigue a raison de moi et mon manque d'entrain m'attire inexorablement vers ma chambre.

Des fois, j'ai l'impression que la terre est une grosse boule qui tourne plus vite qu'il ne m'est possible de courir.

Pour redécouvrir l'essence même de son humanité, l'autonomie,
il faut être au lieu de bêtement consommer et de se définir
exclusivement en fonction de l'avoir.

Texte sur la philosophie d'Erich Fromm

27 JUILLET

Nous voilà presque rendus au mois d'août ; que le temps passe
vite ! Quelquefois, je me demande à quoi aurait pu ressembler
cet été si je l'avais passé au Québec. Mais au fond de moi-
même, je sais fort bien que je me devais de quitter le cercle
vicieux dans lequel je m'étourdissais.

Outre Èva, Gabbo et Trixtus, que je connaissais déjà avant de
venir au lac, la première personne qui a mérité mon amitié est
Kyle, ce clown heureux. Mais à présent qu'il est parti, je
découvre Fred et j'en suis bouche bée. Sa timidité le rend difficile
d'accès, mais sa personnalité excentrique et sa créativité extrême
font de lui un être brillant. Je m'entends à merveille avec lui et,
dès que je le croise dans les corridors de l'hôtel, je suis certain
d'engager une conversation des plus bizarres et intéressantes.
Nous nous saluons à grands coups de surréalisme.

Des fois, je suis las de ce job. Le remède est pourtant simple :
partir vers les montagnes, vers la nature. Mais je travaille
plus de 60 heures par semaine et je n'ai ni le temps ni l'énergie
nécessaires. Il y a tellement de choses que je voudrais faire ;
je ne suis tout de même pas venu jusqu'ici pour être enfermé
à longueur de journée ! Et je ne vois que trop peu la belle
Jazzy. Mais tout compte fait, l'argent achète mon silence...
pour le moment.

Sur les murs vierges de notre appartement, nous avons créé, à
l'aide de mots et de lettres découpés dans plusieurs magazines,

le « *wall of fame* » et le « *wall of shame* ». Ce dernier, c'est notre bible, les lois et les commandements qui gouvernent notre appartement. Chaque jour, une nouvelle loi s'ajoute. Par exemple, « *Beer shall never grow old* », « *Day should start at noon* », etc. Fred a aussi composé une chanson avec les expressions d'une bande dessinée, genre « Kazam, paf, boumm, ouchhh, pataram... » C'est tellement drôle de l'entendre la chanter.

Le « *wall of fame* », quant à lui, se compose de la liste de tous les gens qui sont venus faire la fête à l'appartement. Un des noms qui y apparaît est celui d'Andy Frimm. Ce petit homme au crâne bien rasé (contrairement à sa barbe) est plongeur au restaurant de l'hôtel et a habité avec nous quelque temps. Il avait l'étrange habitude de coucher sur le divan du salon plutôt que dans son propre lit.

Andy a toujours des histoires très intéressantes à raconter sur sa vie. La première fois que je l'ai rencontré, il m'a parlé durant trois heures de sa religion où il fait office de prêtre : l'art des sorcières. Il donne dans la magie blanche, don transmis de père en fils depuis plus de 5000 ans. Il a un énorme et complexe (et laid) tatou sur la poitrine, fait non pas avec une aiguille traditionnelle mais bien avec un couteau qui découpe la peau afin que l'encre puisse y être insérée d'une manière ancestrale. Ce symbole officialise sa position de prêtre. Les pouvoirs étant transmis de père en fils, lorsqu'un garçon mourait avant d'être élevé au rang de prêtre, sa famille devait aller kidnapper un autre garçon et l'élever à sa place. Ordinairement, les enlèvements avaient lieu en Europe, en ex-Yougoslavie pour être exact. Andy est le seul de sa famille à avoir émigré en Amérique. Ses pouvoirs personnels vont de la prédiction à la lecture de la pensée. La télépathie avec les membres de son groupe existe depuis toujours. Il m'a montré son livre de formules magiques, écrites en caractères gipsy. Très impressionné, je lui ai demandé de revenir plus souvent afin de discuter de sa culture.

Quelques jours plus tard, il m'apprend qu'il détient un baccalauréat en biochimie nucléaire. Il s'est fait offrir un poste de professeur à la prestigieuse université américaine MIT, mais a décliné l'offre parce que son désir de voyager était trop pressant.

Quelques semaines plus tard, il me raconte son expérience de pompier. En fait, il était chef d'une équipe spécialisée. Son expertise l'a d'ailleurs amené en Irak où, après la guerre du Golfe, il a été mandaté pour éteindre les feux de pétrole que Sadam Hussein avait lui-même allumés. Cette histoire précédait de quelques jours celle où il m'apprenait détenir le grade de général dans l'armée canadienne.

Plus les jours passent, plus il en a fait des métiers. Il doit bien compter 40 ans d'expérience dans divers milieux, lui qui a 23 ou 27 ans, selon le jour où on lui demande son âge. Pauvre gars, tellement désespéré d'obtenir l'attention et le respect de ses pairs. Peu importe le sujet de conversation, il trouve toujours l'histoire la plus rocambolesque, la plus intense et la plus spectaculaire. Ceux qui le rencontrent pour la première fois l'estiment et sont vraiment épatés de ses aventures. Il connaît même du succès auprès des filles, du moins jusqu'au jour où deux d'entre elles comparent les versions de son autobiographie.

Plus les gens deviennent saturés de ses mensonges et s'en éloignent, plus il tente de les reconquérir avec des histoires incroyables. En l'espace de deux semaines, personne dans le village ne le respectait. Plus personne ne pouvait l'endurer... sauf moi. Dans toute personne se cache de la beauté ; il s'agit simplement de la découvrir. Celle d'Andy, c'est son imagination. Tout le monde est capable de raconter des mensonges, mais les siens sont si élaborés, si originaux. Assis à ses côtés, sur un banc en face de la boulangerie, j'écoute ses contes. Et même si je n'en crois pas un traître mot, ils me divertissent. Pas trop souvent, mais de temps à autre. Il est si inoffensif ! Pourtant, personne ne partage cet avis.

Il se fait harceler, insulter, rejeter, et même frapper. Pour moi, c'est un conteur d'histoires à dormir debout, et je n'ai même pas besoin de payer pour assister à ses représentations. Tout ce qui lui manque, c'est un peu de musique.

Le paysage humain est tellement coloré.

Aucun excès n'est ridicule Orphée...
Votre plus grave défaut est de savoir jusqu'où on peut aller trop loin.

Jean Cocteau

28 JUILLET

Ce matin, profitant des premiers rayons de soleil qui plombent sur notre balcon, j'ai vu Darryl, un voisin complètement sauté, maniaque de *cruiser*, sortir à toute allure d'un sentier qui mène à nos logements. Il hurlait, et pour cause : il était poursuivi par un énorme grizzly ! Jamais de ma vie je n'ai vu quelqu'un pédaler aussi rapidement. Les gardiens du parc sont arrivés en toute hâte et ont tiré des balles de caoutchouc pour effrayer l'animal. Mais ce grizzly enragé était tenace et les gardes étaient en train de charger de véritables cartouches lorsque soudainement il a abandonné la poursuite, retournant dans la forêt comme si de rien n'était. En course, ces gigantesques créatures de plusieurs tonnes peuvent atteindre une vitesse de 60 km/h, et même démarrer plus vite qu'un cheval ! Lorsque Darryl est arrivé face à face avec lui dans la forêt, il n'a probablement eu que le temps de retourner sa bicyclette avant que l'ours ne commence à le charger. Et moi qui le regardais par la fenêtre, un café à la main...

La beauté incroyable de cet été, avec son soleil éblouissant et sa chaleur agréable, en a fait le plus sec de toute l'histoire des Rocheuses. Bien sûr, les spécialistes blâment El Niño, nom qui remplace la trop fastidieuse formule « réchauffement de la planète dû à la pollution ». Il fait tellement beau et chaud que l'indice des feux de forêt est à son maximum. Pis encore, les baies sauvages, principale source de nourriture des grizzlys, ne sont pas écloses en raison de la sécheresse. Pour se nourrir, les grizzlys doivent donc descendre des montagnes et, ce faisant, se rapprocher de la civilisation. Leur grand appétit les rend voraces et violents : plus de 18 attaques mortelles ont déjà eu lieu cette saison, principalement dans le parc. Les gardiens sont en constant état d'alerte, et la majorité des pistes d'hébertisme sont fermées. Avant on limitait le territoire qu'occupaient les grizzlys ; maintenant on limite le territoire qu'occupent les hommes.

Cet après-midi, Gabbo et moi décidons de nous rendre à Banff, plus précisément à Sulphur Mountain, cette fameuse montagne aux ex-cavernes thermales. Mais cette fois-ci, ce qui nous intéresse c'est de la gravir jusqu'au sommet. Elle est immense, redoutable, mais rien n'est impossible.

Nous montons et montons l'interminable piste. Chaque pas est un test, et chaque test semble être le dernier que l'on puisse subir. La sueur et la fatigue qui nous accablent, et dont nous faisons montre, nous gênent lorsque que nous croisons une femme qui, chaque jour selon ses dires, gravit cette montagne en joggant pour tenir la forme. Ses mollets semblent sculptés dans le roc. Mais nous, c'est notre corps tout entier qui semble de roche et chacun de nos pieds pèse une tonne. Nous ne savons plus d'où nous sommes partis et où nous allons. Nous nous contentons de placer un pied devant l'autre, comme s'il s'agissait d'un travail à la chaîne ; notre cerveau se déconnecte. De temps à autre, dans un effort suprême nous réussissons à lever les yeux et à embrasser du regard la vaste étendue qui nous entoure. Mais la pente capte toute notre concentration : il nous faut lutter contre le désir de tout abandonner et de nous coucher par terre dans l'idée de ne jamais plus bouger.

Enfin, nous y sommes ! Nous nous retrouvons devant un énorme complexe restaurant/boutique-souvenirs/téléphérique qui crache une meute de touristes. Le dégoût que cela nous inspire est bien vite remplacé par la béatitude que la chaîne de montagnes (dont nous sommes maintenant le centre) nous procure. L'incroyable beauté sculptée par les gouttes de pluie, les bourrasques de vent... L'infini pour nous, une fraction de seconde pour l'univers. Les montagnes semblent effilées comme des couteaux, enchaînées entre elles par de profondes vallées. La végétation n'arrive pas à les dominer. Puis Gabbo regarde sa montre, nous sommes en retard à un rendez-vous qu'il avait fixé à un ami au pied de la montagne. Après plusieurs heures de montée ardue, nous passons cinq minutes au sommet, et prenons le téléphérique pour redescendre.

Arrivant à notre point de départ, je veux noter une idée que j'ai eue afin de ne pas l'oublier et, pour ce faire, je demande à une jeune inconnue si elle a un crayon. Elle me répond : « Pour écrire mon numéro de téléphone ? » Instantanément un « non » sec sort de ma bouche. Puis, devenu mal à l'aise par peur de l'avoir blessée, d'un ton charmeur, pour diminuer la tension, j'ajoute à la blague : « Ton numéro de téléphone, je vais le retenir par cœur... » Je m'éloigne, mais quelques instants après je m'aperçois qu'elle me regarde et me sourit. Elle est très belle et je me rends compte que ma réplique était excellente pour *cruiser*. Cette idée ne m'avait pourtant même pas traversé l'esprit. Les timides ont souvent une perception si différente de la réalité, ils sont presque dans une autre dimension, seuls dans leur *intimidité*.

Les perceptions créent notre univers. Elles dictent nos peurs, nos goûts, notre comportement, etc. Si on arrive à les contrôler, on peut vivre dans un monde où tout va pour le mieux, où rien n'est mauvais. C'est, selon moi, la clé la plus importante pour atteindre le bonheur. Il y a toujours plusieurs façons de voir les choses. À nous de les regarder sous un angle qui nous apporte le plus grand bien-être. Tout peut contenir du positif et, contrairement aux aimants, le positif attire le positif.

He had no place he could stay in without getting tired of it
and there was nowhere to go but everywhere,
keep rolling under the stars.

Jack Kerouac

30 JUILLET

Aujourd'hui, je décide de profiter pleinement de ma seconde journée consécutive de congé (deux jours de suite, c'est du jamais vu!). Jennifer, une hôtesse au salon de thé de l'hôtel — ceinture noire de taekwondo! —, aime vivre à cent milles à l'heure, et à cet égard je l'admire beaucoup. Dès qu'elle quitte le travail, elle explore la nature, grimpe les sommets, fait du camping sauvage, etc.; elle vit pleinement, quoi!

Cette journée-là, devant la jalousie que j'exprime chaque fois qu'elle relate une des aventures de sa vie extraordinaire, elle décide de m'inviter à partager son après-midi. J'apprécie à sa juste valeur cette invitation et m'empresse de rassembler mes amis pour la partager.

Entassés dans la grosse van brune de Timmy, nous nous rendons, par des chemins de terre obscurs, à un site qu'elle appelle le *natural couch*. Jennifer vit à Lake Louise depuis plusieurs années, elle connaît donc les endroits hors des sentiers battus.

La Kicking Horse est la rivière la plus violente de l'Ouest. Ses expéditions de rafting sont réputées internationalement. Quand le soleil courtise les glaciers, l'eau née de cette union se précipite dans la rivière, symbole de la puissance pure. Des rapides, des tourbillons, des masses d'eau qui circulent à une vitesse folle frappent agressivement tout ce qui entrave son cours.

171

Un immense rocher s'avance dans la rivière et y obstrue plus de la moitié de la largeur, ce qui crée bien des remous. Ce bloc, qui surplombe le courant enragé de quelques pieds seulement, a la forme d'un divan et on peut s'y installer confortablement et admirer la puissance torrentielle et sonore des flots débiles qui l'entourent. Tous alignés, bien écrasés sur ce sofa gigantesque, nous sommes bouche bée devant le spectacle poignant qui s'offre à nous. Les vagues se fracassent contre notre dossier de roche avec une telle ardeur que nous devons crier pour nous entendre parler, bien que parler devienne superflu dans des moments comme ceux-là. La nature est à la fois paix et violence à l'état brut. L'eau, armée de temps, se creuse des passages à même la roche, balaie la terre, détruit tout ce qui tente de la retenir. On peut palper son énergie et admirer son travail alors qu'elle besogne à se sculpter des canyons. Tout le monde se sent activé et devient hyperactif ; l'énergie est contagieuse.

Dans les Rocheuses, tous les ruisseaux tirent leur origine des glaciers, ce qui rend la baignade insupportablement froide. Timmy, petit cuisinier irlandais de l'hôtel, mais surtout propriétaire de la van qui nous sert d'autobus, aime les poussées d'adrénaline. Fameux casse-cou, il est réputé pour ses descentes de montagne à bicyclette en tenant le pari de ne jamais freiner. Au loin, les remous blancs et violents des flots laissent paraître une toute petite tâche jaunâtre, la tête *bleachée* de Timmy, qui tente de se maintenir au-dessus de l'eau en s'agrippant à un tronc d'arbre. Un faux pas, une maladresse, un glissement, et il parcourra plusieurs centaines de mètres autant sur que sous l'eau avant de ne pouvoir freiner sa course, volontairement ou pas. Pauvre Timmy, il va en prendre une tasse, et ce n'est pas moi qui vais me jeter à l'eau pour le secourir.

Comme l'après-midi tire à sa fin et que le soleil a plombé toute la journée, la fonte des glaciers est à son maximum et le débit de la rivière l'est aussi. Notre sofa est maintenant complètement immergé dans un énorme tourbillon.

C'est le départ. Nous suivons la route de terre et, quelques kilomètres plus haut, arrivons au *natural bridge*. L'eau, fatiguée d'être détournée par une autre énorme masse de roche, a décidé de s'y creuser un tunnel. Un trou dans le rocher crache des tonnes d'eau avec une puissance incroyable, tel un jet qui s'échapperait d'une borne-fontaine géante. De temps à autre, l'eau semble se calmer et puis, comme un coup de canon, elle explose à nouveau. Ce site touristique, car nous avons rejoint la route principale, est engorgé d'autobus. Un observatoire clôturé enferme la masse de touristes et les empêche de s'approcher du trou dans le rocher. Je m'engouffre dans cette cage d'observation en me demandant où sont mes comparses. Tout à coup une pluie de flashs déferle de toutes parts. Je regarde vers le bas et vois mes amis qui sautent de roche en roche dans les rapides. Certains touristes semblent se tenir prêts pour capter un éventuel faux pas, dans le but d'immortaliser une chute tragique et vendre leur vidéo aux émissions-catastrophes.

Tant qu'à disposer d'un moyen de transport, nous continuons notre route jusqu'au Herbert Lake, où l'eau, cette fois-ci, correspond à une image de paix totale. Les montagnes offrent leur reflets rougeâtres au lac, alors que le soleil éclaire de ses derniers rayons notre partie d'aki. Seul le chant des oiseaux vient rompre le silence.

Entourés par la forêt, nous nous assoyons en cercle et jouissons de la sérénité qui émane de cet endroit. Tout à coup surgit un 4 x 4 à quelques mètres de nous, un canot sur le toit et deux passagers dans le ventre. Il fracasse les branches sur son passage et fait crier son moteur et sa musique à toute pompe. Devant notre étonnement, le chauffeur baisse sa vitre et nous

crie, d'un ton « fier cow-boy américain » : « *Hey ! It's a Suzuki.* »
Dans un vrombissement, il repart à toute allure mais, à peine
dix mètres plus loin, il frappe une grosse pierre dissimulée
sous l'herbe épaisse. Elle soulève son camion et, bien qu'il la
traîne sur plusieurs mètres, elle finit par l'immobiliser. Les
passagers sortent de leur véhicule, visiblement frustrés d'avoir
sans aucun doute gravement abîmé quelques pièces
mécaniques importantes. Dans le calme de la forêt, tout ce
qu'on peut entendre désormais, c'est notre rire sonore. Nous
sommes tellement pliés en deux, c'en est presque gênant. Je
crie : « *Sorry for the rock, it felt out of my pocket…* » Les deux
compères, certainement saouls, décident de laisser leur
véhicule sur place (ils n'ont pas le choix) et partent pêcher en
canot sur le lac. « Non mais, pour qui se prennent-ils ? » arrive
à dire Èva entre deux rires. « *Hey ! It's a Suzuki…* »

Le Rec Center, ceinturé de courts de tennis, d'un terrain de
base-ball et d'une patinoire, est un bâtiment qui se situe à
quelques pas de notre appartement, Dans ses locaux ont lieu
des *jam nights* et plein d'autres activités du genre. À l'extérieur
se trouve aussi un bel endroit pour faire des feux. C'est là, sous
les étoiles, que cette belle journée se termine. Avoir à la revivre,
je n'y changerais rien. De toutes les places au monde, il y a
nulle part où j'aimerais mieux être qu'ici. Tout est parfait, je
suis heureux… Enfin !

Sans la musique, la vie serait une erreur.

Nietzsche

31 JUILLET

Dès mon arrivée au travail, Josep m'annonce sa démission, une démission forcée. Ce sera sa dernière semaine à l'hôtel. Son incapacité à obéir docilement aux ordres du patron l'a perdu. Néanmoins, ce petit-fils du dernier roi d'Afrique a gagné mon admiration.

À quel point l'adaptation se distingue-t-elle de l'hypocrisie ? La frontière entre les deux est bien mince. Josep refusait de faire des courbettes devant ceux qu'il ne respectait pas, et qui ne le respectaient pas. Son honnêteté a provoqué d'énormes querelles et l'a conduit à la perte de son emploi. Quant à moi, je n'ai aucun respect pour Diamondback. C'est un petit con qui ne sait rien faire d'autre que de lécher le derrière des autres pour se mériter un 25 sous supplémentaire. Pourtant, il me considère comme un bon employé. Pourquoi ? Parce qu'en tant qu'employé je joue mon rôle. Et au fond, c'est grâce à lui que j'apprends le métier. Ses manières de « quêter » un pourboire supplémentaire sont très élaborées et très efficaces. On apprend même des nuls, même si on apprend d'eux des choses à ne pas faire. Hypocrisie ? Adaptation à la situation ? La vie n'est qu'une immense pièce de théâtre où chacun doit choisir son rôle. Comme on ne peut jouer tous les rôles, il faut interpréter celui qui nous rapporte le plus. Tout dépend de ses priorités. Ainsi, Josep, par respect pour lui-même, ne pouvait adopter le rôle d'esclave, et ce, peu importe l'argent que cela lui procurait. Pour ma part, en pesant le pour et le contre, je n'éprouve pas un trop grand malaise pour le moment. Je sais que c'est seulement une situation temporaire, mais je commence sérieusement à trouver que le travail occupe trop de place dans ma vie.

Je vais m'ennuyer de mes conversations avec Josep. Voir à travers les yeux d'un étranger apporte un vent de fraîcheur à des conceptions bien établies. « On est à la fois immigré et émigrant, se plaisait-il à me répéter. Comme souvent dans la vie, tout ne dépend que du point de vue. »

Demain, après quelques jours de vagabondage, Gabbo retourne officiellement au Québec. Les gens se rassemblent pour le saluer une dernière fois avant son départ. Fred, qui travaillait en équipe avec lui à nettoyer les foyers dans les chambres et à empiler le bois, a tissé un lien d'amitié incroyable avec Gabbo. Il me tend la guitare, ferme la radio et me dit : « *Just play.* » Je ne comprends pas trop ce qu'il désire entendre mais je commence un enchaînement simple d'accords, sur un rythme reggae. Sur ce, Fred improvise une chanson en rimes rythmées. Les paroles décrivent Gabbo, racontent les anecdotes, décrivent les souvenirs, les sentiments qu'il a vécus avec lui… Fred est un maître des mots et arrive à transposer l'ambiance de la soirée en chanson. Tout le monde l'écoute religieusement. L'émotion est au maximum et il me semble que le village entier partage cette expérience. Tant de beaux moments, unis par la musique ! La plus belle création de l'homme est à Lake Louise, mariée avec la plus belle création de Dieu. La douce résonance de ma guitare laisse place à l'abîme du silence pendant que le soleil monte doucement entre les glaciers.

La personne n'est pas un jardin clos où le civilisé s'abrite de la civilisation mais le principe spirituel qui doit animer, en la réinventant à son niveau, toute civilisation.

Emmanuel Mounier

1ER AOÛT

Ce matin, c'est jusqu'à mes entrailles que je vomis. La nuit est toujours plus longue que le sommeil. Je veux mourir, mais je suis trop malade pour ça. Heureusement qu'il y a une fenêtre juste à côté de mon lit. Je n'ai qu'à l'ouvrir, à m'asseoir dans mon lit sans quitter mes draps, et à y sortir ma tête grimaçante. Trixtus, deux étages plus bas, voit sa fenêtre se faire éclabousser mais, quand on est malade, il n'y a plus de gêne. L'instinct de survie reprend le dessus. C'est le prix à payer pour la soirée d'hier et, malgré toute cette souffrance, elle en valait la peine. Tout y était : Kyle le légume, Fred la *rock star*, Gabbo le *party machine*, Jett le défoncé, etc. Tout était parfait, sauf ce matin... l'enfer !

Je travaille à 7 h 30. Il est 7 h et je ne suis même pas capable de ramper hors de mon lit. Je devrais avertir mon boss, mais jamais il n'y a eu et jamais il n'y aura de téléphone ici. Je suis le meilleur employé ; c'est mon rôle, mon devoir. Je m'extirpe du lit et me traîne hors du 40. Tout tourne, je veux pleurer. Je marche plié à 90 degrés, me tenant le ventre à deux mains. Mourir serait un grand soulagement. Je ne peux me retenir de vomir en marchant, terrorisant quelques joggers matinaux. J'ai l'air du bossu de Notre-Dame, version malade.

J'arrive à l'hôtel et, vert comme je le suis, il est superflu d'expliquer que je ne suis pas en mesure de travailler. De son petit air méprisant et paternel, Diamondback me dit que c'est correct, que je peux retourner me coucher. Ma grimace diminue en ampleur et l'on y verrait même un sourire si mon visage était parti du point neutre. Mais, avant même que je puisse me retourner, son attitude change du tout au tout. Le doute me saisit. Il me demande la raison pour laquelle je suis malade. Le meilleur des employés ne ment jamais. Oh! Oh! monsieur ne peut accepter d'absence due à l'abus d'alcool, et puis il a des groupes organisés qui arrivent ce matin. Il m'oblige donc à travailler. Je ne peux pas le croire! Je m'habille éternellement, appuyé contre le mur, noue ma petite cravate noire, tout tourne. J'enfonce un sac de plastique dans ma poche, en cas d'urgence. Je veux le tuer, je les déteste tous. Je dois servir les clients, leur parler, les aider, transporter leurs bagages… Les murs de la pièce défilent à la vitesse d'une toupie. Je me retiens de vomir, je dois avoir une haleine d'égout. Toutes les vingt minutes, je descends aux toilettes pour soulager un estomac fort mal en point. Les secondes passent comme des heures. Je suis un mort vivant qui doit sourire, parler, être heureux devant ces cons qui paient une fortune pour être rois d'une nuit. La douleur est atroce, l'enfer ne peut être pire. Je me mérite le surnom de *Kermit the frog*, le Canadien français vert.

Finalement, après des siècles, mon *shift* prend fin. J'arrive juste à temps pour assister au départ de Gabbo; un gros morceau du 40 s'en va. C'est triste! Je suis triste, Fred est triste, Èva est triste, Trixtus est triste aussi. Tout le monde est triste. Les moments que j'ai passés à faire de la musique avec lui sont parmi les plus puissants que j'aie vécus. J'espère qu'un jour j'aurai la joie d'en vivre d'autres de cette trempe. Avec lui Lake Louise avait atteint le summum, mais une fois au sommet on ne peut que redescendre.

It's like a check I left unsigned
From the bank of chaos in my mind.

The Police

2 AOÛT

À la cachette, entre deux clients, je prends le camion de l'hôtel et vais acheter de la bière en l'honneur de Josep, qui nous quitte demain. Moi, je célèbre le fait d'avoir eu le plaisir de travailler avec lui, mais il semble que tout le reste de l'hôtel célèbre son départ. Aujourd'hui Diamondback, qui a fait tout en son pouvoir pour lui rendre la vie le plus pénible possible, est particulièrement radieux. De plus, depuis peu, Diamondback est père d'un petit garçon, et pourtant il continue de travailler plus de 70 heures par semaine. Il était même au boulot le jour du baptême de son enfant! Sa vie est consacrée à l'hôtel, le seul endroit de la terre où il se sent quelqu'un. Sous son costume de *bell captain*, il lance des ordres à tous les employés de l'hôtel, même à ceux qui ne relèvent pas de sa responsabilité. Tout le monde a droit à ses injures; il est comme un chien enragé. Pourtant, aujourd'hui, sa blonde et sa belle-mère sont passées à l'hôtel pour montrer le petit aux propriétaires. Je n'ai jamais vu Diamondback si piteux, un petit *pitou* qui marche aux pieds de sa femme, incapable de glisser le moindre mot. Sa belle-mère lui dictait quoi faire, où se tenir et ce qu'il devait dire. Un pauvre soumis! J'ai appris, un peu plus tard, que sa femme lui avait laissé le droit de prendre son propre fils pour la première fois trois semaines après sa naissance, et ce, sous la supervision intensive et menaçante de sa belle-mère. Cette pauvre larve d'homme misérable maintient son équilibre mental en se

179

prenant pour Dieu le Père au travail et en rabaissant tous ceux qui l'entourent. J'ai pitié de lui.

Èva m'a raconté qu'un jour, avant que j'arrive à Lake Louise, on lui avait demandé de nettoyer l'appartement d'un employé. Elle est alors tombée sur l'appartement le plus dégueulasse qu'elle pouvait imaginer : plancher couvert de graisse, meubles couverts de poussière, four croûté, renvoi de douche bouché, murs jaunâtres, etc. Le cœur lui en levait. Quand Diamondback est arrivé pour la ramener à l'hôtel, elle lui a avoué que c'était la pire porcherie qu'elle n'avait jamais vue, qu'elle avait peine à concevoir qui pouvait bien y vivre. Je me tords encore de rire quand j'imagine sa réaction au moment où Diamondback lui a appris qu'il s'agissait de son appartement. Bungee, mon coloc rouquin, est le spécialiste du nettoyage de tapis à l'hôtel, mais quand ils l'ont envoyé chez Diamondback il est revenu en leur disant que ça ne servait à rien de tenter quoi que ce soit, qu'il valait mieux jeter le tapis aux ordures. Paraît-il que sa blonde a accepté de vivre avec lui, et d'avoir un enfant, à la seule condition qu'il déménage. Elle ne voulait pas mettre les pieds dans cette poubelle.

Josep me reçoit dans son appartement qui, lui, est très bien entretenu. Nous parlons de ses études en Afrique et il m'apprend que, à l'université qu'il fréquentait en Côte-d'Ivoire, plus de 50 % des étudiants avaient le sida. Oui, 50 % ! Ce sont pourtant les personnes les plus instruites du pays. C'est effrayant ! Pourquoi ? Josep me dit qu'il avait bien essayé de convaincre ses amis d'utiliser le condom, mais que ceux-ci ne voulaient rien savoir. Pour eux, le condom procure un inconfort qui n'en vaut pas la peine. « Si j'attrape le sida et que j'en meurs, c'est que Dieu le voulait ainsi. » Il m'arrive de penser que le plus grand meurtrier de l'histoire n'est nul autre que la religion. Adieu à toi Josep, et à tes histoires hallucinantes d'orang-outang saoul et d'origines royales. Les boss de l'hôtel ne sauront jamais ce qu'ils ont perdu en te licenciant.

Je motive Fred pour qu'il réalise son rêve de devenir *bellman* en prenant la place laissée vacante par Josep. Il y a un flagrant manque d'employés, et c'est une occasion rêvée qui s'offre à lui. Je discute souvent de Fred avec Diamondback dans l'espoir qu'il obtienne ce poste. En même temps je suis triste pour Bungee, qui convoite l'emploi depuis tant d'années et qui ne l'aura jamais à cause de son apparence physique. Tout n'est que superficiel dans ce monde vide. Rien n'est pire que d'être limité par l'apparence de son propre corps, comme si l'esprit avait besoin d'un tel fardeau.

— Les hommes de chez-toi, dit le Petit Prince,
cultivent cinq mille roses dans un même jardin.
Et ils n'y trouvent pas ce qu'ils cherchent...

— Ils ne le trouvent pas, répondis-je...

— Et cependant, ce qu'ils cherchent pourrait être trouvé dans une
seule rose ou un peu d'eau...

Antoine de Saint-Exupéry

6 AOÛT

À minuit j'aurai officiellement 23 ans. C'est vieux, c'est jeune ; jeune pour un vieux, vieux pour un jeune.

Tout autour plusieurs feux de forêt ont éclaté. Aujourd'hui, à cause des vents qui transportent la fumée, les montagnes sont plongées dans une brume épaisse. Le brouillard voile tout, et nous n'apercevons même plus la cime des arbres. Plutôt impressionnant puisque le feu le plus près d'ici est à 400 kilomètres. Tout est enrobé de fumée, sent la cendre. Les clients ont peur et sont agités. Les Américains ne nous croient pas quand on leur dit qu'ils ne courent aucun danger. Ils pensent qu'il s'agit d'un mensonge destiné à conserver la clientèle, le style de propagande auquel ils sont habitués.

La faiblesse du dollar canadien et la pire canicule qu'ait connue le Texas depuis près d'une cinquantaine d'années expliquent pourquoi l'hôtel est bondé de cow-boys. Un des leurs m'a raconté qu'il avait dû engager quelqu'un pour arroser sa maison. Je ne comprenais pas. Il m'a expliqué que la terre bouge beaucoup en raison de la sécheresse, et que chaque semaine il faut arroser le pourtour des fondations de la maison pour éviter qu'elles ne se fissurent. Affaiblir la menace ! Bon, je vais aller arroser la maison... J'espère qu'une chambre à coucher va y pousser...

La belle Jazzy me fait une visite-surprise alors que je termine ma journée. Vêtue d'un simple t-shirt blanc, elle est mille fois plus belle que n'importe quelle cliente de l'hôtel momifiée dans une robe de soirée. À sa simple vision, mon cœur saute toujours un tour.

Elle me raconte que ce matin ils ont relâché un grizzly dans une partie désaffectée du camping puis, à l'aide de balles de caoutchouc, de petits explosifs et de pétards, ils l'ont effrayé pour qu'il évite dorénavant de se balader sur le site. Pauvre animal, il a dû être vraiment traumatisé. Drôles de méthodes de dissuasion, dignes de la mafia...

Dans la même veine, elle m'informe de la tenue d'une conférence (gratuite) portant sur les grizzlys, qui se tiendra au camping situé à quelques centaines de mètres du village. Elle tient mordicus à y aller et montre beaucoup d'enthousiasme pour me convaincre de l'y accompagner. J'hésite un moment, puis finalement accepte de m'y rendre. Un petit sentier longe les rapides de la rivière glaciale et mène à un amphithéâtre extérieur, où de nombreuses familles ont pris place. Ah, le camping en famille, comme c'est merveilleux ! Je me rappelle à quel point je chialais toujours pour ne pas y aller.

La conférence est très intéressante. J'y apprends entre autres que le mot « grizzly » est un dérivé de « *grizzle* », qui signifie gris (ours gris), et qu'un grizzly adulte mange en moyenne 150 000 baies sauvages par jour ! Pour le découvrir, un chercheur a suivi un grizzly et a compté un par un les noyaux de baie contenus dans ses selles. Quel travail valorisant *!

Soudainement Jazzy veut partir. Je suis intéressé par la conférence, mais elle insiste. Je ne voulais pas venir et elle m'y a traîné, puis je ne veux plus m'en aller et elle tente de

---

* Je voulais écrire : « Quel travail merdique », jeu de mots facile.
   Mais c'est un livre distingué tout de même... Je n'ai pas osé.

me convaincre de partir... Ah les femmes! Comment pouvons-nous partager notre existence avec des êtres que nous comprenons si peu!?

Dans la noirceur de la forêt, un étrange sentier débouche sur un site de camping rempli de ballons multicolores. Surprise! La conférence n'était qu'un prétexte pour m'attirer sur ce site, qu'elle a réservé pour la nuit. Elle a acheté une tente, un sac de couchage et un sac à dos afin que nous puissions concrétiser nos rêves de voyage en Amérique du Sud. Les ballons, disposés harmonieusement, volent au vent et elle a allumé un joli feu de bois. Je l'adore, c'est une superbe fête! Nous retournons au 40 y chercher une grosse douillette pour nous tenir au chaud, car les nuits commencent à se rafraîchir drôlement. Aussitôt arrivés, nous sommes saisis par une meute et nous retrouvons dans la grosse van brune de Timmy, avec une dizaine d'autre comparses. Direction : Sitzmark. C'est ce soir! Nous ne pouvons quand même pas rater ça!

La place est bondée, le groupe de musique défonce la baraque, la bière coule à flots, l'ambiance me sourit. Un tourbillon d'événements et d'amis! Minuit sonne ses douze coups, c'est ma fête! On me crie des vœux, on me donne la main, on m'étreint fortement. Des litres de bière me sont offerts. Le chanteur du groupe me dédie une chanson des *Violent Femmes* pendant que 23 fois, et j'ai bien compté, on me balance dans les airs. C'est l'hystérie et je danse comme un fou ; la musique s'est emparée de mon corps.

I'm high as a kite and I just might start to check you out.

En cet instant je pourrais mourir sans regret. Le bonheur n'est pas l'aboutissement d'une accumulation d'expériences. Il est instantané, se fait sentir chaque seconde, et présentement il est au maximum. Je le ressens jusqu'au plus profond de mes entrailles, je le sens parcourir toutes les veines de mon corps.

L'autobus jaune nous ramène avec la troupe de gens enivrés qui tentent de le faire basculer tout en se moquant des vociférations du conducteur. Je serre Jazzy dans mes bras et sèche ses larmes. Elle planifiait une soirée intime et a dû se contenter de me partager. Même les plus généreux ne peuvent accepter certaines concessions.

La nuit bien avancée, nous nous rendons, seuls cette fois, à notre site de camping. Les ballons, à moitié dégonflés, ont perdu leur gaieté. Mais Jazzy ne se laisse pas abattre et rallume le feu, puis m'apporte en sifflotant le gâteau qu'elle a cuisiné pour moi et les cadeaux qu'elle m'a achetés. Je suis ému et me sens doublement coupable de lui avoir causé de la peine. L'absence d'émotions que je manifeste n'indique en rien que je ne les ressens pas. Mon visage est le pire acteur que je connaisse.

Bien emmitouflés, dans les bras l'un de l'autre, la tente devient notre refuge. Sous les étoiles brillantes qui nous rejoignent par la lucarne, nous sommes immergés dans le bruissement vivant de la forêt et des braises qui crépitent. L'instant est monumental ! Caressés par la musique du ruisseau, interpellés par le doux vent qui se fraie un chemin à travers les feuilles, nos corps, dans la magie du moment, s'unissent pour la première fois. La passion se marie à la sensualité. Tout empressement est éliminé dans cette symphonie des sens. La beauté de l'union, l'infinité de l'amour, des sensations paradisiaques vécues à l'unisson dans l'abandon total, l'extase le plus puissant, le don de soi.

Radieuse, baignée dans la joie, Jazzy s'endort doucement, blottie contre moi, alors que les étoiles s'éteignent et que les oiseaux se réveillent.

Quoi qu'elle fasse, toute personne sur terre joue toujours
le rôle principal de l'histoire du monde
Et normalement elle n'en sait rien.

Paulo Coelho

7 AOÛT

Le soleil se lève doucement sur mes 23 ans. L'air se réchauffe, et la vie reprend tranquillement son cours dans la forêt. Nous passons la journée à découvrir, une fois de plus, la magnificence de la nature environnante, à déambuler entre arbres et montagnes, à nous étendre au milieu de plaines fleuries où les odeurs sauvages et délicieuses se bousculent dans nos narines.

Après un souper dans une ancienne gare ferroviaire transformée en restaurant, Jazzy achète un billet d'autobus qui l'amènera, encore une fois, loin de moi. Toujours ces séparations... l'amour intermittent.

Mes amis s'agglutinent dans le 40, et nous décidons d'aller à Corail Creek pour célébrer officiellement mon anniversaire auprès d'un feu de camp que nous allumerons près de la rivière. Timmy nous prête son énorme van/bazou. Puisqu'il n'y a pas assez de sièges pour tous, lui et plusieurs autres viendront nous rejoindre à vélo de montagne, affrontant ainsi la noirceur des beaux sentiers.

La lune est pleine ; seuls quelques nuages menaçants osent la défier. En face de l'énorme feu, qui dépasse nos têtes, une guitare résonne en harmonie avec nos voix.

Terriblement amoché, Timmy nous rejoint ; il s'est fracturé le poignet en faisant une vilaine chute à bicyclette. Dans le noir, il a heurté à toute vitesse une souche, ce qui l'a propulsé contre un arbre. Je me sens mal à l'aise puisqu'il est venu à bicyclette afin que nous puissions utiliser son camion. Èva doit le conduire à l'hôpital de Banff et plusieurs amis profitent de l'occasion pour éviter la longue marche du retour.

Je rejoins Fred, qui a passé la majeure partie de la soirée assis au bord de l'eau, seul, à admirer les nuages extraordinaires dont les contours sont de feu lorsqu'ils s'aventurent devant la lune. En fait, je voulais le rejoindre depuis un certain temps déjà, mais j'avais un rôle social à jouer. Je ne pouvais quand même pas abandonner ceux qui étaient venus pour célébrer mon anniversaire. Le fêté doit fêter ceux qui le fêtent.

Les petits nuages se déforment et se reforment lentement avec des luminosités, des ombres et des formes surréalistes. Fred me décrit sa vision d'un nuage qui avait la forme d'un homme tenant un chapeau entre ses mains. Seulement, étrange particularité, cet homme n'avait pas de tête. Nous en déduisons une maxime, « *Don't give your head for a hat* », l'histoire d'un homme qui désirait tellement posséder un chapeau qu'il céda sa tête en échange.

La lune est si puissante quand aucune lumière artificielle ne la gêne. Les nuages se désintègrent devant elle. Je comprends les Indiens de vénérer cette déesse qui, de sa douceur bleutée, chasse la noirceur de la nuit. Durant la marche de retour, nous bombardons de nos rires sonores l'épaisse forêt d'ombrages que nous traversons. L'astre lunaire éclaire nos pas, nos ombres sont plus grandes que nos âmes. Nos conversations se déchaînent et l'impressionnante distance qui nous séparait du 40 semble n'avoir nécessité qu'un pas.

Confusion is a fundamental state of mind
It doesn't really matter what I'm figuring out
I'm guaranteed to wind up in a state of doubt
Sanity is a full time job.

Bad Religion

16 AOÛT

Aujourd'hui, Mathy retourne au Québec pour y poursuivre ses études. Hier soir, on a célébré son départ. Quand j'ai finalement regardé l'heure il était 6 h 17, et ce matin je dois entrer au travail à 7 h. Bon! Au pas de course je prends ma douche, dors, me lève et m'habille. Ce n'est pas si grave puisque je bénéficierai en après-midi d'une pause de trois heures. Je pourrai donc faire une sieste.

Mais voilà que mon collègue de jour, Jett, décide qu'il a trop fait la fête et ne se présente pas au boulot. Pendant que je passe l'aspirateur, il doit être couché bien confortablement. Pendant que j'époussette, il doit être en train de rêver. Pendant que je transporte des bagages, il doit être en train de baver sur son oreiller. Non seulement n'ai-je pas de pause en après-midi, mais aussi ai-je deux fois plus de tâches. Je travaille 15 heures consécutives. Avoir concerté Satan lui-même, on n'aurait trouvé pire journée de torture pour un lendemain de veille. Le temps passe si lentement, je travaille tout le temps.

Sur le chemin du retour et de la liberté, je passe devant la boulangerie. J'entrouvre les yeux et qui vois-je assis sur un banc avec son nouveau style de faux poète? Andy Frimm, de retour d'on ne sait où. Il est en train de gribouiller dans un grand cahier noir, rempli de dessins et de poèmes. Il a entre les

189

mains une réplique presque exacte du cahier de Fred ! Il en a calqué les dessins et copié les poèmes. On arrive à le distinguer de l'original seulement en remarquant l'hésitation dans le tracé des lignes, résultat de son absence totale de talent.

Je ne l'avais pas revu depuis qu'il s'était fait remercier de ses services pour avoir inscrit dans son curriculum vitae des expériences de travail inventées, le tout dans le but d'occuper un poste de cuisinier. Après les salutations d'usage, je m'assois à ses côtés, et le laisse déblatérer sur ses fantastiques aventures des dernières semaines.

Le lecteur pourrait penser qu'il est impossible de croire des histoires aussi farfelues, puisque le mensonge semble évident. Mais Andy, en précisant le moindre détail de ses récits, fait preuve d'une telle vivacité d'esprit et d'une telle énergie qu'on ne peut s'empêcher de conclure qu'il se croit lui-même.

Il m'apprend finalement pourquoi le Post Hotel l'a congédié : ses compétences et expériences de grand chef cuisinier ont amené les propriétaires à craindre de ne pas être en mesure d'assumer le salaire qu'il méritait…

Mes yeux se ferment de fatigue. Il ment comme il respire, et je commence à être bien essoufflé. Je l'échange contre mon lit.

Andy Frimm, si c'était son vrai nom, car il n'a jamais possédé la moindre preuve d'identité, est reparti sur la route de sa vie, reconquérir ailleurs l'éphémère gloire que lui procurent ses histoires. Avant de me quitter, il m'a demandé le code régional de Montréal, sans doute pour inventer une nouvelle référence à ajouter dans son curriculum vitae, une que les employeurs ne prendraient pas la peine de vérifier...

For what it's worth, it was worth all the while
It's something unpredictable but and in the end it's right
I hope you had the time of your life.

Green Day

21 AOÛT

Depuis que Josep est parti et que Diamondback travaille un peu moins pour voir son enfant plus souvent (quand sa blonde le lui permet), je travaille plus de 70 heures par semaine. Ça commence à me taper royalement sur les nerfs, et j'ai bien hâte que les proprios embauchent quelqu'un pour venir à ma rescousse. Le problème, c'est que tous les employés quittent un à un pour retourner aux études, ce qui crée un manque de personnel dans tous les départements de l'hôtel. J'adore être ici, l'endroit est incroyablement beau… mais tout a une limite, surtout moi! Je griffonne une lettre à ma mère :

La routine s'est incrustée dans ma vie
comme l'encre sur ce papier.

Mon cerveau n'arrive plus à penser,
mon corps n'arrive plus à bouger.

Le temps ne fait que passer, je dois te quitter.

Je m'en retourne travailler.

La soirée débute, et avec elle ma libération. Moi, Trixtus, Fred, Evrin, Èva et quelques autres décidons de nous rendre au Château Lake Louise, l'hôtel sur le bord du lac où il y a un bar réservé aux employés. Une belle soirée, agrémentée de quelques bières et de quelques danses. Le temps va et vient, et soudainement revient celui de partir.

Je décide d'ajouter un peu d'imprévu à la fin de soirée : pour franchir les quatre kilomètres qui nous séparent du village, nous allons emprunter le petit sentier de la forêt, comme je l'avais fait avec Jazzy. Mes amis sont réticents, mais je les convaincs : je l'ai déjà fait, pas de problème.

Je m'enfonce lentement dans les bois. Après seulement quelques mètres, la noirceur est si dense que je dois tâter le sol de mes pieds pour savoir où se situe le sentier. Quand l'herbe me semble plus longue, c'est qu'il n'est plus sous moi. Je comprends brusquement qu'avec Jazzy c'était soir de pleine lune. Ce soir, il n'y a pas de lune du tout ! Dans quelle galère me suis-je embarqué ? Mais l'ego m'empêche de rebrousser chemin et je tends les bras devant moi pour éviter de foncer dans un arbre. Les branches me ramènent vers le centre du sentier. Les compagnons qui me suivent, ignorant totalement où ils se trouvent, s'orientent au son de mes pas. L'angoisse demeure toujours présente quand la forêt profonde nous englobe, épiant les moments où nous prenons conscience que toute civilisation est maintenant hors de portée. L'absence totale de lumière rend tout surréel. Le seul moyen de rester calme est de se convaincre qu'il ne s'agit que d'un rêve. Quatre kilomètres, c'est beaucoup de pas, surtout quand ils se font par tâtonnements. Le moment est si intense qu'on sent chaque bouffée d'air qui s'engouffre dans les poumons. Le ruisseau se fracasse contre les pierres et crie son entêtement. Ce bruit me réconforte car je sais que le sentier longe un ruisseau. Les uns chantent, les autres sifflent, car le silence serait beaucoup trop lourd. Nous traversons le tunnel d'acier ; nos cris nous agressent d'écho et mélangent notre peur à notre joie.

Plusieurs fois nous traversons la rivière tumultueuse sur de petits ponts de bois. La blancheur fantomatique de l'eau nous permet un moment de répit avant de retourner dans la nuit de la forêt.

Les sentiments absolus font place à une joie mêlée de déception lorsque les lumières du village nous signalent que l'arrivée est proche. Les cœurs battent fort, les voix s'élèvent. La sécurité redevient partie intégrante de notre existence. La vie pure rend tout le monde extatique.

Au début de telles aventures, je regrette souvent de m'y être embarqué. Par contre, je les apprécie au plus haut point lorsqu'elles sont terminées. La conscience et la logique sont parfois les ennemies de ce qui me rend heureux. Je dois donc les affronter et aller à l'opposé de ce qu'elles me conseillent. Mais jusqu'où puis-je aller avant d'atteindre le point de non-retour ?

The most spiritual human beings, if we assume that they
are the most courageous also experience by far the most painful
tragedies : but just for that reason they honour life because it pits its
greatest opposition against them.

Nietzsche

24 AOÛT

Le village s'est vidé à moitié à cause de la rentrée scolaire. Èva et Trixtus repartent eux aussi. Tout le monde à l'hôtel doit faire des heures supplémentaires, travailler comme des fous. Les *housekeepers*, les serveuses et les *housemen* ont tous reçu une augmentation de salaire en guise d'encouragement. Mais les *bellmen*, rien ! Il faut se compter chanceux d'occuper ce poste. Point final !

Je m'en fous, car c'est un job simple et facile, et qui de surcroît paie bien. J'aimerais seulement que nos interminables heures de travail soient appréciées, qu'elles ne soient pas perçues comme un dû mais plutôt comme un don. Il y a une semaine déjà, j'ai écrit une lettre aux *big bosses* leur demandant une augmentation de salaire, et quelques mots d'encouragement pour nous faire savoir qu'ils remarquent et apprécient notre travail. Après tout, je suis plus souvent à l'hôtel qu'ils n'y sont ! Depuis que Josep est parti, il y a presque un mois, ils nous promettent d'embaucher un nouveau *bellman*… Je fais pression pour que ce soit Fred, mais rien ne semble bouger.

Je voudrais juste un signe de vie de leur part, un clin d'œil symbolique. Au contraire, ma lettre provoque un scandale : « Il vient juste d'arriver, a le privilège de commencer comme *bellman*, et demande déjà une augmentation ! » Non seulement les *big bosses* ne me répondent-ils pas, mais en plus, ils ne mentionnent même pas avoir pris connaissance de ma lettre. Je n'existe pas! Ils voient en moi une menace, celle de la syndicalisation peut-être, qui serait dramatique pour leurs profits. Mon objectif est tout autre. Je me serais contenté d'une simple tape sur l'épaule et d'un sourire. Mais l'absence totale de réaction me frustre et allume en moi un feu.

Puis Mikey, l'autre *bellman*, tombe malade; il souffre de la maladie de Crohn. Une surdose de travail, la pauvre qualité de la nourriture qui est servie aux employés et la surconsommation d'alcool typique de nos soirées l'ont conduit tout droit à l'hôpital. On doit lui enlever neuf mètres d'intestin! Ça doit être vraiment traumatisant : neuf mètres de son corps aux vidanges. Il quitte donc lui aussi l'hôtel, ils le quittent tous!

Billy ne travaille guère plus de trois jours par semaine car il a déniché un autre emploi, et Diamondback se garde un peu de temps pour son enfant. C'est maintenant moi et Jett qui travaillons pour six. La tempête se lève...

[…] pour avoir un destin, il faut se fixer un but et le poursuivre avec ténacité.

Ramón Chao

26 AOÛT

La pression s'accumule dangereusement ; je ne fais que travailler et dormir. Je vais craquer ! Jett et moi décidons que c'est le moment ou jamais pour agir. Nous comptons parmi les meilleurs employés qui soient encore à l'hôtel. Nous écrivons une lettre aux autorités dans un style direct, sans passer par quatre chemins, et sur le ton plutôt radical qui caractérise Jett. Sur un ton provocateur, nous avertissons l'administration que si d'ici une semaine nos conditions de travail demeurent inchangées nous démissionnerons, et ce, sans aucun autre préavis. Ni l'un ni l'autre ne voulons vraiment démissionner, mais le moment est opportun pour exiger le respect auquel nous avons droit. Il y a un manque flagrant d'employés et les employeurs ne peuvent pas se permettre le luxe de nous perdre. Au cours du mois d'août, j'aurai travaillé plus de 300 heures, une moyenne de 75 heures par semaine ! Et ce n'est pas par choix (c'est mes vacances après tout). Ça fait de l'argent oui, beaucoup d'argent, mais cet argent ne pourra jamais acheter le temps que j'ai perdu à le gagner. J'en ai assez ! C'est tout ou rien. J'aime provoquer le changement, brasser les choses qui doivent être brassées. Je me devais de faire ce que j'ai fait. Maintenant, nous n'attendons plus que la réponse.

Le changement est une loi dont rien ne diminuera la réalité.

Dan Millman

1ᴱᴿ *SEPTEMBRE*

La réponse ne viendra jamais ; pas un mot, pas un signe de vie. Je deviens un fantôme. Diamondback me dit qu'il serait vraiment dommage que je quitte car je suis un bon employé, mais qu'il ne peut rien faire pour moi car il ne veut pas offenser les patrons. Après avoir, pendant 11 ans, consacré sa vie à cet établissement, il mérite autant de pouvoir et de respect de la part des employeurs que le premier jour où il a mis les pieds dans cet l'hôtel, c'est-à-dire aucun. Il n'est rien, et est fier de l'être. Il est heureux d'embrasser les pieds de gens qui le méprisent, content de se mettre à genoux devant eux. Son emploi, c'est sa vie. S'il perdait son job, ce serait sa mort. Il est donc prêt à subir tous les affronts pour ne pas courir ce risque. Je perds tout le respect que je n'avais même pas pour lui. C'est à cause de gens comme lui, qui ne demandent rien, que ceux qui demandent justice sont perçus comme des extrémistes. Pourquoi les patrons céderaient-ils le moindre pouce de terrain lorsqu'ils ont une preuve inébranlable que quelqu'un peut être heureux à se faire piler dessus pendant 11 ans sans jamais pousser ne serait-ce qu'un gémissement. Déboucher les toilettes, se faire engueuler, nettoyer les cendriers à la main, travailler pendant le baptême de son unique enfant, pas de problème : *Yes boss !*

Avant de prendre une décision, pense et inquiète-toi, mais une fois qu'elle est prise libère-toi des pensées et des inquiétudes.

Castaneda

2 SEPTEMBRE

J'apprends que les patrons planifient d'embaucher des remplaçants à mon insu. Aujourd'hui, c'est le dernier jour de travail selon mon ultimatum. J'ai attendu toute la semaine pour avoir une réponse, pour rien. Jett, quant à lui, devant l'impertinence des patrons et leur refus de nous répondre, a quitté sans avertissement en plein milieu de semaine ; nul ne sait où il est. Ainsi se terminait pour lui un an de fidèles et loyaux services.

Je ne voulais pas partir, mais c'était devenu une simple question de respect envers moi-même. Je ne pourrai jamais accepter de travailler pour quelqu'un qui me méprise.

C'est donc dans une ambiance « aigre-douce » que se déroule ma dernière journée de travail. Malgré tout, je suis fier du geste que j'ai posé, mais la déception de ne pas avoir terminé ce que j'avais commencé est très grande.

Je reçois tout un choc lorsque je vois Fred se pointer dans le lobby en veston-cravate. Finalement, ils m'ont écouté… et l'ont engagé comme *bellman*. J'en suis heureux pour lui car c'était son rêve, mais j'étais loin de penser qu'il serait embauché pour me remplacer. Le meilleur ami que j'ai ici me prend mon job ! Sincèrement, il me déçoit. Si un de mes amis connaissait des difficultés avec ses patrons et que ces derniers me demandaient de le remplacer, je n'accepterais jamais, en guise de solidarité. Mais si ce n'avait pas été lui, ç'aurait été quelqu'un d'autre. Tant mieux au fond…

Aujourd'hui même il reçoit sa formation devant mes yeux. Je n'ai qu'un conseil à lui donner : « *Don't let them fuck you up the ass.* » Ce n'est pas parce qu'ils ont de l'argent qu'ils méritent notre sang.

Une dernière fois je salue tous les employés. J'ai le droit à des accolades chaleureuses. J'aime les départs pour cela : les doses élevées d'affection et la soudaine prise de conscience que les personnes que nous quittons nous étaient très chères. Je prends en note quelques numéros de téléphone et quelques adresses qui, je le sais très bien, ne seront jamais utilisés. Je sors de l'hôtel par la cuisine, et comme chaque soir de cette semaine je vole une bouteille de vin. Ma revanche personnelle…

Exit. Je perds officiellement mon titre d'employé. Je ne suis ni étudiant ni employé, ni chômeur ni prestataire. Je ne suis rien. Je n'ai aucun statut social.

C'est ce que j'avais trouvé de plus difficile à la sortie de l'université : perdre mon statut d'étudiant. Pendant 18 ans, de septembre à juin, mes journées étaient planifiées. À la fin de nos études, plus rien ne nous attend en septembre suivant.

Plusieurs des étudiants de maîtrise ou de doctorat que je connais poursuivent leurs études comme échappatoire : pour continuer d'évoluer dans le monde stable et sécuritaire du monde étudiant, milieu qu'ils ont apprivoisé et où ils détiennent un statut ; pour satisfaire leur désir d'affiliation et conserver le lieu commun qui les unit à leurs amis ; pour éviter d'affronter l'incertitude de la vraie vie. Étudier est une façon de fuir la réalité, de perdre la peur épouvantable de n'avoir aucun contrôle sur son futur. Le diplôme devient un faux but, une excuse par laquelle l'inconscient noie le conscient.

Accompagné de mon fidèle 1,5 litre de vin rouge chaud, je quitte pour une dernière fois le stationnement du Post Hotel. Tous les événements que j'y ai vécus défilent dans ma mémoire. J'entame la bouteille avec mélancolie.

C'est mon dernier jour comme « local » à Lake Louise. Demain, je redeviens un touriste.

It's a poor sort of memory that only works backwards.

Lewis Carroll

3 SEPTEMBRE

Allongé sur le divan de l'appartement, je décide que cette soirée doit être mémorable. Il fait beau et chaud, la lune sera presque pleine et je suis redevenu maître de mon temps. Je n'ai plus besoin de me plier à des horaires conçus par d'autres.

Direction nature. Fred décide de m'accompagner, nous allons au Mud Lake. Il s'agit d'un petit lac marécageux à moins d'une heure de marche. J'en ai souvent entendu parler comme le seul des environs dont l'eau soit à une température supportable pour la baignade, mais je n'y suis jamais allé. Je travaillais tout le temps.

Au crépuscule, aidées par l'alcool, nos jambes nous transportent sur les chemins qui découpent la forêt mystérieuse. La philosophie imprègne nos paroles, le genre de discussion qui rend le chemin plus intéressant que la destination.

– La liberté totale qui m'attend dorénavant m'angoisse, car elle est remplie d'incertitude. L'absence de contrôle sur ma propre vie m'effraie et m'écrase.

– Pourtant, c'est aussi ce qui la rend sublime.

Au milieu d'un chemin désert, limité de chaque côté par d'énormes arbres, nos voix s'élèvent dans un élan de joie. Fred m'interrompt soudainement pour me demander si je connais bien le raccourci que nous parcourons. « Quel raccourci ? Moi, je te suis », lui ai-je répondu. Lui aussi me suivait, et il vient de se rendre compte que je ne sais pas du tout où je m'en vais.

– Ça fait combien de temps que nous marchons
  dans la mauvaise direction ?

– Je ne sais plus, mais ça fait quand même
  un bon bout de temps…

– Bon, ce n'est pas grave.

– Continuons.

Au beau milieu de nulle part se dresse un panneau qui annonce un chemin perpendiculaire vers Fish Creek. Parfait, c'est là que nous allons ! Le petit chemin de terre disparaît dans la montagne. Les rayons de la lune arrivent parfois à déjouer les branches et à se faufiler jusqu'à nous ; les ombres deviennent mystiques. Le silence domine. Nous avançons et avançons. Toujours rien ! Ça fait déjà plus d'une heure que nous marchons, et nous ne voyons que des arbres, et des arbres. La patience s'évapore rapidement quand le but semble hors de portée.

À ce moment-là, un son déchire l'épais silence ; au loin, un vrombissement de moteur. Il s'approche, accompagné d'un bourdonnement perçant, strident et puissant. De plus en plus fort, de plus en plus fort, de plus en plus fort… Des cris, des cris démentiels, renversants en raison du fait que nous sommes à des milles de toute âme qui vive. La clameur semble venir tout droit du néant. Elle arrive… et repart.

Quel jour sommes-nous? Ma montre est bien pratique pour tenir compte des jours qui passent. Jeudi! C'est le soir du Sitzmark! Mais oui, c'était l'autobus qui transporte le troupeau de jeunes à la beuverie, les assoiffés d'ivresse. L'énergie s'empare de nos jambes, nous avons désormais un but, nous retrouvons notre motivation. Selon nos meilleures estimations, le bar devrait se situer sur l'autre versant de la montagne que nous longeons. Reprendre le chemin en sens inverse serait trop long... Je pousse une exclamation de joie alors que nous pénétrons dans la forêt la plus profonde, à travers des branches qui dressent un mur de fortification.

Les arbres deviennent une immense couverture. L'adrénaline se mêle à l'extase et nous transforme en êtres immortels, en dieux. Entre les souches et les arbres, évitant trous et autres obstacles de la nature, nous sommes en mission. L'ambiance magique rend les paroles superflues, le temps obsolète. Nous avançons d'un bon pas, sans répit. Jamais nous ne sommes venus marcher dans ces parages auparavant, car ils ont été proscrits depuis des mois déjà à cause des familles de grizzlys qui les habitent. Mais quelle divinité a peur des grizzlys?

Nos pieds se mouillent alors que nous atteignons une éclaircie, un immense marécage. La lune semble être un projecteur de cinéma tellement elle est puissante. Elle nous sécurise, jusqu'au moment où Fred, en regardant tout autour, avoue être complètement perdu. Ça fait déjà belle lurette que nous marchons, mais de quelle direction? Dans quelle direction? Je commence à rire, d'un rire nerveux certes, mais quand même authentique. Tout va bien se passer. Je tourne en rond et tente de me remémorer les étapes que nous avons franchies pour parvenir jusqu'ici, la façon dont nous nous sommes retrouvés au centre le plus centré de nulle part. À vrai dire, nous n'avons suivi aucune direction, nous n'avons que contourné des arbres, enjambé des souches, passé sous des branches. Là où il était possible de passer, nous sommes allés.

Ne même pas être en mesure de savoir précisément d'où on arrive me fait néanmoins perdre mon sourire. Ce n'est pas comme si on était dans le boisé du Mont-Royal, où marcher quelque peu signifie retrouver la civilisation aussitôt. Ici, la forêt s'étend sur des jours et des semaines de marche. Ma conception de la situation s'obscurcit. Nous voilà en plein milieu d'un marécage qui nous trempe les pieds, avec la lune qui semble se moquer de nous. Mon ventre se contracte, ma gorge devient sèche. Je sens que la graine de l'affolement bénéficie des conditions idéales pour germer.

Au même moment un murmure nous extirpe de l'angoisse. Un son faible, mais si puissant comparé au silence qui régnait. Nos oreilles deviennent des radars superpuissants, des capteurs d'ultrasons. C'est une chanson!?! En plein bois... Nous arrivons avec peine à en distinguer les paroles, qui se bousculent dans notre tête.

Watch the band through a bunch of dancers
Quickly, follow the unknown
with something more familiar
Quickly, something familiar

Nous nous regardons, le rire nous empêchant de bien prononcer les mots, alors que nous entamons le refrain d'une force à faire exploser nos poumons :

Courage, my word
It didn't come
It doesn't matter

C'est le *band* du Sitzmark qui vient de monter sur la scène pour jouer une chanson d'un de mes groupes préférés : *The Tragicly Hip*. Le regain d'énergie est total. La musique nous transporte.

Le volume doit défoncer les tympans des spectateurs. Nous devons en profiter avant que le technicien effectue les ajustements sonores nécessaires. Mes pas suivent le rythme ; je dois me retenir pour ne pas prendre mes jambes à mon cou. Nous traversons la forêt : les souches sont piétinées, les branches sont écartées de notre passage, les ruisseaux sont franchis d'un seul bond. Plus rien ne peut plus nous arrêter. Même un grizzly se ferait piétiner.

Des frissons de joie me parcourent le dos alors que j'aperçois enfin, à travers les branches, des lueurs au loin. Nous cédons à la tentation et courons à pleines jambes. Je suis un athlète, je suis Spider Man ! J'évite les obstacles à la dernière fraction de seconde, je saute comme un lynx. Je suis une locomotive à plein régime, je ne considère même plus les entraves que m'impose la forêt. Mes bras fracassent les dernières branches qui nous séparent de la piste de ski (dénudée de sa neige), qui descend jusqu'au bar. À travers mon fou rire, je retrouve difficilement mon souffle. La vie ne saurait être la vie plus qu'elle ne l'est en ce moment.

L'immense bâtisse exhibe fièrement ses milliers de lumières, qui nous saisissent comme si nous venions de découvrir le feu. Le silence, notre compagnon de la soirée, laisse place à la musique, aux cris, aux bruits humains. Nous sommes comme des nouveaux-nés émerveillés par toutes sortes de nouvelles découvertes. Nos pupilles dilatées s'adaptent lentement à la lumière. Nous baignons encore dans la magie du moment lorsque la voix du *doorman* nous ramène à la réalité. Deux dollars de *cover charge*. De l'argent ? Cette notion est si loin de mes pensées. Nous avons l'air de Martiens fraîchement débarqués sur terre. Je n'ai pas mon portefeuille ; ce soir j'allais à un lac. Fred, lui, a le sien, qui contient en tout et pour tout 43 sous. Quel obstacle cet argent après tout ce que nous venons de vivre ! Je commence à raconter notre histoire au colosse, notre marche dans les bois les plus profonds pour finalement aboutir ici presque par hasard. Je lui montre les cicatrices sanglantes que les branches ont tracées sur mes tibias. Je secoue les aiguilles de sapin hors de mes cheveux. Nous provenons d'une île déserte, d'une autre planète, d'une autre dimension. Se croyant dans un épisode des X-Files ou quelque chose du genre, il nous laisse passer. Je ne sais pas si c'est par compassion, par pitié ou seulement parce qu'il ne veut plus de nous dans les parages.

Dans le maelström de la musique, des amis viennent nous saluer. Ils nous offrent à boire et à manger en échange du récit de notre aventure, et m'offrent des compliments suite au récit de ma démission. La soirée est féerique, et je danse à en perdre la tête. Entouré d'amis, je viens de reconquérir ma liberté : tout est pour le mieux. Je ne travaille pas demain matin, ni après-demain… ni jamais ! Je rayonne, mes yeux brillent, pétillent. Ce soir j'aurais pu construire le mur de Chine, et ça se voit.

Dans l'autobus scolaire qui nous ramène au village — vacarme de cris et de chants —, je me demande si cette soirée n'était qu'un rêve, car même pour un rêve…

L'amour est un désir irrésistible d'être irrésistiblement désiré.

Robert Lee Frost

7 SEPTEMBRE

En vertu des règlements de l'hôtel, je devais quitter l'appartement dans les 24 heures suivant ma démission. Je vais donc rejoindre Jazzy. Notre voyage en Amérique centrale était prévu pour la fin d'octobre puisque Jazzy ne pouvait partir avant cette période. De mon côté, je ne peux me permettre financièrement d'attendre tout ce temps. Je dois rentrer au Québec sous peu et probablement ne la reverrai-je jamais. Le sort en est jeté. Nos destinées sont-elles liées ?

L'éventuelle séparation, bien que je m'y sois préparé (peut-on vraiment s'y préparer ?), ne me frappe pas moins fort pour autant. Je passe trois jours chez Jazzy, seul et déprimé lorsqu'elle travaille, mais savourant le fait de n'avoir rien à faire. Dormir, manger, me promener. Mon cerveau amorce la phase finale du dur combat pour me préparer à me distancer tranquillement d'elle, afin que la séparation soit moins pénible. Les idées se bousculent dans ma tête.

Le jour de mon départ arrive à la vitesse d'une formule 1. L'âme amer, mécaniquement je serre Jazzy dans mes bras une dernière fois. Un départ bref, sec et inconfortable qui couronne mal notre belle relation. Je suis tel un zombie. Faire preuve de quelque sentiment que ce soit serait catastrophique pour ma santé émotionnelle. Éterniser le moment ne ferait que prolonger la douleur. Je préfère une mort subite, la délivrance du néant. Surtout, éviter de penser. Je tente de quitter Jazzy de la façon dont je quitte mon lit chaque matin. Une dernière fois, je regarde cette femme aux yeux d'un vert forêt si profond. Son innocence a forgé mon cœur. Puis je me retourne, sans jamais plus regarder en arrière.

Je n'ai plus de liens, à qui ou à quoi que ce soit. Je n'ai plus rien ! Les cheveux ébouriffés et tout nouvellement « bleachés » (hymne à la liberté), je me retrouve sans d'emploi, sans abri, sans femme à mes côtés, sans statut social... plus rien à perdre.

Je retourne à Lake Louise chercher mes effets et croise Jett sur le chemin qui conduit à mon ex-appartement. Jett est une personne vraiment unique ; il est dépossédé de cette fonction du cerveau qui quelquefois nous fait mentir pour bien paraître ou pour ne pas offenser notre interlocuteur. Cette hypocrisie sociale est pourtant souvent nécessaire au maintien de bonnes relations. Lui, il s'en contrefout. Il dit simplement et franchement ce qu'il pense, point à la ligne. Maintes et maintes fois, il m'a prouvé que les gens ne désirent pas entendre la vérité.

Je n'espérais plus revoir Jett, qui avait disparu depuis son départ soudain de l'hôtel. Nous sommes liés par notre solidarité, notre démission simultanée. Il me propose de l'accompagner pour un voyage « d'affaires ». Il veut faire le tour de l'île de Vancouver, se rendre dans la vallée de l'Okanagan et visiter les plus beaux endroits qu'il connaisse. J'accepte sur-le-champ. C'est la meilleure des options qui s'offrent à moi. Poursuivre l'aventure là où je l'avais laissée avant de devenir sédentaire et dépendant affectif.

Je tente de convaincre Fred de venir avec nous ; sa présence ajouterait une plus-value incontestable à notre voyage. Tous les trois, nous serions indestructibles. Il voit bien que nous ferions un voyage mémorable, mais ne veut pas lâcher son nouveau job de *bellman*. Il avoue n'avoir jamais été rien d'autre qu'un *bum,* qu'il veut se prouver qu'il est capable de mener quelque chose à terme, qu'il est vraiment quelqu'un. Tout ça, je le sais déjà et trouve dommage qu'il ait à se le prouver, mais enfin ! Il ne correspond en rien aux valeurs glorifiées par la société et a l'impression d'être un étrange, un marginal. Il irait jusqu'à renier ce qu'il est vraiment pour perdre cette sensation angoissante de ne pas être sur le bon chemin, d'être anormal.

Être normal, le désir si ridicule et si banal qu'on caresse pourtant tous.

Devant sa décision de rester, je décide de lui enseigner tous les trucs du métier que j'ai appris afin d'encaisser les plus gros pourboires : comment prendre les bagages, comment les placer dans le coffre de l'auto, comment aborder les clients... Jett enchaîne avec ses propres secrets du succès. Mais plus nous parlons travail, plus nous nous rappelons de mauvais souvenirs, et bien vite Jett s'enrage et parle de brûler l'hôtel. « On était les plus fidèles employés, et c'est nous qui avons écopé. »

Il s'emporte contre ces patrons exploiteurs qui nous ont laissé tomber dès que nous avons revendiqué le moindre respect.

Jett change d'humeur du tout au tout en une fraction de seconde. Avec lui on ne sait jamais ce qui va arriver dans la minute qui suit ; on ne peut jamais prévoir ses humeurs. Son impulsivité extrême m'a toujours fasciné et en même temps intimidé, attiré et effrayé, impressionné et insécurisé. Cet ancien *punk* de Toronto a commencé à vivre dans la rue à l'âge de 15 ans ; la drogue et la violence ont forgé son tempérament, qui demeure en tout temps à fleur de peau. Néanmoins, je crois sincèrement que ce voyage sera une expérience des plus enrichissantes. Au fond, je cherche à apprendre la vie, et il me promet que je vivrai les moments les plus intenses de mon existence. Que puis-je demander de plus en tant qu'apprenti ? Bien sûr j'ai un peu peur, mais qui n'a jamais eu peur ? Le but n'est pas de ne jamais connaître la peur, mais bien de la surpasser.

Don't let your fears get in the way of your dreams.

Partageant les divans du 40, nous savourons les derniers moments que nous vivons les trois ensemble. La musique se grave dans nos têtes et aiguise nos sentiments. Nous savons trop bien que dans quelque temps nous allons repenser avec nostalgie à cette soirée. Tom Waits chante notre état d'âme. Nos paroles se font rares. La musique véhicule tellement de souvenirs et de magie… elle renfermera à jamais ces moments.

Jett doit fignoler quelques détails avant le départ, prévu au plus tard dans quatre jours. J'ai hâte de partir. Tout ici me rappelle Jazzy.

Un ami est celui qui connaît tout de vous et vous aime quand même.

Elbert Hubbard

8 SEPTEMBRE

Chaque instant devient des plus intenses lorsqu'on pense qu'il est l'ultime moment. Vivre chaque jour comme si c'était le dernier.

De nouveaux colocs aménagent dans le 40 pour remplacer Èva, Gabbo, Trixtus, Evrin... et moi. L'âme n'y est plus, ce n'est plus un lieu de rassemblement. Les nouveaux locataires veulent en faire un lieu propre et respectable. Ils n'ont rien compris! Je dois même enlever mes souliers avant d'entrer. Le 40 s'ennuie à mourir, le tapis est mort de soif. L'été déraille comme la chaîne d'une vieille bécane rouillée.

Assis dans le salon, Jett, Fred et moi racontons aux petits nouveaux les vestiges de notre été, les fêtes immenses qui ont eu lieu dans cet appartement où maintenant il n'y a plus que des souvenirs. Puis suivent les histoires sur l'hôtel, notre travail, la vie... Toutes nos anecdotes y passent.

Jett s'énerve en relatant l'histoire du jour où j'ai travaillé avec lui, jour vraiment très occupé. Entre deux courses il devait préparer la salle de conférence pendant que je m'occupais du lobby, bondé de touristes. En cas de problème, je pouvais l'appeler sur son téléavertisseur qui, muni d'un haut-parleur, diffuse les messages assez fort pour qu'on puisse bien les entendre, même si l'appareil se trouve au fond d'une poche et qu'il y a beaucoup de bruit ambiant. Pendant que Jett était seul dans la salle de conférence, j'ai décidé de détendre un peu l'atmosphère, hyperchargée, en lui enregistrant un message comique. À peine avais-je terminé que le voilà revenu dans le lobby, parmi la masse de gens, pour y chercher quelque chose. C'est alors que la sonnerie du téléavertisseur s'est fait entendre pour annoncer un nouveau message. Jett l'a sorti de sa poche pour mieux entendre. Surpris par ce son strident, les gens ont cessé de parler, posé leur martini, serré leur cravate et fumé leur cigare dans un silence lourd et total. Ma voix, maintes fois amplifiée par l'appareil, a fait grincer le petit amplificateur comme un *walkie-talkie* :

Alpha, Tango, Bravo, Charlie.

You are surrounded. Enemies all around you.
In the bushes behind you !

ESCAPE ! ESCAPE ! I repeat, ESCAPE !

This is not a drill ! Over and out. 10-4 ! Roger !

Je m'étais enfermé dans le petit bureau pour pouvoir rire à pleins poumons. Et Jett, venu me rejoindre, m'engueulait en tentant de retenir son sourire. Quelle situation ! Si embarrassante que nous ne pouvions qu'en rire.

La soirée avance et Jett, à bout d'histoires, nous quitte. Fred parle à Mossy, le plus sympathique des nouveaux habitants du 40, de notre escapade au Mud Lake et de la chanson de *Tragically Hip*, qui nous a sauvés d'une mort certaine et qui est encore vive dans nos souvenirs. Je regarde dehors, comme il fait bon. Vive l'été ! Un petit vent humide se fraie un chemin entre les arbres et nous apporte l'odeur des fleurs des montagnes. Les bruits de la forêt deviennent musique. Un bref échange de regards et de sourires nous convainc : nous partons, destination Mud Lake. Mais cette fois-ci, c'est Fred que nous suivrons.

Le ciel ne laisse transparaître qu'un faible halo de la lune que les nuages tiennent en otage. Fred nous avoue, un peu gêné, que les quelques fois où il s'est rendu à ce lac il était saoul et couché dans le fond de la van de Timmy. Il n'a donc jamais rien vu de la route empruntée. Mais nous allons trouver, pas de problème ! Nous traversons la Transcanadienne, puis un champ de fleurs, et longeons ensuite un ruisseau qui se fraie un passage à travers la forêt. Le petit ruisseau tranquille se transforme en rapides au fur et à mesure que notre marche progresse.

Des centaines de mètres plus loin, une petite baie nous accueille ; le calme après la tempête. Dans la nuit d'ombres, nous nous assoyons après une marche trop longue pour espérer trouver le lac. De l'autre côté de la rive où nous nous trouvons se dresse un mur de noirceur indéchiffrable, où il n'y a ni étoiles ni nuages. Derrière nous, des milliers d'acres de forêt vierge.

Fred est à raconter une aventure de jeunesse quand soudain il s'interrompt, son attention étant attirée vers l'autre rive. Nos yeux suivent son regard pour se poser sur un spectacle incroyable. Lentement, très lentement, le noir se lève comme un rideau de théâtre. Sous le noir, le blanc resplendit. Le nuage qui couvrait la lune cède doucement sa place, et un mur qui s'éclaire peu à peu, de bas en haut, nous apparaît lentement. Nous n'émettons aucun son, le spectacle nous paralyse. Une immense falaise, blanche comme neige, se dresse maintenant tout au long de l'autre rive. La noirceur ne nous laissait pas même deviner sa présence. La lumière monte et monte sur sa paroi qui semble sans fin, tel un drap étincelant sans fin. Cette paroi va-t-elle s'étirer jusqu'au ciel ? Nous nous sentons engloutis par ce monstre massif. Enfin éclairée, la falaise nous regarde de haut. Elle est le papier sur lequel s'écrit le temps.

Mossy brise enfin le silence en criant son admiration et nous rions aux larmes : la falaise nous répond. L'écho est incroyable. J'ai toujours voulu posséder un magnétophone pour immortaliser des moments comme celui-là. En plein bois, avec le doux vent qui siffle à travers les feuilles et l'eau qui crie son combat vers l'océan, nos trois voix se transforment en instruments de musique, nos cuisses en percussions, les bouteilles de bière en xylophone, et l'écho devient le quatrième comparse. Une musique hypnotique et sauvage, où les sens primaires sont maîtres de l'énergie qui nous habite, s'élève, comme la lumière vers le ciel ; une musique semblable à celle des aborigènes, une musique reflétant l'extase. Pas un esthétisme moulé aux standards commerciaux, mais la perfection chaotique des émotions les plus pures. Une traduction toute simple de la beauté en sons. L'eau apporte sa contribution, la falaise nous répond, la lune nous inspire. Tout n'est qu'un, amplifié par nos corps, se perdant dans l'univers. Puisant l'énergie de partout, retournant l'énergie vers tout. Rien ne se perd, rien ne se crée.

Heureux de ce moment, nous nous levons finalement et retournons vers la civilisation. Signe précurseur de celle-ci, un camion gronde au loin. Une colline s'élève à notre droite. Elle nous intrigue puisque les arbres y ont été rasés sur une bonne largeur, dessinant un chemin qui grimpe jusqu'à son sommet. Nous poursuivons nos questions, à la recherche de réponses, et gravissons sa centaine de mètres à la course. Nous possédons une énergie folle, et une énergie folle nous possède.

Une vue splendide s'offre à nous, mais notre attention est centrée sur la colline elle-même. Le sommet est plat, débarrassé de tout arbre ou plante. Des pierres ont été placées en cercle, de manière à former une sorte de plate-forme d'atterrissage. Mossy trébuche sur une espèce de cheminée qui émerge du sol. Une étrange lueur s'en dégage. Il y a quelque chose sous nos pieds. Une sorte de construction souterraine, au sommet d'une colline, au beau milieu de rien! Nous explorons les lieux, n'y trouvons ni porte ni fenêtre. Nous avons beau imaginer divers scénarios (armée, abri nucléaire, Martiens, etc.), rien ne colle. Sorti tout droit d'un décor de science-fiction, le mystère reste entier et fait naître la peur. La nuit ne fait que l'alimenter. La forêt profonde nous emprisonne. Nous décidons de partir, en marchant. Courir déclencherait une réaction en chaîne qui nous mènerait tous à la terreur. Désintégrés par la forêt opaque, nous marchons lentement, et les rares autos qui passent au loin nous dirigent vers l'autoroute. Enfin le ciment!

Nous nous retrouvons assis sur les gros blocs de béton à l'intersection principale du village. Quelle soirée! Mossy est immédiatement devenu un bon ami, résultat d'avoir partagé avec nous des moments si merveilleusement intenses.

Les blocs de béton ne nous laissent plus partir; nous sommes collés à eux. Les autos passent, mais complètement vidés nous ne bougeons plus. Fred ébauche la théorie selon laquelle la compagnie électrique de l'Alberta (Hydro-Alberta?) aurait placé ces blocs qui attirent, aimantent puis drainent l'énergie des passants pour fabriquer de l'électricité. L'entreprise en placerait dans les endroits stratégiques, où les gens sont susceptibles de s'asseoir après une longue nuit de marche. Ce serait de cette façon que, même sans barrages hydroélectriques, la compagnie parviendrait à fournir de l'énergie à toute la province.

Je suis si fatigué que j'arrive parfaitement à concevoir ce que peut ressentir un astronaute en mission sur Mars, avec 15 G de gravité. On dirait vraiment que je subis une attraction terrestre 15 fois plus forte que la normale tellement je ne sens lourd et incapable de bouger. Chacun de mes bras pèse une tonne. Je dois faire de la musculation juste pour arriver à sourire. Je suis si lourd que je laisse une empreinte dans le béton où je suis assis.

J'imagine un astronaute fraîchement débarqué de sa navette, écrasé malgré lui dans le sable martien, qui entend une voix dans les écouteurs de son casque lui ordonner de se lever et de ramasser des échantillons sur le sol. « *Fuck off* vos maudites roches, v'nez les chercher vous-même. Moi j'm'écrase icitte, pis j'bouge pus. J'suis en *break*. *Siesta time.* »

Finalement, utilisant toute l'énergie qui nous reste, nous réussissons à nous extirper des blocs,. Il aurait fallu une spatule géante pour nous faciliter la tâche. Nous entrons dans le 40, enlevons nos souliers (maudite loi !). Je propose aux amis ce qu'il me reste : une soupe au poulet ou du rhum-limonade. La réponse ne tarde pas, et nous entamons un autre litre de rhum-thé glacé-limonade dans un pot de cornichons vide (seul récipient utilisable). C'est la prolongation de notre soirée.

Demain sera, à cause de toutes ses incertitudes, un jour plein de promesses.

Dans le calme de mon lit, contemplant les étoiles phos-phorescentes (collées au plafond) qui s'éteignent lentement avec l'apparition du soleil, je serre mon oreiller. Je m'ennuie du confort que me procurait l'épaule de Jazzy.

Tout le monde connaît la même vérité
et nos vies consistent à choisir la façon de la déformer.

Woody Allen

9 SEPTEMBRE

Ouf! Quelle nuit! Une de ces soirées où le temps file si vite qu'on ne voit rien passer. Puis, une fois au lit, on réalise à quel point on a bu. Et quand je suis couché, que tout tourne, et que la seule solution est de dormir, mon cerveau part à la dérive et n'en revient plus. Toutes ces pensées qui accablent mon esprit sans vouloir lâcher prise, et qui ne mènent à rien. La conclusion de l'interminable chaîne de pensées d'hier soir, c'est que je devrais annuler mon voyage avec Jett, retourner à Montréal pour satisfaire mes besoins de sécurité et de stabilité... ou encore retourner à Banff, poser ma tête contre la poitrine de Jazzy et dormir dans ses bras pour tout oublier... Mais quelquefois il faut aller à l'opposé de son raisonnement.

C'est un sentiment bizarre que de coucher dans un appartement qui n'est plus le sien. Plus rien ici n'est mien, je n'y ai plus ma place. Je me sens comme une sangsue se nourrissant de la générosité des autres. J'ai toujours admiré les gens qui n'ont pas la faculté de s'apercevoir qu'ils dérangent ou qu'ils sont de trop. Le corps et l'esprit nous imposent tant de limites! Les perdre toutes : un rêve inatteignable... sauf dans la mort, la limite suprême, celle qui nous libère de toutes les autres.

Une vingtaine de mes ex-collègues du Post Hotel s'entassent dans le salon et se plaignent à tour de rôle de la routine et de l'inhumanité avec laquelle ils sont traités. Pourtant, au travail personne n'ose élever la voix. Leur désir évident de sécurité financière et leur quête pour satisfaire des besoins artificiels imposés par la société les aveuglent devant leurs véritables besoins, leurs véritables désirs. Ils sont insatisfaits, mais ne prennent pas la peine de considérer les alternatives. L'amélioration de leur condition n'est envisagée que lorsqu'elle est proposée par le patron. Le monde est à notre portée; il faut cependant tendre la main.

Certains m'ont critiqué d'avoir demandé plus alors que j'avais tant. Mais je ne suis pas encore prêt à mouler mes désirs profonds à ce qui m'est offert pour être tout bonnement satisfait. J'ai encore la force de vouloir ce qui ne m'est pas gagné d'avance. Ce n'est qu'en abandonnant la volonté de progresser dans la vie que j'aurais pu, à long terme, devenir un bon *bellman*. Je n'ai pas eu la force de m'affaiblir à ce point.

Pauvre Fletcher, ne te fie pas à tes yeux, mon vieux
Tout ce qu'ils te montrent, ce sont des limites, les tiennes.
Regarde avec ton esprit, découvre ce dont d'ores et déjà tu as la
conviction et tu trouveras la voie de l'envol...

Richard Bach

10 SEPTEMBRE

Mes rêves imagés me rappellent parfois la peur de l'inconnu vers lequel je me dirige avec Jett. Au moins, je ne me plaindrai pas que la vie est monotone et banale. Ils me rappellent aussi ma déception de ne pas avoir fini mon contrat à l'hôtel, comme si je n'étais pas de taille, pas assez compétent. Pourtant, si j'y étais resté mon amour-propre en aurait été profondément atteint. Mais peut-être mon amour-propre revêt-il une trop grande importance, peut-être suis-je trop égoïste.

À bien y penser, nous sommes tous égoïstes, mais seul le sage sait jusqu'à quel point il faut l'être. Je ne suis pas un sage... L'ignorant pense savoir, le sage sait qu'il ne sait pas. Moi, je ne sais pas si je sais que je ne sais pas. Somme toute, c'est assez simple…

En me levant, je repense encore à Jazzy ; son absence me blesse. Je ne sais pas ce qui m'a fait craquer pour elle. Est-ce l'innocence de ses yeux ou la timidité de son regard ? la passion avec laquelle elle m'exposait ses opinions ou la fermeté avec laquelle elle défendait ses valeurs ? son rire vivant et doux ou ses yeux d'un vert émeraude ? Tout ce que je sais, c'est que le jour où j'ai posé mon livre pour voir qui me dérangeait dans ma lecture et gâchait ainsi ma quiétude dans la cour arrière du *Backpacker Lodge* de Victoria, c'est qu'irrésistiblement je devais lui parler, découvrir sa fragilité et sa vision agréable de la vie.

Une force inexplicable nous liait; je redécouvrais le désir de partager mes expériences, de lui apprendre des choses sur la vie et d'en apprendre d'elle. À présent, je dois me changer les idées.

J'aime provoquer, émotivement ou mentalement. Chaque seconde de la vie mérite d'être vécue, et je ne veux en gaspiller aucune. Je provoque les sentiments, car ils nous font sentir que nous vivons. Je provoque le doute, car c'est lui qui nous empêche de nous enliser. Et je provoque le raisonnement, car c'est lui qui nous sépare des animaux. Je provoque les gens en prenant systématiquement une position diamétralement opposée à la leur. En défendant leur opinion ils sont obligés de réévaluer leur position, et ainsi de réfléchir à ce qu'ils ont toujours tenu pour acquis, sans même savoir pourquoi il en était ainsi. Ma meilleure arme dans l'Ouest, c'est d'affirmer ouvertement que je suis séparatiste, et lorsque quelqu'un critique ma prise de position je le questionne sur la sienne. C'est bien beau d'être contre quelque chose, mais encore faut-il savoir pourquoi! Les Anglais d'ici pensent que la séparation du Québec mènera à son annexion aux États-Unis. Pourtant, avec leur Stampede, leurs cow-boys, leur musique country et leurs émissions de télé américaines, j'ai parfois l'impression que l'Ouest en fait déjà partie.

Je parle de tout cela à Fred. Pour toute réponse, il me tend la guitare en me disant de me servir de ma tête pour créer plutôt que de me tracasser avec ces questions. L'étrange relation d'amitié qui m'unit à lui est très spéciale. Il est l'une des seules personnes avec qui je peux communiquer en période d'exaltation créative.

Il y a de ces gens, très rares, avec qui on peut arriver à vaincre les limites du langage. Le langage n'est que perte de temps et d'énergie. Si on pouvait communiquer directement par l'imagination et les émotions, il n'y aurait plus de temps gaspillé à décrire, à expliquer, à conceptualiser ses pensées, à les simplifier pour les rendre compréhensibles.

Jusqu'à un certain point, d'un simple regard j'arrive quelquefois à communiquer à Fred toute une palette d'émotions et d'idées. Nous sommes sur la même fréquence. Justement, d'un clin d'œil nous venons d'accepter une proposition d'activité qui égayera sans aucun doute notre soirée.

À bord de son immense Plymouth américaine de tôle bleu poudre (surnommée la *super Bitch*), Jennifer conduit allégrement dans la nuit. Elle s'amuse avec les chauffeurs de camion qui parcourent le pays, car sa « minoune », gage de sa liberté, est munie d'une immense antenne et du CB qui l'accompagne. Jennifer est toujours fidèle à elle-même : pleine de vie et souriante, elle a un goût de vivre contagieux. Nous sommes six dans son gros *bazou*, trois en avant, trois en arrière (l'avantage des gros bateaux). Nous revenons encore une fois du bain tourbillon d'Emmerald Lake. Décidément, je ne m'en fatiguerai jamais ! Nous sommes tous heureux de la soirée, la joie se lit sur nos visages et dans nos conversations. Jennifer pose le CB ; le dernier chauffeur de camion avec qui elle a parlé a accepté son invitation de faire la course, mais elle décide plutôt de laisser tomber et de se concentrer sur la route, qu'une brume dense tente de camoufler. Elle essaie aussi, tant bien que mal, de ne pas entendre les sons et les vibrations louches qui émanent de sa vieille carcasse d'auto d'occasion, qu'elle vient pourtant d'acheter.

Nerveuse, elle me demande d'être ses yeux et de l'aider à voir la route. Elle n'a son permis que depuis peu de temps et ne se sent pas encore à l'aise au volant. En farce, et pour détendre l'atmosphère soudainement tendue, je demande à Fred, qui est visiblement saoul et qui se trouve entassé dans le coin arrière, de se charger des freins. Nous rions de bon cœur, et dans la nuit l'auto dévale montagnes et vallées. La musique country remplit l'air, les camionneurs s'envoient des messages « *10-4 Roger* » et l'épais brouillard rend le paysage mystique.

I think today reality forgot to visit.

Je baisse ma vitre afin de me plonger le bras dans l'air rafraîchissant. Tout à coup un cri déchirant nous glace le sang : *BRAAAAAKE !* Fred hurle à nos oreilles. Jennifer, répondant à ses réflexes les plus primaires, enfonce le frein sans trop avoir le temps de comprendre ce qui se passe. De tout son poids sur la pédale, elle réussit à immobiliser l'auto. Lentement, je décolle mon visage du pare-brise. Sur la route une ombre se dresse devant nous. Jennifer met les phares à pleine intensité. À moins de dix mètres de notre pare-chocs avant, un immense wapiti femelle nous fixe, statufié au beau milieu de la Transcanadienne. La bête, qui vient de vivre la peur de sa vie, est à la fois tremblante et figée par les phares qui l'aveuglent. Ses yeux phosphorescents brillent comme ceux d'un chat la nuit. Ma vitre baissée me permet d'entendre une respiration effrénée. À la droite de l'auto et encore plus près de nous, son mâle, aux bois immenses et affûtés, se tient haut et fort. Il s'apprête maintenant à charger l'auto. Ma première réaction est de rentrer le bras et de remonter la vitre, comme si ça pouvait me protéger. Je crie : « *Go ! Go ! Go !* » et Jennifer applique sur l'accélérateur la même pression qu'elle avait appliquée précédemment sur le frein. Le vieux bazou gargouille et laisse échapper une épaisse fumée noire. Lentement, éternellement, la grosse voiture bleue se met à avancer péniblement, contourne la femelle et décolle. Ouff !

Le silence nous habite, la mort nous rend parfois visite et nous offre d'examiner sa marchandise en prévente. Jamais je n'aurais cru que Fred puisse être un serre-frein aussi efficace. Nous le surnommons *The Human Brake*, et en rions le reste de la soirée. À quoi bon s'en faire ? Ça ne changerait rien de toute façon.

À notre retour, une fête nous attend à l'appartement (quoi de neuf ?). Les paradis artificiels ont vite fait de chasser la mort de nos pensées et de faire resplendir son opposée.

J'aime les humains qui échappent à la réalité et qui deviennent inexplicables, et du fait même intéressants. J'adore délirer avec Fred, car l'univers où nous nous retrouvons est toujours nouveau et pousse notre créativité à sa limite. Nous habitons notre imagination. Il suffit seulement de larguer quelques amarres pour pouvoir en revenir.

La créativité n'est pas une esclave qui nous sert selon notre bon vouloir. Nous sommes plutôt ses esclaves quand elle décide de nous posséder.

Cette nuit, la fin de la fête voit notre salon se transformer en immense arène de lutte/bataille, mi-sérieuse mais extrêmement violente. Comme nous sommes entre amis, personne ne se plaint ouvertement et les rires font figure d'encouragement. L'incompréhension la plus complète de cette forme de comportement m'apeure. Le clou de la soirée a été ce coup de poing de Jett qui a défoncé un mur. Ces instincts de violence animale sont si irréfléchis et imprévisibles que mon système de sécurisation, la logique, ne peut m'apporter aucun réconfort. L'imprévisibilité habituelle de Fred est créative et constructive. Celle de ces hommes, dont Jett fait partie ce soir, est violente et destructive. Suis-je un amalgame de préjugés?

Je fuis cette ambiance et retourne vers la nature qui m'apaise. Il faut clore ce séjour à Lake Louise à son image : en toute beauté. Je me dirige dans le bois avec mon ami Fred. La brume flotte doucement entre les arbres comme si le ciel était tombé. Nous n'aurons jamais trouvé le fameux Mud Lake, qui restera toujours un mythe pour moi.

Je tente de saluer le plus d'amis possible, c'est ma dernière soirée ici, adieu.

Watch me sleep so slowly my friend.

Arms so spread - Jesus Christ again

On ne saurait aborder en même temps des deux côtés de la rivière
Il faut risquer de perdre une rive à jamais, pour un jour toucher l'autre.

Gilles Vigneault

11 SEPTEMBRE

Today is the big day! Hier soir, avant le match de lutte, j'ai rencontré Gary, un ancien « Monsieur Bricole » de l'hôtel, qui a décidé de nous accompagner pendant quelques jours dans la vallée de l'Okanagan. Et Gary possède un pick-up! Bien qu'il nage dans la quarantaine, cet homme est habité par le goût de l'aventure et le refus de vieillir. Nous chargeons son camion de nos sacs à dos. La première vitesse s'enclenche et nous voilà partis pour ce que Jett me promet d'être le trip de ma vie. J'aurais regretté jusqu'à la fin de mes jours, je le sais, d'avoir écouté la peur qui me conseillait de tout annuler.

Je suis assis dans la caisse arrière du pick-up, qui dévore l'autoroute avec toute son énergie. Le vent pour seul bruit, les montagnes comme seul entourage, mes cheveux balaient le ciel. Je ne sais même pas où nous allons exactement, mais ça n'a aucune importance.

Voyant le lac Louise disparaître tout autour de moi, je me sens *on the road*, comme Jack Kerouac. C'est une sensation de liberté sous sa forme la plus élevée : nulle part où aller nulle part où revenir, la seule personne à qui je dois quelque chose, c'est moi-même.

Les énormes trous de la carrosserie me laissent voir la chaussée, qui défile sous mes yeux à une vitesse folle. Cette tôle va bientôt céder ! À Golden, après quelques dizaines de kilomètres et autant de signaux demandant qu'on s'arrête, je monte enfin avec Jett et Gary dans la cabine vitrée. Ainsi commence ma visite guidée de l'Ouest canadien. Toute la journée, sans avoir la moindre idée de l'endroit où je me trouve, ma seule tâche est d'admirer les paysages qui défilent devant moi comme des diapositives.

Tout à coup, c'est la panique ! Un cri strident, et je me retrouve dans la boîte à gants. Des chevreuils ont décidé de traverser la route en passant devant le camion, et nos pneus ont crissé pour leur éviter une mort certaine. C'est là que les choses se gâtent. À notre nouveau départ, des bruits étranges se font entendre, des bruits métalliques, un claquement. Après une brève inspection, Gary se rend compte que ses freins frottent métal contre métal, qu'ils sont complètement hors d'usage. Chaque freinage risque de faire lâcher tout le système. Il décide donc d'annuler le voyage car son portefeuille ne lui permet pas une telle réparation.

Gary est très frustré car demain nous devions nous rendre à Nelson, et pendant toute la dernière heure Jett nous a décrit cette ville dans les moindres détails en nous expliquant pourquoi elle est, de toutes les villes du monde, sa préférée. Avec ses plages, son lac merveilleux ceinturé de montagnes majestueuses, ses habitants paisibles et généreux qui vivent du troc… On y pratique, selon ses dires, un communisme moderne où les gens font ce qu'ils désirent vraiment faire. Par la suite, ils échangent leur production contre d'autres biens et services dont ils ont besoin, l'objectif étant le bien de la communauté, et la communauté c'est eux-mêmes… Bref, une description qui, si elle était passée à la radio, aurait fait vendre tous les lots et maisons disponibles de cette ville. La publicité parfaite !

J'admire la façon dont l'émotion saisit et possède Jett lorsqu'il parle de quelque chose qui lui tient à cœur. Il devient si expressif qu'on le dirait en transe, hypnotisé et hypnotisant.

L'hémisphère gauche du cerveau de Gary le convainc que Nelson est une destination hors de portée étant donné l'état lamentable de ses freins, mais son côté droit lui crie qu'on a juste une vie à vivre et qu'il faut la vivre intensément. Le compromis devient donc d'aller ailleurs, moins loin.

Assis sur la banquette du camion qui ronge l'asphalte, nous passons la journée à discuter. Nous passons des lacs aux montagnes, des plaines aux glaciers, des chutes aux vallées et, presque toutes les 30 secondes, toute conversation cesse car la beauté de ce que nous voyons nous saisit et paralyse notre cerveau. Les gens devaient rire dans leur barbe quand, à l'époque de la colonisation, le gouvernement leur donnait ces terres. Bien sûr, ces panoramas nous font aussi oublier que nous roulons sans freins d'une montagne à l'autre, mais pourquoi s'en faire ?

Voilà qu'autour de nous il y a maintenant des forêts entières qui ont été rasées par le feu, laissant derrière elles un paysage de désolation. On sent une odeur de fumée concentrée, et seuls des semblants de cure-dents noircis surplombent la cendre au sol. Un sentiment de tristesse et de deuil nous laisse silencieux, mais bien vite la nature redevient maîtresse du paysage.

Notre discussion passe de la philosophie à la mythologie, de la géologie au sexe (trois gars ensemble, c'est inévitable !) Je demeure cependant muet quand Jett m'apprend que c'est pour vaincre sa dépendance destructrice à la cocaïne (*the devil's dandruff*) et au crack qu'il a décidé de changer de milieu et de venir s'installer à Lake Louise, loin de tout. « *Saying you'll take crack and won't be addicted is like saying you'll jump into water and won't get wet.* »

Les gentils petits policiers qui venaient à mon école m'enseigner la vérité dangereuse des drogues me parlaient des dangers du « pot » et de son inévitable évolution vers les drogues dures. Ils me parlaient aussi de l'ultime étape de cette évolution, une drogue infernale, le crack. « Une seule dose de cette substance entraîne une dépendance physique immédiate et irréversible. Tout arrêt de consommation entraîne un sevrage mortel. Tu manques une dose, tu meurs. C'est aussi simple que ça. » Jett est la preuve vivante qu'ils m'ont menti une fois de plus. La seule façon que les gens ont de connaître la vérité, c'est l'expérimentation directe. À force de crier au loup, le « gouverne-et-ment » a perdu toute crédibilité. Sur la question de la drogue, il joue à l'autruche en croyant que ce qu'il ne voit pas n'existe pas. « Marginalisons le problème, afin de conserver un noyau de société parfaitement sain. »

Les déboires que Jett a vécus ne sont plus visibles. Personne ne pourrait se douter qu'il se soit rendu aux portes de l'enfer et qu'il en soit revenu. Je dois réviser les préjugés qui m'ont été transmis.

Notre grand circuit se termine au centre-ville de Banff, où des wapitis nous attendent. Le soir tombe. Autour d'une grosse bière et d'un feu, un ex-punk, un père de famille et un Québécois perdu sont réunis. Les étoiles sont toujours impressionnantes quand on est loin des lumières d'une grande ville !

Rien de ce que nous avions prévu pour la journée n'a fonctionné. Et pourtant ce fut un jour fabuleux ! « *Plans are made to be broken* », me dit Jett.

Que fait-on maintenant ? Plus question de retourner au lac Louise après y avoir fait nos adieux. À minuit, Gary quitte le stationnement du terminus au volant de son pick-up sonore, et nous montons dans l'autobus, direction Vancouver. Toute la nuit sur un petit banc d'autobus merdique ! L'enfer doit être un endroit où l'on est épuisé, mais où l'on ne dispose que d'un siège beaucoup trop étroit pour se coucher de quelque manière que ce soit, peu importe les contorsions qu'on réussisse à faire.

Le gémissement plaintif du moteur de l'autobus se transforme en soupirs de soulagement alors que nous amorçons la descente qui nous mènera jusqu'à la ville. Nous effectuons la traversée de la nuit, pour retrouver Vancouver à l'aube. Je rêve de perdre conscience au cours de ces 15 heures qui nous séparent de notre destination.

Nous avons l'abondance, mais nous n'avons pas la joie de vivre.
Nous sommes plus riches, mais nous sommes moins libres.
Nous consommons davantage, mais nous sommes plus vides...
Nous avons beaucoup, mais nous sommes peu.

Erich Fromm

12 SEPTEMBRE

À 400 kilomètres du lac Louise, notre principal sujet de conversation demeure l'hôtel et le moyen de nous en venger. Jett tombe rapidement dans l'extrémisme : des graffitis pour y dénoncer l'exploitation des travailleurs, des manifestations pour dénoncer le sexisme et le racisme qui y règnent, des dépliants sous les portes des chambres pour informer les clients qu'ils encouragent l'enrichissement de capitalistes sans cœur, etc. Seul le fait d'en parler libère la tension. Ça fait du bien !

Une multitude de pensées sont nécessaires pour remplir le vide des 15 heures d'autobus et les 300 pages de mon cahier à spirale. Toute mon énergie alimente mes pensées. Je pense à une théorie concernant l'énergie. Au point de départ s'il n'y avait pas d'énergie les atomes ne seraient pas liés, ils seraient dispersés. Donc, même une roche possède de l'énergie.

Mais les êtres vivants possèdent une énergie qui est plus importante, plus forte. Nous en consommons et en produisons ; cette énergie peut être transmise. Un motivateur, par exemple, canalisera son énergie pour en produire chez d'autres personnes.

Quand on possède une bonne dose d'énergie, on se sent mieux, plus fort et capable d'accomplir n'importe quoi. Cet état d'âme, c'est celui qu'on nomme « être heureux ». Quand on n'a pas d'énergie, tout devient pénible, difficile, et c'est la déprime. Les choses qu'on aime nous fournissent l'énergie, celles qu'on déteste la drainent. Le secret du bonheur réside donc dans le modèle de la balance : faire en sorte de retirer plus d'énergie qu'on en dépense.

La nature nous permet de se ressourcer, de refaire le plein d'énergie. Rien ne se perd, rien ne se crée. Cette énergie ne provient pas d'une source inconnue ; les arbres, les plantes, les montagnes nous en irradient. Ils nous la transmettent. L'énergie est palpable, et plus nous en détenons plus nous sommes heureux.

Mais nous nous enfermons dans des villes, entourés de béton, de bruits et de circulation. Lorsqu'on y vit trop longtemps on devient habitué à un niveau d'angoisse élevé (et nocif). Dès que le niveau auquel on s'est habitué diminue, ça devient intolérable et l'ennui apparaît. Pour affronter tout ce que nous impose la ville, nous dépensons inutilement une grande quantité d'énergie. Le bonheur est énergie, et la nature en est la source primaire. Terminus, nous voilà arrivés.

Assis sur la terrasse ensoleillée du Cambi, notre refuge pour la nuit, j'observe les étranges étrangers qui hantent les rues de Vancouver. Un jeune Hispanique d'une quinzaine d'années m'aborde… et me vend pour 10 $ une bouteille de rhum. En échange de quelques dollars, la ville nous offre tout ce que l'on désire… même l'amour.

Le retour à la civilisation a été plus difficile que je ne l'avais imaginé. La chaleur est suffocante et la sueur perle sur mon front. Nous sommes entassés sur une terrasse derrière une barrière qui nous sépare de la rue. Pas de forêts où s'enfuir, pas de montagnes à gravir où le vent du sommet fait claquer votre linge et vous débarrasse de toute mélancolie. Avant même de descendre de l'autobus, la nervosité m'envahissait en voyant les gens se précipiter sur les trottoirs dans une course contre la montre qui ne s'épuisera jamais... elle. Je me rends compte à présent de l'isolement dont nous avons profité pendant ces mois au lac...

C'est la première journée que je passe seul avec Jett. Jamais auparavant je n'ai été seul en sa compagnie. Il faisait toujours partie des gens qui m'entouraient, l'ami d'un ami sans plus. Quelquefois je me demande à quel point voyager avec lui me sera agréable.

Nous enjambons des gens qui ont comme maison des dalles de béton de quelques mètres carrés. Jett m'avoue que la ville, tout comme moi, le rend nerveux. C'est la première fois qu'il remet les pieds dans une ville depuis sa « cure ». Ce milieu lui rappelle son lourd passé de junkie, et il en a des sueurs froides. C'est le grand test. « Si quelqu'un m'offre de l'héro ou du crack, soit j'en achète, soit je le tue », me dit-il, sans que je puisse savoir vraiment si c'était une blague ou non.

Après un coup de fil, nous voilà dans un petit appartement habité par cinq amis de Jett qui sont venus s'installer à Vancouver. Des amis que Jett a connus au secondaire, sa « gang de punks » de l'époque. Maintenant qu'ils sont tous adaptés à la société — une jobine par-là, une cravate par-ci —, on devine leurs antécédents uniquement par les souvenirs qu'ils racontent et par les tatous et cicatrices qui tapissent leur corps. Leur jeunesse n'a pas été des plus faciles !

Nous déambulons dans les rues de cette mystérieuse mais agréable ville en direction du Sonar, bar technopsychédélique branché. Étranger dans un monde d'étrangers, l'anonymat des villes permet à l'inconnu de s'infiltrer tel un invité. Aucune adaptation n'est nécessaire dans ce milieu où tous les comportements sont acceptables, où le bizarre est valorisé. Sous l'enseigne *entrance*, la transe débute ; la musique nous avale tout entiers.

Pour se soumettre, il faut être libre.
Pour se donner, il faut être à soi.

Jules Michelet

13 SEPTEMBRE

La nature qui entoure cette ville a des effets bénéfiques indéniables sur ses habitants, qui sont de ceux qui pratiquent le plus grand nombre de sports et qui ont la plus longue espérance de vie en Amérique du Nord. Éloïze, une belle amie de Jett, ne déroge en rien à cette image positive, bien au contraire... En vacances, elle décide de nous accompagner dans notre redécouverte de la ville. Elle est née dans le même quartier que Jett, en Ontario. Ces deux personnes ont un passé commun malgré un futur qui les a complètement séparées. Elle est pleine de vie, sympathique et d'agréable compagnie. Ses yeux bleus, hypnotisants, contrastent avec ses cheveux de teinte rouge. Elle est la simplicité même, et dans la simplicité se trouve la vraie beauté. Son sourire charmant lui donne l'allure d'une fleur fragile. Elle complète à merveille notre duo, une présence féminine est toujours agréable.

Jett nous conduit au premier arrêt de notre tour guidé : en plein centre-ville, un tout petit parc camouflé sous une végétation touffue. Entre les épais buissons qui le clôturent, un sentier sinueux bordé de plantes nous mène à une toute petite éclaircie de gazon, où l'on s'étend. Pourquoi ce minuscule parc ici, entre deux gratte-ciel, sur la plus importante rue commerciale de la ville ? Jett m'explique que nous nous trouvons sur la toiture du palais de justice, qui est souterrain. Ce petit parc recouvre la coupole de la principale salle du tribunal, où les avocats se donnent en spectacle. C'est l'endroit idéal pour fumer du pot !

Nous plaisantons en imaginant que dès que le joint sera allumé une petite trappe s'ouvrira, nous faisant tomber directement devant le juge, dans le banc des accusés, recrachant notre fumée en tentant de nous justifier.

Un policier sorti de nulle part vient soudainement vers nous. Tel un vrai magicien, je fais disparaître le plus innocemment possible tout objet compromettant. Après tous mes efforts pour ne pas paraître suspect, je me retourne vers Jett qui, lui, n'a pas bougé d'un pouce et continue à fumer tranquillement. Couché sur le dos, il se donne même la peine de rallumer son joint pour en soutirer une dernière bouffée. Je tremble de nervosité. Le policier nous demande si nous lui cachons quelque chose. Jett lui répond le plus simplement du monde : « *We're not hiding anything. Look, we're only having a hit.* » Je n'en crois pas mes oreilles ! Je m'attends à me faire menotter, mais le policier nous dit simplement et poliment d'aller un peu plus loin, sinon qu'il pourrait avoir des ennuis… parce que nous fumons ! ? ! « *Hey ! you don't want trouble, I don't want trouble.* » Tout s'est déroulé tellement calmement. Incroyable ! Jett me rappelle que la Colombie-Britannique a été la première province à légaliser la marijuana pour usage thérapeutique, et ce, plusieurs années avant toute autre.

Éloïze trouve que nous lui apportons des *good vibes*. Elle nous compare à des prophètes de la bonne humeur. Aucune routine, la liberté, on fait seulement ce qu'on a envie de faire. L'absence totale de pression, de responsabilités et de plans procure un bien-être si apaisant que le bonheur l'accompagne naturellement. J'aime bien ce rôle. Éloïze nous en fait prendre conscience. Son bonheur nourrit le nôtre, qui à son tour nourrit le sien. L'incertitude éternelle face au futur fait de notre vie une gigantesque aventure, la plus belle et la plus grande qui soit, et où l'espoir guide notre destin.

Le jugement que l'on porte sur une ville, un lieu ou une destination dépend en très grande partie des gens qu'on y côtoie. En compagnie de personnages intrigants, la visite se déroule dans un sentiment euphorique. Sinon la déception nous crible en traversant des endroits sans histoire et sans visages. Même la plus belle ville au monde est monotone pour un voyageur solitaire et malchanceux. Le hasard fait que nous rencontrons des gens qui nous inspirent et deviennent nos amis, des gens désagréables qui gâchent notre voyage, ou encore personne du tout. Mais tout cela dépend aussi de notre attitude. Il faut s'ouvrir et être prêt à recevoir. Si on déborde d'énergie positive et d'entrain on attire des gens merveilleux, car qui se ressemble s'assemble. Et rencontrer des gens n'apporte pas nécessairement la chance, mais offre souvent les ressources nécessaires pour affronter n'importe quelle malchance.

Au bout de la baie, au sommet de la falaise qui se lance dans l'océan, entourée d'arbres magnifiques et à quelques minutes seulement du centre-ville dont les gratte-ciel relancent les éclats brillants du soleil, se dresse la belle Université de la Colombie-Britannique (UBC). Il est beaucoup plus facile d'y venir en autobus qu'à vélo... Ses édifices, qui se dressent sur un emplacement de rêve, s'inspirent autant des styles anciens que modernes. Gratte-ciel à droite, à gauche l'océan jusqu'à l'horizon. J'en suis encore jaloux !

Dans son enceinte, il y a le superbe mais petit musée d'anthropologie que j'ai visité lors de mon dernier séjour. Mais aujourd'hui, c'est pour étudier le comportement des humains actuels que Jett m'a mené ici.

En empruntant un escalier qui longe une falaise, escalier fait de tronc d'arbres, de pierres et de racines, nous passons des pavillons de l'université à une immense plage de sable fin illuminée par le soleil à l'horizon de l'océan Pacifique. Quelques centaines de marches pour atteindre une autre dimension : *Wreck Beach.* C'est la plus grande et la plus importante plage de nudisme au pays (certains diront au monde). Dans une atmosphère sereine, gens paisibles et détendus se promènent avec un collier ou un simple chapeau comme unique apparat. Ici, la nature humaine dans toute sa diversité dénote une joie de vivre apparente. On ne peut s'empêcher de ressentir un sentiment de quiétude lorsqu'on voit autant de gens heureux rassemblés devant un paysage magnifique. Des guitares et des tam-tam qui font de la musique, des danseurs se trémoussant, des vendeurs de nourriture organique, des étalages de bijoux sculptés, des écrivains en réflexion, des couples se tenant la main; un univers entier... nu!

Un vendeur de pizza attire mon attention, non parce qu'il est nu mais parce que j'ai faim. Je lui commande une pointe. À l'instant même où je prononce le mot « *pepperoni* » le vendeur s'esclaffe : « Oh, un Québécois! Ah! Ah! Ah! Pep-pe-ro-ni... Ah! Ah! Ah! » Après avoir pleinement consommé le fou rire que mon accent lui procurait, il poursuit la conversation en français, étant lui aussi un Québécois.

Un simple mot... Comme il est frustrant de nous appliquer à parler une langue étrangère, de perdre peu à peu notre accent et d'enfin pouvoir nous intégrer, et puis vlan, un simple mot mal prononcé dévoile nos racines et nous ramène au pied des échelons gravis avec tant de peine. Jett riposte que c'est encore plus frustrant pour les Anglais qui apprennent le français pendant des années et des années puis, une fois arrivés au Québec, ne comprennent pas un traître mot à cause de notre accent.

Mon vendeur de pizza nu se met à me parler de la séparation du Québec. Il s'accroupit à mes côtés, parce que je suis allongé sur une serviette de plage, et m'énumère les avantages du fédéralisme. Moi, durant toute la durée de la conversation, je n'arrive pas à m'enlever de la tête ses deux gros testicules qui pendent mollement devant mes yeux — un plus haut que l'autre — comme une vieille poche de patates. Le temps semble arrêté, ce monologue semble éternel. J'ai beau regarder ailleurs, mon imagination me les montre en gros plan se balançant d'une fesse à l'autre. Au moins une consolation qui me rend heureux : mon but est atteint, je n'ai plus faim !

« Si le Québec se sépare, les Rocheuses ne vont pas disparaître. On pourra quand même les visiter quand bon nous semblera... La majorité des fédéralistes qui affichent une peur bleue de perdre les Rocheuses n'y sont jamais allés. » Je clos ainsi la conversation. Je veux qu'il parte !

Jett, lui, est plus chanceux. Il entretient une conversation avec une *shooter girl* qui tient son plateau plus haut que le soleil à l'horizon. Cette belle (très belle) blonde, début de la vingtaine, n'est vêtue que d'une ceinture/porte-monnaie.

Éloïze est plus timide. Jett, mi-sérieux, mi-blagueur, a bien tenté de la convaincre de se déshabiller comme tout le monde, mais en vain. Bon, je dis tout le monde mais je mens : lui et moi n'avons pas eu le courage d'enlever nos shorts. Comme Éloïze ne veut pas être la seule du groupe qui soit nue, tous les « espoirs » de Jett s'orientent vers cette grande *shooter girl*. Par la suite, Jett me parlera souvent de la nécessité absolue d'avoir des lunettes fumées opaques dans des circonstances comme celles-là... et des joies qu'elles peuvent procurer.

J'entends déjà les lectrices et leurs réflexions : « Franchement ! Quel pervers ! » Mesdames, l'humain aime la beauté et il possède des désirs aussi normaux que seins sains. Depuis que l'homme sait sculpter et peindre, il reproduit des corps de femmes nues. Vous ne me direz tout de même pas que Milo, peintre de la célèbre Vénus, était un pervers ! Toutes ces explications pour me justifier, car moi aussi j'aurais vivement souhaité avoir des lunettes fumées... maudit !

Progressivement et sans aucune presse, les gens autour de nous se lèvent et se dirigent vers la limite des vagues. Le sable devient rouge, les ombres sont de plus en plus longues. Le soleil se couche, surplombant les reflets infinis des vagues de cet océan pacifique. Quand le soleil touche l'horizon, des applaudissements se font entendre, légers. L'énergie qui se dégage de ce moment est impressionnante et je rejoins les nudistes, les pieds dans l'eau. Plus le soleil se noie, plus l'euphorie gagne les gens et plus les applaudissements s'intensifient. Les derniers rayons du soleil disparaissent à l'horizon dans le grondement à tout rompre des cris et des sifflements. Nos énergies sont réunies pour célébrer ce magnifique coucher de soleil qui, chaque soir, transforme le ciel en une toile sublime.

Il nous reste tout juste le temps de remonter les nombreuses marches de la falaise pour arriver à l'arrêt d'autobus avant la tombée de la nuit. C'était parfait! Quelle symphonie des sens que d'admirer ce coucher du soleil, une musique pour les yeux.

Certains qualifient de radicaux ces paisibles nudistes. Mais la société ne qualifie-t-elle pas de radicale toute personne qui n'adopte pas systématiquement les valeurs en place?

La passion devrait être le seul sentiment qui trace le chemin de nos vies. Moi, j'évalue toujours ma vie en termes de production. J'en suis satisfait quand je gagne suffisamment d'argent, fait telle ou telle action, reçoit une bonne note à une évaluation, compte tant de buts au hockey, ai du succès en amour, etc. Mais, sans travail, sans études, sans comptes à rendre, ma vie n'est pas satisfaisante. Je n'ai aucune raison d'être fier. Lire, écrire, jouer de la musique ou simplement marcher, ça ne compte pas. Ce sont des loisirs, la périphérie d'une vie. Je me sens minable.

Pourtant, l'aventure devrait être le salaire de notre vie. La passion, notre devise. Sans passion, sans émotions, l'humain vaut moins qu'un ordinateur, qui lui ne fait pas d'erreurs.

Ce soir, l'émotion mouille les yeux d'Éloïze. Cette fille si sympathique, en partie responsable de mes merveilleux souvenirs de Vancouver, vient de perdre l'amoureux qu'elle avait depuis longtemps. Il l'a déjà remplacée... par sa voisine. Même en compatissant à sa peine, je ne la diminue pas pour autant. La peine est une maladie contagieuse. Je la serre dans mes bras.

Parfois la douleur nous réveille brusquement et nous fait reprendre les guidons de notre vie, comme un coup de frein enlève automatiquement le *cruise control*. La vie va comme elle va ! Quelquefois, en se déroulant elle nous écrase. Mais si elle avance, on sait au moins qu'elle se dirige quelque part.

You know that I want your lovin'.
But mister logic tells me it's never gonna happen,
And then my defences say : well I didn't want it anyway.
You know sometimes, I'm a liar.

Violent Femmes

14 SEPTEMBRE

Éloïze étant la seule femme à nous côtoyer ces temps-ci, et comme nous passons des journées si agréables, vient qu'immanquablement nous commençons à associer le bonheur et elle : l'équation responsable de l'amour. Les dés ont été lancés hier soir. Elle habite à faible distance de notre auberge et Jett lui a galamment offert de la raccompagner chez elle, car le quartier n'est pas trop favorisé. Je n'allais tout de même pas faire le chaperon et gâcher l'occasion qui s'offrait à Jett... Invoquant une lourde fatigue, et bâillant de façon exagérée, je suis rentré à la chambre... seul, par solidarité.

Ce matin, le bruit que produit la clé dans la serrure me fait ouvrir les yeux. Encore à demi-endormi, je taquine Jett amicalement en affichant un sourire moqueur. Leur première soirée ensemble, elle qui vient tout juste de perdre son *chum*, et il ne revient qu'au petit matin... Le salaud ! Le chanceux !

Et puis, après tout, je ne trouvais pas Éloïze si belle et si *cool* que ça. De toute façon, je vais quitter Vancouver sous peu et il aurait été plutôt ridicule de me lancer dans une aventure sentimentale. Plus encore, Jazzy est toujours là, fraîchement étampée sur mon cœur. J'aime mieux conserver Éloïze comme amie, et je suis bien content pour Jett. Elle ne faisait sûrement pas partie de ma destinée. Mon cerveau me bombarde de milliers de raisons pour m'empêcher d'avouer ma jalousie.

Je déteste la jalousie. C'est un sentiment destructeur et si puissamment incontrôlable. Sous son emprise, les plus belles personnes deviennent les pires monstres. Elle laisse un trou dans une existence, trou qui doit à tout prix être comblé. La nécessité est la mère de toutes les inventions, la jalousie le père des désirs. Le désir d'avoir quelque chose de plus que quelqu'un d'autre, de devenir plus puissant que lui, d'être plus grand, plus fort, plus riche, plus beau, plus musclé, plus mince, etc. Se comparer est la seule manière d'être insatisfait de sa situation actuelle. Pour ne pas envier quelqu'un ou ses possessions, il faut devenir meilleur et plus puissant que tous.

Les aspects négatifs qu'engendre la jalousie sont néanmoins passés sous silence lorsque celle-ci est associée au succès. Combien de grandes entreprises ont vu le jour grâce à une jalousie puissante ? Le complexe d'infériorité qu'elle provoque procure l'énergie obsessive nécessaire à réaliser des choses grandioses. La jalousie fournit d'incroyables quantités d'énergie, mais se nourrit à même un malaise profond. Et, même si ses victimes réussissent à atteindre le sommet des sommets, elles réalisent que leur vide intérieur ne disparaît jamais, que leur douleur subsiste même si elles essaient de la noyer dans l'abondance, le pouvoir et la suprématie. Tout cela n'est que des succédanés à ce qu'elles recherchent vraiment. Malheureusement, la société valorise ces individus et en fait des modèles à suivre ; elle idolâtre des gens comme Bill Gates qui consacrent leur vie au travail afin de devenir toujours plus puissants, et ce, sans jamais assouvir leur faim. Le vide intérieur ne disparaît pas avec les millions.

Ceux qui ont atteint le bonheur, et qui trouvent ridicule de dépenser tant d'énergie à empiler toujours plus et à essayer de prouver leur supériorité aux autres, sont marginalisés, considérés comme des illuminés complètement irréalistes. Les gens qui sont heureux n'ont pas besoin de se pavaner, de prouver leur bonheur à tous, car ils ne ressentent pas le besoin d'être plus heureux que les autres. Mais lorsqu'on est puissant, notre puissance n'a de valeur que si elle est supérieure à celle des autres.

Le bonheur est pourtant le but recherché de tous, mais la société nous enseigne les mauvais chemins pour y parvenir. Elle présente un *stars system*, une liste d'individus qui ont atteint le succès selon les normes sociales, et elle les glorifie, démontre qu'ils sont heureux car ils ont respecté les valeurs prônées. Elle valorise des athlètes, des politiciens, des artistes, etc., seulement les personnes qui ont « réussi ». La jalousie atteint la masse et l'induit à suivre cette voie du vedettariat : grosse auto, grosse maison, grosse piscine... On se torture avec des diètes, des séances de musculation à n'en plus finir, des chirurgies plastiques, des heures de travail interminables, etc. Mais aussi longtemps que la jalousie occupe notre cœur, le bonheur n'y trouve pas sa place.

« Les riches et puissants ne jalousent personne. Devenez comme eux et vous vous débarrasserez de la jalousie qui vous ronge le cœur. Vous serez enfin heureux ! » Voilà la description sociale du bonheur. Mais on se garde bien de mentionner qu'il n'y a que quelques places au sommet de la pyramide capitaliste. La très grande majorité des gens n'accéderont jamais au bonheur promis. Résultats : surconsommation massive pour se flatter l'ego et se convaincre que son but n'est pas hors de portée, dépression chronique pour ceux qui abandonnent la quête, et marginalisation de ceux qui au départ n'ont pas accepté d'entrer dans le jeu. Cette conception mène à un immense malaise de société. Quand le but semble carrément inatteignable, le désespoir apparaît et pousse les gens vers des échappatoires : crime, drogue, prostitution, suicide, décrochage scolaire, etc.

Et que se passe-t-il quand les rarissimes qui ont atteint le but de cette quête incroyable, le sommet des sommets, sont déprimés, regrettent leur succès et se suicident comme ce fut le cas pour Kurt Cobain? Le peuple ne sait plus qui croire, vers quoi se diriger et comment faire. Pourtant, bonheur = pouvoir et pouvoir = argent. C'est tellement simple! Mais si le but de cette chaîne n'est plus une garantie de bonheur, à quoi servent tous les sacrifices? On veut aller quelque part, mais où? Suivre un chemin, mais lequel? Religions, sectes, argent, travail... Comment se motiver à avancer quand on ne sait vers où aller?

Quand nous accepterons que nous sommes tous des êtres uniques, que nous admettrons que chacun a un chemin différent à suivre pour parvenir au bonheur, que nous reconnaîtrons les différences et cesserons d'évaluer les gens selon une échelle sociale de succès, que nous refuserons de suivre un « mode d'emploi » standard pour atteindre le nirvana, mode d'emploi créé par d'autres pour d'autres, alors, et seulement à ce moment-là, nous pourrons voir le bonheur, le vrai, se répandre dans nos vies, tel un revenant qu'on n'attendait plus.

J'ouvre la fenêtre de la chambre pour découvrir un soleil magnifique qui réchauffe le béton, cœur de la ville. Jett, lui, semble terriblement tendu, angoissé. Je n'ose pas lui poser de questions à propos de la nuit qu'il a passée avec Éloïze. Il regarde de tout bord tout côté, sous la porte, dans le corridor. Aujourd'hui nous avions prévu de rendre visite à un de ses amis, mais il m'annonce qu'il doit partir, qu'il ne reviendra pas avant midi, et me demande de réserver la chambre pour une autre nuit. Nerveux, il quitte la pièce, agile comme un chat aux aguets. Pas de problème, il ne m'en cause aucun. Je sais déjà qu'il est bizarre, mais la beauté de quelqu'un ne réside-t-elle pas justement dans son côté inexpliqué? Les gens du Lac disaient qu'il ressemblait à une chauve-souris avec ses yeux et ses cheveux noirs mystérieux, son corps maigrelet, osseux, son regard pénétrant, brillant. En ce moment, il me fait surtout penser à un vampire entouré d'ail et de lumière...

Pour passer le temps, je me promène dans le *downtown* de Vancouver : soleil, sourires, parcs et pauvreté. Les exclus du système ne sont que des vermines qu'il faut ignorer à défaut de pouvoir les éliminer, semblent penser tout bas les passants en resserrant leur cravate.

L'heure ne cesse d'avancer, midi sonne. Je termine mon Shish Taouk et, désireux de connaître enfin l'histoire (du moins quelques potins) de la nuit romantique d'hier, je regagne la chambre de l'auberge. D'un air abattu, Jett m'accueille en ne laissant transparaître que les bribes d'un stress intense. Je ne comprends pas ! Il regarde dans le corridor, comme si j'avais été suivi. Il commence à m'angoisser. Je lui pose la fameuse question sur sa nuit avec Éloïze. Il me regarde bizarrement, comme pour me signifier l'impertinence de ma question, puis me répond qu'hier soir il a, comme prévu, laissé Éloïze à la porte de sa demeure. Quoi ? Il n'est même pas entré chez elle ? Sourire en coin, je le fixe d'un petit air moqueur. À chaque bruit qu'il entend, il sursaute et jette un regard nerveux sur la porte de la chambre. Puis, il dépose un *jack-knife* sur le lit, couteau qu'il tenait quand je suis entré. Une fois la porte verrouillée, les rideaux tirés et le réconfort procuré par ma présence, sa paranoïa s'atténue. Au bord des larmes, il se recroqueville sur son lit et me dit qu'il ne peut plus supporter la ville, que c'est trop pour lui, qu'il doit partir. (« *Leave I must.* »)

Je l'emmène au Stanley Park, où le mur d'arbres nous offre l'illusion d'être loin de tout. Par saccades, j'apprends finalement l'histoire de sa nuit. La déception le gruge. Les remords sont comme des flèches meurtrières : ils ne tuent pas d'un seul coup, mais laissent à leur victime juste assez de vie pour pouvoir souffrir plus longtemps. Il savait que la ville avait le pouvoir de le faire rechuter, mais il voulait lancer les dés — comme on se rit de la mort lorsqu'on sent son souffle — et se prouver que tous ses efforts n'avaient pas été vains, qu'il était devenu fort, plus puissant que les chaînes de la dépendance.

Il a donc, des lueurs d'espoir dans les yeux, laissé Éloïze à sa porte en lui souhaitant une bonne nuit. L'amour naît d'une étincelle. Puis il revient vers l'auberge en passant par les quartiers malfamés de la ville, les seuls où l'on peut se permettre financièrement de s'établir. Une belle femme l'aborde et l'invite à une fête. C'est la joie, la nuit est chaude et la vie si courte. Pourquoi pas? Juste un petit tour pour s'amuser. Dans une chambre, quelques gars sympathiques, une musique à plein volume et de l'alcool à flots. La conscience tombe rapidement à un point tel que les conséquences n'existent plus. La femme l'attire, le séduit, l'aguiche, se fait désirer, puis s'offre à lui pour une poignée de dollars. Les hormones crient beaucoup plus fort que la logique. Le sexe et la cocaïne font bon ménage : on devient éternel. Vivre au maximum; seul l'instant présent compte. Les sensations décuplées font vibrer le corps.

> *Sur les routes du vice, on peut cueillir les fleurs*
> *du mal dont le parfum est le plus sûr antidote au spleen ;*
> *mais ce parfum est vénéneux.*
>
> **Baudelaire**

Avant son départ, ses nouveaux amis lui offrent une dernière pipée de cocaïne, cadeau pour célébrer leur rencontre et la vie. La fumée bleuâtre s'échappe, mais le feu semble s'installer dans la gorge de Jett. Sa langue ne répond plus, sa gorge se resserre, il étouffe, devient rouge comme le sang; il manque d'air. Il se fait aussitôt donner la clé de la salle de bain commune de cet hôtel crasseux, qui est située au fond du corridor. Titubant, et tentant de respirer, il avance dans le couloir désert et obscur. Des ombres, le plancher qui craque, la peur, une poussée d'adrénaline : un complot! Il court à toutes jambes vers la sortie et s'enfuit, possédé par la sensation d'être poursuivi. Son esprit, déjà déraillé, vient de tout comprendre : une pipe bourrée de substances pour le faire étouffer et quelques gars qui l'attendent dans la salle de bain armés de couteaux. Qui se soucierait de la disparition silencieuse d'un homme inconnu et de ses possessions dans un hôtel anonyme ?

Devant la peur qui l'habite, face à ce piège qui menace encore de se refermer sur lui, la déception n'est que secondaire, mais tout de même dévastatrice. Déception d'avoir sombré, d'avoir flanché, d'avoir perdu le contrôle, d'avoir perdu un autre combat, d'avoir oublié tout respect envers lui-même et les valeurs qu'il tente d'adopter.

With what little hope we have, our biggest fantasy will devour all dignity and self-respect.

En l'espace de quelques minutes, des mois de réhabilitation se sont envolés. Sa gorge brûlante et sa langue enflée sont de vifs souvenirs de sa rechute.

Couché dans un pré, entre la plage et la forêt, Jett se détend enfin. Il constate d'un œil plus lucide son erreur impardonnable, sa trahison envers lui-même. La ville lui fait horreur, horreur de savoir que la tentation le guette ; elle n'attend qu'un moment de relâche pour le frapper à nouveau.

Pur bonheur, pur malheur ; seuls les extrêmes intéressent les gens qui fuient l'aliénation du quotidien. Jett remet en question sa présence à Vancouver et la visite qu'il devait faire à ses amis, qui ont aussi une influence néfaste sur lui. Ensemble ils sont passés de l'autre côté, et il sait que la limite est bien mince.

When you're living on the edge, the smallest thing can push you over.

La frontière entre le paradis et l'enfer n'existe que dans notre tête ; elle ne se franchit qu'en un instant, l'espace d'un pas.

Il y a des êtres dont la vie tout entière
s'écoule dans un monde infantile.

Parce que, maintenus dans un état de servitude et d'ignorance,

Ils ne possèdent aucun moyen de briser ce plafond
tendu au-dessus de leurs têtes ;

Comme l'enfant lui-même ils peuvent exercer leur liberté,
Mais seulement au sein de cet univers constitué avant eux, sans eux.

Simone de Beauvoir

15 SEPTEMBRE

Nous montons dans l'autobus pour Deep Cove. Cette baie, entourée de falaises aiguisées, abrite un petit village pittoresque où tous les habitants se connaissent. Dans ce petit coin de paradis, à seulement 20 minutes du centre-ville de Vancouver, se trouve la demeure d'un ami de Jett, le récent ex-chum d'Éloïze, Simon. Quitter le béton nous vivifie déjà ! La vue de ces maisons de campagne colorées est un baume pour l'âme.

Assis sur la plage dans un silence agréable, mangeant nos sandwichs pendant que les montagnes se trempent les orteils dans un lac majestueux, nous attendons que le restaurant libère Simon de ses fonctions. Comme des vautours, les mouettes survolent notre festin. Ces toxicomanes du ciel, si gracieux pourtant, sont pervertis par la nourriture humaine. Le t-shirt d'une passante me fait rire : « *Only users lose drugs.* »

Cheveux rasés, bien habillé, une cicatrice sous l'œil rappelant son passé, Simon nous conduit à son bel appartement, lequel surplombe la rue principale, cœur du village, qui mène à la marina, où les bateaux dorment. Divers objets gisent sur le plancher, une vitre cassée par-ci, une porte défoncée par-là. La destruction règne, souvenir évident du passage récent — et du départ — d'Éloïze. Il nous raconte, en pointant un profond trou dans le mur, comment miraculeusement la radio fonctionne encore après qu'Éloïze l'y eut projetée avec fureur. Une fille pourtant si douce ! La provocation a dû être terrible...

Par la fenêtre j'observe au loin un immense rocher, qui forme à lui seul une montagne. Sa falaise domine la baie tranquille. Je ne peux plus lever les yeux de ce mastodonte si impressionnant, rougeoyant au coucher du soleil. Simon remarque ma fixation, et m'apprend qu'il est possible de gravir cette montagne et de passer la nuit au sommet. Nul besoin d'en dire davantage, alcool et sac de couchage sous le bras, Jett, Simon et moi partons.

Simon nous propose deux options : un sentier qui nécessite deux heures de marche rapide, ou une pente abrupte qui se fait en moins de 30 minutes. La noirceur nous baigne, et déjà la hâte d'arriver nous gagne. Il nous affirme que la pente abrupte est très facile à grimper. *GO !*

Nous attaquons directement la falaise par son flanc. L'absence de végétation pour s'agripper, de lumière pour savoir où poser les pieds, et l'humidité glissante de la pierre nous forcent à gravir « à quatre pattes » cette pente, qui me semble avoir une inclinaison de 90 degrés. Nous ne disposons de rien d'autre que du plancher des vaches pour nous ralentir en cas de chute, ce qui fait que chaque pas devient de plus en plus périlleux. « *Keep left* », nous crie Simon. Comment faire autrement avec le néant total qui règne à ma droite !

Puis arrivent des corniches traîtresses, d'une minceur ne supportant même pas la pleine largeur d'un pied, qui nous obligent à nous arquer vers le vide pour contourner les enflures de la paroi. Mon sac à dos m'entraîne dangereusement dans son ballottement. Je suis couvert de sueur. J'utilise tous mes talents d'acrobate, ce qui veut dire pas grand-chose. Jett, à force d'éclairer la voie, se brûle les doigts sur son briquet. Je ne suis jamais sûr de la solidité de ma prise, je ne peux savoir avec certitude si elle me supportera jusqu'à mon prochain pas. Au cours de la seule montée que j'ai faite qui puisse se comparer à celle-ci, j'étais attaché : on lui attribuait le nom d'« escalade ». Et bien sûr, je n'avais ni sac à dos ni sac de couchage sous le bras droit, ni caisse de bière sous le bras gauche.

Enfin, le sommet! Les gratte-ciel de Vancouver illuminent l'horizon et les montagnes qui l'entourent. Plus près de nous, la lune se mire dans l'eau calme de la baie. De petites lumières se déplacent lentement et traversent ses reflets telles des lucioles : des bateaux.

La montée nous a vraiment exténués. Nous allumons un petit feu, déployons nos sacs de couchage, et quelques bières alimentent notre conversation. Nous divaguons agréablement.

Selon les dires de Simon, un récent sondage indique qu'un nombre impressionnant de femmes partagent le fantasme de coucher avec un homme dont elles ne connaîtraient pas l'identité, un inconnu. Il suffit donc de sortir dans les bars en portant la cagoule! Mais il doit être bien déprimant de constater qu'on a davantage de succès avec les femmes lorsqu'on se masque le visage...

Le sommeil nous assaille, peut-être dans le dessein de nous faire taire, mais le rocher est tout de même un dur de matelas. Seigneur que mon corps est inconfortable! Je n'arrive pas à dormir, et je me sentirais coupable de fermer les yeux devant la beauté de ces millions d'étoiles qui nous servent de plafond et qui occupent le ciel comme une obsession peut occuper notre être. Plus jeune, je croyais qu'un géant gardait notre monde à l'intérieur d'un coffre aux trésors semblable à ceux des pirates. Le jour, il en ouvrait le couvercle pour nous observer. La lumière de sa chambre, notre soleil, nous aveuglait et nous empêchait de l'apercevoir. Quand il refermait son vieux coffre, de minuscules filets de lumière arrivaient à se faufiler entre les lattes de bois de la voûte. On les appelait des étoiles.

D'un coup je m'aperçois que les étoiles, justement, commencent à disparaître d'un bout à l'autre du ciel, lentement, progressivement. C'est vraiment mystérieux! Mes yeux s'endorment-ils avant moi? La réponse vient d'elle-même quand, entre mes deux pieds, au-delà des montagnes, la lueur du soleil apparaît, chassant l'ombre de notre monde. Jamais je n'avais remarqué la vitesse époustouflante de sa montée vers le ciel, qui graduellement tourne du noir au bleu.

Cette nouvelle lumière me permet de réaliser la beauté de l'endroit où nous nous trouvons. Dominant un lac qui sillonne le flanc des montagnes, cette falaise vertigineuse se dresse tel un gardien. Une immense ville à l'horizon, un petit village plaisant à nos pieds et des étendues de forêt entre les deux. Mes deux compères se réveillent doucement, et leur rire émerveillé vaut bien tous les mots qui pourraient décrire le spectacle grandiose qui s'offre à leurs yeux. Emmitouflé dans mon sac de couchage, que le soleil réchauffe agréablement, je visualise le panorama de mon lit. Ça, c'est du *room service*!

Ce matin, un léger vent du sommet transporte l'odeur de la liberté. Une odeur que je commence à humer de plus en plus fréquemment.

[…] l'homme est roi, le roi d'un univers.

*Chacun de nous est là comme au cœur du monde et chaque
fois qu'un homme meurt, qu'un roi meurt, il a le sentiment que le
monde entier s'écroule, disparaît avec lui.*

Eugène Ionesco

16 SEPTEMBRE

Une fois qu'on est au sommet, il faut toujours redescendre. Le soleil éclaire maintenant notre chemin. Parfois ne pas voir vaut beaucoup mieux ! La falaise est lisse, cernée d'un côté par un mur de roches affûtées, et de l'autre par le vide qui se termine, des dizaines de mètres plus bas, sur une armée de sapins pointus. Sans doute la raison pour laquelle Simon me conseillait tout bonnement durant la montée de garder ma gauche. Sinon, tant pis pour moi, je serais mort... comme je pense l'être à chaque nouveau pas. Glisser tout le long du rocher et m'arrêter en bas lorsque mes os se fracassent ou simplement tomber en chute libre dans le vide : j'aime les options ! Surtout ne pas penser !

Nous arrivons enfin aux corniches, si étroites, avec le vide comme seul paysage. La moitié droite de mon pied, celle qui me soutient pendant de trop nombreux pas, est la seule barrière entre moi et la mort qui m'espère. Mes genoux en tremblent, et la paroi de pierre nous empêche de nous tenir droit car elle est inclinée vers le vide. Il faut sans cesse se pencher vers le gouffre, sans aucune prise de qualité. Mon sac lourd me déstabilise. J'ai l'impression d'être en amour avec le rocher tellement j'essaie de le serrer dans mes bras, de m'unir à lui en le suppliant de ne pas me laisser tomber.

Je me souviens de la nonchalance avec laquelle j'ai contourné ces parois hier soir, lorsque Jett allumait son briquet pour avoir une vague idée de l'endroit où il fallait poser le pied. Je croyais le sol à un ou deux mètres plus bas... Jamais de ma vie je n'aurais amené mes amis ici. En fait, jamais de ma vie je ne serais passé par ici. Le danger y est bien trop présent... à mon goût.

Finalement, la dernière grande pente, la plus lisse et la plus abrupte. Se laisser glisser en espérant réussir à se ralentir suffisamment pour ne rien se casser, voilà le plan.

Je détestais Simon de nous avoir fait emprunter ce chemin. Jett lui criait des injures. Mais une fois au bas de la pente, avec seulement quelques égratignures comme désagrément, la beauté découverte au sommet revient nous hanter, nous empêchant de trop lui en vouloir. C'était magique! Nous n'avons plus le cœur à la rancune.

Les voyages sont comme les drogues dures : la dépendance vient très rapidement. Je découvre tellement d'endroits superbes que j'ai maintenant peur de ne jamais vouloir m'établir définitivement en un endroit précis. Je ne peux tout de même pas faire la bohème pour le reste de mes jours, pourtant je veux être heureux. Bonheur et sédentarité sont-ils compatibles? À ce jour, ma réponse est non.

Deep Cove nous accueille avec des sourires chaleureux. Plusieurs habitants nous ont vus partir hier soir vers la falaise. Notre aventure n'est un secret pour personne. Qui n'a pas entendu parler de ces deux étrangers qui déambulaient sur la rue principale avec leurs sacs de couchage?

Nous montons les marches qui mènent à l'appartement de Simon. Surprise! Sans prévenir, ses parents sont venus de l'Ontario pour voir si leur fils chéri allait bien, de quoi avaient l'air son appartement et l'endroit où il travaille. Bref, pour continuer à tirer les ficelles. Jett leur annonce aussitôt qu'il doit se rendre sur-le-champ à la buanderie. Je comprends au regard furieux qu'il me lance que ces gens ne lui sont pas inconnus et qu'il veut se sauver. Sans d'autres explications, j'entre dans son jeu et le suit.

Entre deux immenses sécheuses où mes bas tournent à en avoir mal au cœur, une télé diffuse des bandes dessinées. Un loup dit à son fils que les humains sont comme des aveugles qui touchent chacun une partie différente du même éléphant. Tous les humains sont reliés par la vie, cet éléphant, mais n'en perçoivent pas le même aspect. Ils ont pourtant tous raison, de leur point de vue...

Dans mon temps, les bandes dessinées étaient moins philosophiques... plus amusantes. Me demander comment un coyote pouvait tomber d'une falaise 15 fois en 10 minutes, c'était là le seul questionnement sur la vie dont j'avais besoin à cet âge. Beep! Beep!

Jett et moi sommes en sous-vêtements devant la laveuse, comme dans une annonce de jeans. Jett m'apprend que la mère de Simon est une vraie folle. Pourtant elle semblait gentille, s'offrant même à faire notre lavage. La voilà qui arrive pour vérifier si nous n'avons pas de problème avec la machine, si nous avons mis assez de savon, retourné nos t-shirts pour ne pas en abîmer les motifs, bien séparé les couleurs, si nous avons assez de monnaie pour la sécheuse... Elle nous apporte même des vêtements de rechange à porter durant l'attente. Elle n'arrête pas le temps d'une seconde.

Puis nous remontons à l'appartement. Son père, maigre, distant, qui ne glisse qu'un mot ou deux dans la conversation avant de se faire brusquement interrompre par sa femme, semble jouer un rôle : être stupide par choix, sa forme de revanche passive contre elle. Du haut de ses deux cents livres, dotée d'une voix forte et écrasante, contrôlant la conversation et tout ce qui l'entoure, étouffant toute différence à son point de vue, cette femme me fait remarquer que je devrais me raser, que mes cheveux seraient plus beaux couleur naturelle, que je devrais appeler mes parents qui doivent s'inquiéter, etc., pour ensuite se pencher sur le cas de Jett. Ouf! Je peux enfin respirer! Je comprends pourquoi Simon est parti de la maison à 15 ans.

Dès qu'elle part — cette fois-ci pour aller acheter de la nourriture pour son garçon irresponsable qui a un réfrigérateur mal rempli et indigne de ses invités —, son mari reprend vie. Il parle abondamment et passionnément, un amoureux de la vie et de l'aventure. Il nous envie, admirant notre escapade nocturne d'hier soir. Il parle avec nostalgie de sa jeunesse, de son amour de la musique, qu'il a abandonnée, de la chance qu'a son fils de vivre dans un coin de pays aussi merveilleux. Puis elle revient! Il reprend son rôle d'éternel absent, approuvant nonchalamment d'un signe de tête tout ce que dit sa femme, et ce, sans même détourner les yeux du téléviseur.

Plus tard dans la journée, la mère de Simon planifie de visiter la Sunshine Coast. C'est notre chemin, puisque Jett et moi voulons prendre le traversier vers l'île de Vancouver. Excellent, un *lift*! Elle décide de partir immédiatement après le petit-déjeuner et se lance dans la préparation de plats ridiculement énormes, passant des croissants au bacon, des muffins aux omelettes, des patates rôties aux danoises... Pendant ce temps, son mari peut nous glisser quelques mots. Une fois que nous sommes à table, elle prend bien soin de se faire complimenter sur chacun des mets préparés, surtout par son mari, lançant des regards de mépris vers son fils qui « n'aurait jamais eu la politesse de nous servir un repas de ce genre ». Le mari, dans sa bulle de détachement total, supporte le tout et arrive même à placer les compliments et les réponses flatteuses exactement au bon moment. Il connaît la mécanique parfaitement!

Même à l'autre bout du pays, Simon n'a pas réussi à se débarrasser de l'emprise de sa mère. Adieu Simon.

Dans l'auto, qui respecte rigoureusement la limite de vitesse sous la menace de réprimandes sérieuses revêtant la forme de cris féminins aigus, nous parcourons les quelque 50 kilomètres qui nous séparent du port, traversant ainsi une partie de la Côte-du-soleil qui zigzague entre les falaises et l'océan. Adieu parents de Simon! Je plains votre fils! Adieu madame Simon, je plains votre mari. Le désir d'être aimé (ou la peur de ne pas l'être) réunit des gens aux caractères parfois incompatibles.

Formant de nouveau un duo, nous jouons Jett et moi au aki au rythme des tambours qui remplissent l'air de ce beau parc qui donne sur la baie. Les traversiers géants, qui défient les lois de la gravité, déchirent les vagues devant nous et engloutissent gens et véhicules dans leurs énormes gueules d'acier.

« *It's good to be alive, hey Ugo!* » Oui, la vie est belle. Je lève la tête pour voir les montagnes s'ouvrir comme une porte géante devant notre bateau alors que nous nous enfonçons entre les îles. Des centaines de petits rochers éparpillés un peu partout remplissent la fonction de cônes que le mastodonte doit contourner avec l'agilité d'une panthère. Derrière nous, le vent semble incapable de disperser le smog qui surplombe la ville de Vancouver. Peut-être n'est-ce qu'un halo qui coiffe cette ville extrême.

Le bateau nous recrache à Nanaimo, un village qui se donne des airs de ville en se camouflant derrière d'imposantes façades qui se dressent ici et là. Loin de tout point stratégique, son économie survit de peine et misère. En parcourant ses rues, on se rend bien vite compte que son cœur est vide. Les édifices qu'on y trouve ne sont que les vestiges d'années glorieuses, les reliques d'un rêve tué dans l'œuf. De vieux motards, mal vieillis et savourant la joie de la retraite, sont les rois de ses rues désertes. L'argent a gagné la guerre contre leurs vieilles idéologies!

Nous croisons un cinéma, un vrai, du temps des drive-in, avec de grosses pancartes illuminées de centaines d'ampoules colorées. Pourquoi pas ?

Le film parle d'un propriétaire de bar qui, entre autres, fait fortune avec la vente de drogues. Chaque fois qu'un acteur en consomme à l'écran, j'ai l'impression que Jett va arracher le dossier de son fauteuil. Le film se termine, comme c'est l'habitude pour un film d'Hollywood, avec la déchéance et la punition des mauvais et la victoire de la moralité. « *Sometimes you think the party is gonna last forever, but there is always a morning after* », conclut Jett.

Chaque brise peut nous amener ailleurs, vers une nouvelle vie. Mais où aller maintenant ? Comme nos possibilités sont multiples, nous décidons pour simplifier notre choix de faire la liste de ce que nous ne voulons pas faire. La feuille reste blanche.

À un kiosque d'information, nous apprenons qu'un autobus quitte ce soir pour Duncan. Lors d'une fête quelconque, Jett avait fait la connaissance d'un gars qui lui avait parlé de la commune où il habitait et qui était située dans cette petite ville. Il l'y avait invité… *and off, we go*. Bien sûr, les seuls souvenirs concrets qu'a Jett à propos de cet individu sont qu'il portait une étrange barbichette et qu'il faisait un signe de croix chaque fois qu'il tirait une bouffée de joint… Mais bon, il y a de fortes chances qu'une fois face-à-face il le reconnaisse. La nuit chaude et étoilée nous permet de ne pas nous tracasser quant au gîte. N'importe quel parc fera l'affaire…

Quand votre vie tient dans un sac à dos, quelques instants suffisent pour changer complètement de cap. Bien sûr, la mère de Simon avait insisté pour nous faire comprendre que la vie de bohème c'est bien beau, mais que ça ne paie ni le beurre ni le pain. « À votre âge, il faut se prendre en main, avoir de la stabilité, sacrifier sa liberté pour fonder une famille. » Dans le ronronnement de l'autobus qui file à toute allure dans les ténèbres, je me demande si elle possède la moindre idée de ce qu'est une expérience intense, mis à part le fait de découvrir un beau matin qu'il n'y a plus de lait dans le réfrigérateur.

Memories are scattered all over the immense world and it takes voyaging to find them and make them leave their refuge.

Milan Kundera

17 SEPTEMBRE

À l'heure où la noirceur ne semble plus vouloir quitter le ciel, l'autobus nous abandonne dans un gigantesque stationnement désert de Duncan. Le centre d'achats qui nous entoure nous paraît immense en raison des centaines d'autos et de gens qui brillent par leur absence. C'est une scène de théâtre vide, un endroit irréel. L'autobus repart et rapporte avec lui les seules preuves de vie. Le vent fait de temps en temps virevolter quelques papiers dans un tourbillon de poussière. Nos sacs à dos nous écrasent et nous rappellent que nous n'avons pas beaucoup de temps avant que la fatigue de les supporter ne nous gagne. Il nous faut trouver au plus tôt un endroit pour dormir.

Nous parvenons à un boulevard à six voies de large avec, aussi loin que porte l'œil, des feux de circulation suspendus. Balayés par le vent, ils sont tous identiques, tous verts. Aucune âme vivante dans un paysage urbain, quelque chose cloche, comme si c'était le lendemain d'une guerre nucléaire.

Devant les commerces fermés — devant les rangées d'enseignes de restaurant et de garage toutes éteintes — se dressent des totems d'environ 10 pieds de haut. Tous différents, tous sculptés et peints à la main sur un tronc d'arbre. Une petite plaque de bronze posée sur chacun d'eux affiche le logo de la ville et son slogan : *Duncan, City of Totems*. « *A real nice place to raise your kids up* », dirait Frank Zappa. Les rues commerciales désertes ne semblent plus vouloir laisser leur place, et ces totems qui les bordent à chaque 25 mètres, comme les platanes le long des vieilles routes d'Europe, ne font qu'ajouter à l'étrangeté de la situation. Il semble y avoir plus de magasins que d'habitants. Pendant tout le trajet de l'autobus qui nous a conduits ici, nous n'apercevions que la forêt et quelques maisons dispersées çà et là. Puis paf! Un centre-ville...

Dans ce paradis pour centre d'achats, il sera difficile de trouver un parc où dormir. Tout ce qu'il y avait de naturel semble avoir été converti en stationnement. La zone verte qui apparaît sur la carte de la ville, et qui occupe presque la moitié de sa superficie, c'est la réserve indienne des Cowichans, qui est entourée d'énormes grillages. *Access Forbidden!*

Les Indiens sont devenus des étrangers sur leur propre terre, confinés à des réserves entourées de clôtures comme des animaux dans un zoo. L'alcool devient l'échappatoire parfaite pour fuir cette situation sociale intolérable.

Comment se charge-t-on des prisonniers dans notre société? Nous les rassemblons dans un endroit limité, puis leur assurons logement et nourriture. Les Indiens, je le réalise à l'instant, sont nos prisonniers, nos prisonniers de guerre.

Mes réflexions cessent avec l'heure tardive. Ce boulevard commercial est interminable. Nous abandonnons la recherche d'un parc, ainsi qu'une grosse partie de nos économies, au bénéfice d'une chambre de motel *cheap* dont les revenus sont principalement assurés par les « siestes » avec escorte. Pour la première fois depuis très longtemps, nous regardons la télévision, juste assez pour nous rendre compte qu'elle ne nous manquait pas du tout. Nos lits sont vraiment douillets. Je peux même faire l'étoile. Aaahhh! Cette nuit je ne déroule pas mon sac de couchage.

Le temps d'un ou deux ronflements et le soleil se lève... avec nous. Pas le choix, il faut libérer la chambre pour onze heures. Le genre de nuit où l'on ne fait que cligner des yeux et c'est le matin. Merde! Pour une fois que j'ai un lit de qualité... Ils doivent pirater les cadrans pour qu'on quitte plus tôt.

Nous nous rendons à un petit café sympathique qui se trouve de l'autre côté du boulevard de la mort, derrière les murailles commerciales. Le coin est beaucoup plus chaleureux. Jett pense que son ami (ami est un bien grand mot) travaille ici ; *The Coffee on the Moon*, nom qu'on n'oublie pas de sitôt.

Le gars en question n'est plus dans les parages. La veille, il a quitté pour la Saskatchewan. Aurions-nous frappé un mur de malchance? Jett comptait plus que je ne le croyais sur cette rencontre. Cet individu, toujours selon mon copain, disait faire la vente de certaines herbes et plantes que Jett désirait acheter pour subventionner son voyage. L'argent devient rare! Le voyage pour s'amuser certainement, mais il doit aussi être un investissement. Jett se questionne et commence à se demander s'il n'aurait pas dû sauter immédiatement sur un autre emploi plutôt que de venir ici. Les sous deviennent une priorité quand ils viennent à manquer! Les frais du motel, fort élevés pour nous, n'aident en rien la situation. Jett remet pour la première fois en question son « ici »... et je le suis dans son raisonnement. Ça va mal!

Le petit café est en pleine effervescence ; les discussions y sont animées et le soleil illumine la terrasse. C'est l'endroit *in* de la ville. Quelques filles assises à la table d'à côté nous offrent de lire notre horoscope. Celui de Jett l'avertit qu'il devrait être plus égoïste et faire des plans selon ses propres besoins ; le mien que je dépense trop d'argent en ce moment, et ce, sans avoir de motifs valables. Quittant son rôle de « guide touristique » de la vie, Jett décide qu'à l'avenir il sera plus sérieux et fera des plans plus profitables ($).

Les filles engagent la conversation, et nous voilà repartis. Être étranger, c'est sans aucun doute la meilleure façon de rencontrer des gens. Elles nous emmènent dans un splendide parc, à quelques ruelles du café. Ce parc, nous aurions bien aimé le trouver la nuit dernière. S'amorce ensuite une journée très spéciale. En orbite autour d'une table de pique-nique, des dizaines de jeunes vont et viennent ; c'est leur point de rassemblement. Les conversations ne cessent de s'engager, mais toujours avec des personnes différentes. Certains jeunes partent, d'autres viennent les remplacer autour d'un noyau de quatre ou cinq irréductibles. La journée ensoleillée attire beaucoup de gens au parc. Nous regrettons de moins en moins d'être venus à Duncan, au plus fin fond de nulle part.

Parti nous chercher à souper pendant que je surveille nos sacs/maisons au parc, Jett revient avec un sourire radieux. Je conclus que la nourriture promet d'être vraiment bonne. Mais ce n'est pas la cause de son bonheur : « Écoute ça ! La serveuse où j'ai commandé notre repas m'a demandé d'où je venais et où j'allais. J'ai jasé de tout et de rien pendant un moment, et finalement elle nous invite à dormir chez elle ! »

Les nuages commencent à couvrir le soleil pour nous offrir la première pluie depuis plusieurs semaines. Nous quittons le parc et rejoignons Mel, la serveuse en question, à la sortie de son travail. Cette blonde aux cheveux courts est vraiment énergique, pas intimidante du tout. Son enthousiasme évapore toute gêne. C'est comme si je la connaissais depuis des lunes. Dix minutes s'écoulent entre la levée de son pouce et notre sortie de l'auto qui nous a pris en stop. C'est trop facile avec une fille !

La pluie cesse. Nous voilà au crépuscule, marchant dans la forêt accompagnés de sauterelles qui produisent un vacarme aussi puissant que régulier. Nous parvenons à la commune de Sungoma, comme l'indique la pancarte. Je ne savais pas que nous allions dans une commune, j'en suis ravi. Je n'en ai jamais vu, encore moins vécu au sein d'une d'elles. Jett se tord de rire. Il me tape sur l'épaule : c'est la commune où demeurait le gars que nous voulions rencontrer ! Nous arrivons enfin à l'endroit où nous nous dirigions depuis le début. Mission accomplie !

Notre destinée nous attend toujours patiemment. Il faut cependant faire des efforts pour la rechercher et la découvrir. Elle ne s'offre pas à nous comme une femme facile. De nos jours, les gens ne tentent même plus le hasard, préférant se réfugier dans les coussins confortables de leur petite sécurité. Mais que l'énergie qui se dégage est merveilleuse lorsqu'on trouve le chemin de son destin ! Tout devient clair et réalisable car les limites n'existent que dans la peur. Notre destinée nous attendait à Duncan ; il s'agissait simplement de venir la cueillir.

La belle plaine révèle un immense jardin, père de vie, et une très grande maison blanche de trois étages. Elle se dresse en plein champ, surgie de nulle part. Comble de la perfection, cette commune est, depuis deux jours, réservée exclusivement aux filles. Décision administrative. C'est pourquoi notre « homme » a dû la quitter. Le clin d'oeil réciproque entre moi et Jett n'a pas de prix : « Attends un peu que je raconte ça à mes *chums*, une commune de filles ! » Une trentaine de filles, âgées entre 16 et 25 ans, partagent ici une existence paisible. En échange de menus travaux jardiniers et d'un maigre loyer, chacune a droit à sa propre chambre. Tout de même une intimité suffisante, une vie privée ! Ce n'est pas « tout ce qui est à moi est à toi », le modèle communal utopique et éphémère des années soixante.

Tout comme au parc, des dizaines de personnes entrent et sortent de notre conversation et de notre soirée. C'est comme si j'étais mort et que je m'étais réveillé au paradis ; partout où je pose le regard, de jolies filles me sourient. Une proposition est votée et adoptée à l'unanimité : nous allons au lac à deux pas d'ici prendre un bain de minuit ! (S'il vous plaît, laissez-moi l'immense plaisir de récrire la dernière phrase.) Une proposition est votée et adoptée à l'unanimité : nous allons au lac à deux pas d'ici prendre un bain de minuit ! Pourtant, autant je peux glorifier (Alléluia ! *There is a god !*) le fait d'aller me baigner avec 15 ou 20 filles nues, autant mon cerveau déraille complètement devant la gêne que je vais ressentir d'être nu devant 15 ou 20 filles. De violentes averses viennent soudainement régler mon débat intérieur et refroidir l'ardeur décisionnelle de tous. La baignade sombre dans l'oubli, à ma grande déception/joie.

Sous la pluie, qui s'est calmée quelque peu, et guidés dans la noirceur par le bruit des pas de Mel, nous parvenons à un immense jardin. Au milieu de celui-ci, régnant tel un épouvantail, un grand prunier déborde de fruits si juteux et si sucrés que j'en ai l'eau à la bouche juste à y penser. « Cueillez tout ce que vous désirez » est notre mot d'ordre et nous le respectons à la lettre. Je m'emplis les poches de prunes ; je vais toutes les manger, plus par gourmandise que par faim.

Où est Jett ? Un craquement sourd et sec parvient à mes oreilles. Il m'apparaît bouleversé, et la gêne dont il fait montre rend sa voix faible et tremblante. Il a brisé, sans le vouloir, une branche du prunier. Il me fait jurer de ne rien dire à Mel, qui est déjà à l'intérieur. C'était la plus grosse branche de l'arbre, porteuse de fruits à ne plus finir. Il tentait d'y grimper pour cueillir la plus grosse des prunes, la reine, lorsque la branche a cédé sous son poids. C'est digne d'une fable.

Mel ne veut plus que nous quittions Duncan. Elle semble bien triste lorsque Jett parle de partir sous peu pour la vallée de l'Okanagan dans le but d'y faire des « emplettes ». Elle nous propose de partager son appartement à long terme. Pour le moment, trop peu de choses me retiennent ici pour arrêter ma lancée, mais il suffirait d'un rien pour que les choses changent.

Née les mains vides,
Je mourrai les mains vides.
J'ai vu la vie dans sa munificence,
Les mains vides.

Marlo Morgan

18 SEPTEMBRE

« *Ever get the feeling when you wake up in the morning of not knowing what to do, not because there's nothing to do, but because you have too many options to choose from?* » me lance Jett en se réveillant.

Aujourd'hui est un jour nouveau, aujourd'hui est une journée de réalisations. Nous retournons en ville et croisons de ces gens que nous avons rencontrés la veille. L'impression d'avoir vécu ici depuis longtemps nous frappe.

Une fille, Nat, me demande de l'accompagner au centre de triage municipal; elle veut y apporter une cargaison de trois gros sacs de vidanges remplis de canettes vides et percevoir ainsi assez d'argent de consigne pour pouvoir se permettre de fêter avec nous. Comment se rendre là? Elle me lance les clés de l'auto maternelle. Elle n'a pas son permis de conduire, et Jett non plus, quoique ce dernier ait acquis une vaste expérience de la conduite automobile à l'hôtel en stationnant les voitures des clients (il a même déjà noyé le moteur d'une Porsche, et ce, devant son propriétaire!).

C'est notre deuxième journée ici, nous connaissons déjà le noyau de la ville et nous voilà en train d'y rouler en bazou (qui dérape à chaque stop tellement les pneus sont usés)! *We got wheels, life is sweet.* La musique dans le fond, je laisse Jett au restaurant de Mel et me rends, accompagné de Nat, au centre de triage municipal.

Le triage est très long. L'édifice ressemble à un gros garage. Il faut vider les canettes, les rincer, les trier, les placer sur un plateau, et enfin les apporter au comptoir ; 38 $ à coups de cinq sous la canette, ça en faisait beaucoup.

Puis après un petit tour des environs, nous retournons l'auto chez la mère de Nat, qui habite une humble maison pré-fabriquée. Elle est très jeune. Elle nous attend sur le balcon. Je me stationne lentement car elle observe la manière dont je traite sa petite voiture chérie. Pour me remercier du service que j'ai rendu à sa fille, elle ramasse des mégots (des *roachs*) un peu partout dans les divers cendriers improvisés de la maison et roule un joint. Je suis surpris, surtout que sa fille ne fume pas…

Nat, tout énervée, lui raconte les détails d'une fête qui se prépare. Sa mère lui répond en riant : « *Stop talking to me so fast, I'm smokin' a big fat blunt. Can't you see I'm stoned?* » C'était vraiment étrange, comme si pour un instant les rôles s'étaient inversés.

Nous retournons au parc, où Jett m'attend. Il s'empresse de venir vers moi et me demande comment ça s'est passé. Il m'a pris sous son aile comme un père, et justifie ses actes par rapport à moi, à mon bonheur. Je me plains souvent de prendre trop de responsabilités sur mes épaules, ne m'amusant que si mes amis en font autant. Pour une fois, je peux délaisser cette responsabilité, et j'en suis ravi.

Alors que les étoiles préparent leur sortie, nous repartons pour la commune de Sungoma. Un Indien nous embarque en *stop*. Une grosse toile d'araignée décore le pare-brise de mon côté. L'Indien me raconte l'histoire de son araignée : comment une nuit elle a tissé *sa* toile et comment depuis ce temps il la nourrit, lui apportant des insectes dès qu'il peut en trouver. Il se considère chanceux que la bestiole ait élu domicile dans son auto — c'est un signe des dieux — et la traite comme un compagnon de route. Ça m'impressionne beaucoup, surtout qu'il est gigantesque et pourrait l'éliminer d'un seul souffle. Malgré une chaleur infernale, il me demande de ne pas baisser la vitre de ma portière, car le vent pourrait abîmer sa toile.

Jett, Mel et moi empruntons le sentier qui mène à Sungoma lorsque je suggère à Mel de couper à travers champs pour gagner du temps. Jett m'explique alors que beaucoup des terres agricoles environnantes (selon lui la majorité) sont exploitées pour la culture de la marijuana. Il s'agit d'un investissement de plusieurs centaines de milliers de dollars que les « cultivateurs » défendent, la plupart du temps, avec une carabine. Les récoltes n'étant qu'à quelques semaines de la maturité, ils couchent souvent tout près pour les protéger. Quiconque s'approche de trop près risque sa peau. O.K., continuons par le sentier...

Jett commence à être sérieusement stressé par le manque d'argent et l'impossibilité pour le moment de remédier à la situation. Puis, après s'être excusé de m'embêter avec ses histoires monétaires et pour changer de sujet, il me parle de ce qu'il a éprouvé lorsque je l'ai laissé seul pendant quelques heures pour accompagner Nat. Il avait toujours l'impression qu'il lui manquait quelqu'un. Je lui fais remarquer que j'ai ressenti exactement la même chose, que je me retournais souvent pour parler à une troisième personne qui n'existait pas. C'est que depuis sept jours, 24 heures sur 24, je suis avec Jett. Malgré le sentiment étrange qu'ait provoqué cette séparation temporaire, je remarque que Jett a bien profité des quelques heures où il a été seul avec Mel... Cupidon fait son travail...

Alors que les deux tourtereaux se lancent des flammèches amoureuses, Jett m'annonce qu'il serait préférable de quitter Duncan le lendemain. En fait, il se l'annonce en même temps qu'il lui annonce. C'est dommage, car nous tirons le maximum de plaisir que cet endroit peut nous procurer. Mais au fond, j'aime bien partir à l'apex du bien-être pour ne pas avoir à en vivre la « descente ». Duncan occupera toujours une place de choix dans mes souvenirs, puisque je n'y serai pas demeuré assez longtemps pour m'en lasser.

Quand le dernier arbre sera abattu,
la dernière rivière empoisonnée,
le dernier poisson capturé,
alors seulement vous vous apercevrez que
l'argent ne se mange pas.

Prophétie crie

19 SEPTEMBRE

Relégué au tapis puisque le divan-lit est occupé par le nouveau couple, je n'en dors que mieux. À mon grand plaisir, je perds peu à peu ma dépendance au confort matériel.

Le départ est prévu pour aujourd'hui. Je m'attache à des gens que je dois quitter presque immédiatement. L'arrière-goût de l'éphémère gâche toujours les plans de bonheur perpétuel.

Mel n'a que seize ans ! Ce fut tout un choc quand nous l'avons appris. La dernière conquête de Jett n'avait aussi que seize ans. Il commence sérieusement à se questionner, lui qui en a vingt-cinq. C'est effrayant… c'est illégal… mais qu'est-ce que l'âge vient faire dans tout ça ? Si une personne correspond à nos besoins et à nos désirs, que nous nous entendons à merveille avec elle, pourquoi nous imposerions-nous des barrières aussi ridicules ? L'âge n'est qu'une excuse pour fixer des limites.

À bien y penser, sur l'île de Vancouver, nous n'avons rencontré que de rares personnes entre 20 et 30 ans ; il y a un déséquilibre démographique flagrant. Les plus jeunes sont retenus par des chaînes éducationnelles et monétaires. Mais, dès que celles-ci sont brisées, l'exode est terrible. Ils quittent presque tous l'île pour la ville, réalisant ainsi le rêve qui les gruge depuis leur adolescence : quitter la campagne, aller vers l'action. Mais bien souvent, après plusieurs années de désillusions, ils reviennent aux sources.

L'argent se fait rare, il faut repartir. Jett sait toujours exactement combien d'argent il lui reste, car il transporte tous ses avoirs sur lui. Il ne fait pas confiance aux banques, et ne veut pas les encourager en y ouvrant un compte. Le soir où il a cru faire l'objet d'un complot à Vancouver, sa peur provenait du fait que ses amis de passage avaient vu tout l'argent qu'il traînait sur lui lorsqu'il avait sorti son magot pour s'acheter une autre ligne de paradis…

Maintenant, tout comme moi, il est presque à sec. Mais, même si je possédais tout l'argent du monde, je ne voudrais rien faire d'autre que ce que je fais présentement, ni être nulle part ailleurs que là où je suis présentement. Un minimum d'argent est tout de même nécessaire pour survivre.

Maslow explique à l'aide de sa pyramide que si les besoins fondamentaux de l'homme ne sont pas satisfaits, celui-ci ne peut se consacrer aux sphères supérieures de sa vie, comme la richesse intellectuelle, la culture, etc. Un minimum d'argent et de possessions matérielles est nécessaire pour pouvoir passer à autre chose. Cependant, la société moderne dans laquelle nous baignons a éliminé la différence entre les notions de « désir » et de « besoin ». Devant l'infinité des désirs qui nous sont proposés (pour ne pas dire imposés), l'humain, qui désormais les perçoit comme des besoins fondamentaux, consacre toute son énergie pour les combler. La base même du système capitaliste est de créer chez l'individu un sentiment d'insatisfaction face à sa situation actuelle. Une insatisfaction qui en apparence se dissipe lorsque l'individu progresse dans la hiérarchie économique, mais qui en réalité est reconduite à tous les niveaux de la pyramide sociale, devenant ainsi éternelle. Cette réalité a sa raison d'être : quelqu'un qui est tout bonnement satisfait, heureux, ne nécessite rien, donc ne consomme rien, donc ne fait pas rouler l'économie (2 + 2 = 4).

Même le plus riche des riches voudra davantage d'argent pour acheter tout ce que la société de consommation juge indispensable. Les capitalistes ont réussi à faire de la surconsommation un besoin primaire chez l'humain, nous emprisonnant ainsi à la première marche de la pyramide.

Seule une minorité de gens, ridiculisés pour une pauvreté matérielle qui leur enlève tout statut d'importance dans ce système, ont compris qu'il est possible de satisfaire pleinement les besoins primaires avec bien peu, qu'il vaut mieux consacrer temps et énergie aux sphères supérieures de la vie, à la vie elle-même. Le bonheur et l'exaltation valent bien davantage que n'importe quel tracteur à gazon turbo, muni d'un sac double, grande capacité, et d'un siège à suspension hydraulique.

Il faut avoir beaucoup pour se permettre d'être satisfait de peu.

On nous a convaincus que nous n'étions que des consommateurs, que notre seul droit était de consommer, que nos seuls moyens de pression contre l'injustice se limitaient au boycottage commercial. Nous subissons un matraquage de propagande pour nous adapter à la mondialisation, aux technologies, au système économique de droite, comme s'il n'y avait pas d'autres options. Mais nous ne sommes pas voués à la résistance passive, nous pouvons créer d'autres voies.

L'évolution sans concession passe par la révolution, c'est la seule solution. Évolution = révolution.

They've got the guns but we have the numbers.

The Doors

Couché dans le gazon frais, brise dans les cheveux, musique en tête et sourire aux lèvres, j'imagine tous les endroits où ce soleil brille et où j'aimerais moi aussi briller. Je pense à mes amis d'ailleurs qui sont sous ce même soleil, et à ceux qui m'entourent présentement. Je suis bien ! Cependant, un petit nuage recouvre d'ombre mon cœur : Jazzy. Que j'aimerais être dans ses bras, sentir son souffle contre ma joue. La culpabilité de l'avoir laissée, d'avoir abandonné nos rêves de voyage dans le Sud, me trouble. J'aurais aimé que les choses se passent autrement.

À grands coups d'adieux, nous saluons ceux qui nous ont entourés depuis quelques jours. Le départ est imminent. Nous savourons chacune des secondes qui nous restent et chaque centimètre du parc.

Mais nous nous butons à un problème majeur. Chaque personne que nous saluons nous demande : « Vous ne restez pas pour la fête de ce soir ? Ça va être le *pow wow* de l'année ! » Je ne sais pas ce que représente un *pow wow* pour cette petite ville, mais ce serait bien bête de rater ça. Après une brève consultation, et un délicieux sourire de Mel, notre départ est officiellement reporté au lendemain.

Things are happening so fast that the day seems slow.

Plus il se fait tard, plus il est temps de se dépêcher. Assis sur le trottoir, j'attends Jett qui est parti acheter de l'alcool pour ceux d'entre nous qui ont moins de 19 ans. Je suis content d'être à Duncan, B.-C., et pourtant j'aurais de la misère à trouver ce bled sur une carte. Combien existe-t-il sur cette planète d'endroits qui nous sont totalement inconnus et dont le merveilleux nous saisirait l'âme ? Chaque seconde où l'on est sédentaire est une seconde de moins pour découvrir de tels endroits. La vie est mouvement.

Toute stagnation est un pas vers la mort

Bruce Chatwin

Entouré des membres de la contre-culture de cette ville — étincelles dans les yeux, joie dans le cœur, fête en tête —, je me rends compte combien j'aurais trouvé Duncan monotone si je ne les avais pas rencontrés. Superficiellement parlant, cette ville ne présente pas beaucoup d'intérêt ; elle offre tout au plus de quoi remplir quelques heures. Pourtant, elle restera à jamais gravée dans ma mémoire comme un lieu où des gens se sont réunis pour tenter d'être libres.

Une voiture de police nous croise, je deviens nerveux. Ma crainte se dissipe aussitôt que mon cerveau prend conscience que je ne me trouve pas chez nous, dans ma petite ville de Rosemère. Et où, à l'instar de plusieurs villes, former un groupe de plus de trois personnes après 23 h est interdit et mérite à chacun des contrevenants une amende de 135 $. Être dans un parc après 23 h : 135 $ de plus. Bien sûr, 135 $ supplémentaires si en possession d'alcool, et ainsi de suite.

Ce qui me tracasse dans tout cela, c'est le nombre trop impressionnant de lois qui régissent chaque aspect de notre vie, mais qui ne sont pas toujours appliquées de la même façon pour tous. Une loi devrait faire en sorte que tel acte mérite systématiquement telle réprimande dissuasive. Or la police, armée de centaines et de centaines de lois hyperstrictes qui sont un affront à la liberté individuelle, les applique selon son bon jugement. Si un groupe de quatre adultes se promènent dans la rue à minuit, la police ne les embêtera pas. Par contre, s'il s'agit de quatre jeunes, il y a de fortes chances qu'ils soient interrogés, fouillés et, si au jugement du policier ils représentent une menace pour la société, une amende sera collée à chacun. La loi le permet.

À mon avis, le problème commence lorsque, pour une offense similaire, on cède aux personnes en position d'autorité le droit de déterminer qui punir et qui ne pas punir. On assiste alors à un balayage subjectif de ce qui (et qui) est bon et de ce qui (et qui) ne l'est pas. N'est-ce pas là les fondements d'une autocratie : sévir contre ceux qui ne se conforment pas pour les affaiblir et les convertir ?

La tolérance de la masse envers de telles injustices, si subtiles soient-elles, ne doit pas s'accroître. Toujours par petits pas, de petite loi en petite loi — pour arrêter les « non-conformes » par-ci, ceux qui sont potentiellement dangereux pour l'idéologie en place par-là —, le règne devient total.

> *Quand l'autorité devient arbitraire et opressive [...]*
> *la résistance est le devoir et ne peut s'appeler révolte.*
>
> **Mirabeau**

Arrêtons de penser, c'est la fête ! Nous arrivons à destination. Amassés dans ce qui me semble une grange, des centaines de jeunes des alentours sont réunis pour célébrer : fête/spectacle avec groupes de musiciens et *d.j.* Il me semble que ça faisait un bail que je n'avais pas dansé, ne m'étais pas perdu dans la masse et la fumée d'une piste de danse sombrement éclairée. Les sons rebondissent contre les parois, et les vibrations à elles seules sont suffisantes pour nous faire bouger. À travers les rayons colorés qui transpercent la nuée, à travers la musique rythmée, à travers ces centaines de jeunes en transe, la lumière parvient à mes yeux : Ann, une habitante de Sungoma, une amie de Mel. Elle arrive d'un mariage et la voilà qui passe sur la piste de danse vêtue d'une longue robe noire, légère et merveilleuse. Ses cheveux d'un blond cendré flottent doucement autour de ses yeux d'un bleu azur. Ses lèvres légèrement teintées de rouge achèvent mon cœur, le mettent en déroute. Si confiante, si rayonnante, si heureuse, si belle... C'est le coup de foudre! Mon amour pour Jazzy s'est développé au fil de sa découverte. Ann, c'est un crochet du droit direct au cœur. L'énergie que je ressens par sa simple présence est incroyable. Lorsqu'elle jette un regard dans ma direction (est-ce pour me voir moi?), j'en ai le souffle coupé.

Je sais que mon cerveau lutte contre ma solitude (et ma peine), en me mettant constamment aux aguets, exagérant sans doute les qualités de chaque fille que je rencontre. Mais elle, enveloppée de la magie de Duncan, ne peut plus échapper à mon champ de vision. Il n'existe qu'elle...

Rien ne m'empêcherait de lui avouer tous les sentiments qu'elle m'inspire. Mais sa beauté irradiante me fige! Je n'ose même pas l'approcher, tenter de franchir les portes menant à son univers. Toute la soirée durant, je me noie dans mes pensées et son silence.

Je me sens coupable de craquer à ce point pour une fille, alors que je devrais me morfondre d'avoir perdu Jazzy. Je me rends compte qu'on nous a inculqué l'idée qu'il n'existe qu'une seule personne au monde de qui on peut réellement être amoureux. Le prince charmant et la princesse! « Si on ne vit pas l'amour parfait, inutile de continuer, ça veut tout simplement dire que ce n'est pas la bonne personne. » Quelle erreur! En fait, plusieurs personnes peuvent être compatibles avec nous, mais aucune ne l'est à 100 pour cent. Nous sommes des êtres uniques, il nous est donc impossible de trouver quelqu'un qui soit exactement moulé à notre personne, à nos goûts.

Même dans un couple heureux, il arrive qu'un des deux partenaires rencontre une personne qui l'émerveille par sa fraîcheur, l'attire, le fascine, et occupe dès lors ses pensées... Une flamme, une passion. Il peut alors tenter d'ignorer la situation en se rapprochant de son amoureux, reniant l'existence de cette passion et noyant ses regrets au prix d'un effort épuisant (il exigera ensuite une compensation à son homologue pour ce sacrifice, sans même que celui-ci n'en sache la raison. « J'ai l'impression que je t'aime plus que tu ne m'aimes... ») Ou bien, trop troublé par cette nouvelle tentation, il peut se dire que l'amoureux du moment n'est pas le bon, l'amour d'une vie, puisque si c'était le cas il n'aurait pas été attiré par quelqu'un d'autre ; il ne peut y en avoir qu'un seul. Et le couple s'éteint.

Alexandre Jardin, quant à lui, propose d'aller vers cette flamme, de suivre ses instincts et ses désirs. Quand on a un coup de foudre, c'est pour une personne dont on ne connaît rien, c'est donc forcément une pure attirance physique. Cette nouvelle source d'énergie est souvent un soleil brillant qui s'éteint très rapidement lorsqu'on s'en approche un peu. La passion se consume, tout comme un feu de Bengale brillera d'éclat pendant quelque temps pour ensuite faire place au vide. Une fois que la passion de la nouvelle conquête à été consommée, cet « expert » en amour suggère de retourner à son ancien partenaire avec plus de puissance et de vigueur qu'avant, en l'enrichissant de sa nouvelle force. Car nous ressortons d'une telle aventure pleinement réénergisés par notre soleil éphémère, munis d'un amour grandi et d'une absence totale de doutes qui autrement auraient rongé silencieusement notre ancien couple. Notre amour devient plus riche, plus total.

Mais cette vision des choses semble utopique dans un monde ou l'égoïsme, nourri par les mythes de l'amour unique et parfait, provoque la jalousie. Notre éducation sur l'amour ne nous permet qu'une seule source d'énergie amoureuse et, en cas de duplication, l'élimination systématique d'une des deux sources est indispensable pour réduire la dissonance cognitive. Le processus d'élimination peut prendre plusieurs formes : chicanes pour un rien, accentuation des différences, intolérance face à des erreurs bénignes, actions délibérément incorrectes afin que ce soit l'autre qui nous repousse, projection du problème sur l'autre, etc. Il y a pourtant d'autres solutions.

Pourquoi ne pas accepter que son partenaire puisse avoir à l'occasion d'autres sources d'énergie ? Cesser de le posséder comme un objet lui permettrait de s'enrichir. Réciproquement, nous pourrions aussi connaître cet enrichissement. Nous ne savons même plus ce qu'est l'amour. Nous devons le redéfinir.

L'amour, selon moi, doit être relié à la notion d'énergie. On ne peut pas, et on ne doit pas, nier les sources d'énergie, car l'énergie c'est le bonheur. L'amour est une dépendance énergétique. Toute source énergétique est bénéfique. Il nous faut cependant reconnaître les drains d'énergie, les situations qui nous vident, qui nous coûtent davantage qu'elles ne nous rapportent.

Il m'est cependant impossible d'appliquer la théorie selon laquelle il faut aller vers les soleils/passions, vivre en écoutant ses désirs les plus profonds et les réaliser, car je sais trop bien que je serais incapable de tolérer un tel comportement chez ma conjointe. Jalousie ! Selon moi, la jalousie est transmise par l'apprentissage des valeurs de cette société, et n'est en rien une caractéristique innée de l'humain. Une société de divorces ne devrait pourtant pas être un modèle à suivre ; ses valeurs doivent être révisées. Qu'est donc l'amour à l'aube du troisième millénaire ?

Il n'existe ni caprices du sort, ni bizarreries, ni accidents.

Il n'y a que des choses que les humains ne comprennent pas.

Les humains ne peuvent exister si tout ce qui est déplaisant est écarté au lieu d'être compris.

Cygne-Royal

20 SEPTEMBRE

Duncan, en plus d'être la *City of Totems*, se vante de disposer, d'après une récente étude, de la meilleure eau potable du Canada. Il faudrait l'embouteiller, puis l'enterrer pour des dizaines et des dizaines d'années. *Vintage water*. Dans un monde totalement pollué, quel prix pourrait bien valoir une bouteille « Eau de Duncan », cuvée 1998 ?

Je devrais peut-être boire un peu plus de son eau et un peu moins de son alcool ; mon corps ne ressentirait pas aussi douloureusement les effets de la soirée d'hier. C'était la grosse fête sale ! Pendant que je remplis une fois de plus mon sac à dos, tout s'entrechoque encore dans ma tête, qui ne cesse de tourner. Après de nouveaux adieux à Mel et à tous les autres (c'est une impression de déjà-vu), direction Victoria.

Notre séance d'auto-stop est longue et pénible. Jett blasphème contre les Volkswagen, ces « voitures du peuple » créées grâce à une idéologie de gauche selon laquelle les pauvres devaient avoir accès à ce privilège longtemps réservé aux riches, celui de posséder une voiture. Cette belle philosophie était compatible avec la doctrine des hippies et, à leur époque, quand on faisait de l'auto-stop et qu'une Volkswagen venait à passer, on savait pertinemment bien qu'on allait être embarqué. Mais les Volkswagen ont évolué avec les hippies, qui ont troqué leurs grandes idées contre un veston-cravate et une maison de banlieue. Tous leurs idéaux merveilleux de changer le monde ont été noyés dans la pire des surconsommations, avec l'endettement et la pollution qu'elle entraîne. L'égoïsme-roi! D'anciens rêveurs qui sont devenus les pires ennemis de leur rêve. C'est ce qu'on appelle mal-vieillir. De nos jours, si une Volkswagen vient à passer, même plus la peine de lever le pouce...

Enfin, on se fait embarquer par deux sœurs (pas des religieuses), dont l'une avec un enfant, dans une Mustang des années quatre-vingt. Ces années ont été désastreuses, achevant de tuer toute la beauté qui avait commencé à germer à la fin des années soixante. Cette Mustang en est un exemple affreux; les beaux modèles des premières années de sa conception ont été remplacés par des tas de ferrailles. Les deux sœurs se rendent à Victoria car l'une d'elles, la mère du petit garçon, veut y rencontrer son amoureux pour régler des problèmes qui perdurent. Tout va mal. Ces deux blondes paraissent sympathiques, mais sont entourées de malheurs. Ça se voit à leurs poches sous les yeux et à leurs sourires forcés. Daemon, le petit d'environ cinq ans, hurle et pleure. L'ambiance est infecte.

Je prends soudainement conscience que je suis dans une mauvaise passe, que je chiale pour tout et pour rien. De quoi aurais-je à me plaindre? En direction vers Victoria dans une Mustang, pas besoin d'être Monsieur Positif pour en être heureux.

Je commence à parler, à raconter mon voyage, à faire des farces, à détendre l'atmosphère. Jett fait de même. Après la soixantaine de kilomètres qui nous séparaient de Victoria, les filles nous demandent si elles peuvent passer la soirée avec nous. La « mère » vient de réaliser qu'elle ne devrait pas se fendre en quatre pour un homme qui la maltraite et la méprise. Elle veut changer, elle se sent renaître. Elle entrevoit la joie de vivre qu'elle avait perdue de vue depuis trop longtemps déjà.

Tous les cinq, nous allons au bord de l'océan. Sur la table de pique-nique, avec le son des vagues comme musique d'ambiance, le petit souper grec est superbe. Aussi extraordinaire que simple. L'énergie nous sourit à pleines dents. La mère du petit nous explique qu'elle croit à la destinée, et que c'est la destinée qui nous a mis sur son chemin. Nous lui faisons réaliser qu'elle doit se prendre en main, se remettre *on the right track* pour enfin savourer la vie. Elle est contente, elle refait le plein.

La passion des gens explose de mille feux dans de tels moments. Même le petit tannant a maintenant des allures angéliques. Il sait que sa mère est bien, et savoure chaque pouce de la plage comme seul un enfant peut le faire. Aux reflets de la lune. Victoria est si calme.

Nous les accompagnons jusqu'à l'auto en les saluant une dernière fois. En les écoutant nous remercier, nous réalisons, Jett moi, à quel point tout va bien pour nous, qui étions presque des inconnus avant ce voyage. Certains mélanges sont explosifs ! Ces sœurs pensaient que nous étions des amis d'enfance. *The bringers of the dawn* (ceux qui apportent l'aube), voilà le surnom qu'elles nous ont donné. J'espère le mériter encore longtemps.

Back on the mushroom trail. Presque inhabitée, sauf par une végétation riche et splendide, c'est ainsi que Jett me décrivait souvent la côte ouest de l'île de Vancouver : Toffino et ses plages infinies, Hornby Island et ces îles merveilleuses recluses du monde. Une autre dimension, un des derniers bastions de la liberté. Mais Jett ne peut se permettre de s'y rendre car il n'a plus un rond. Il pense plutôt retourner à Lake Louise retrouver quelques amis. Je suis déçu de ne pouvoir visiter ces endroits de rêve mais, d'un autre côté, l'idée de revoir Lake Louise ne m'est en rien désagréable. Retrouver Fred et toute la gang de l'hôtel... Il fait chaud et beau, peu m'importe la direction. Pas une minute à perdre (de toute façon, aucune minute n'a jamais été perdue), nous embarquons sur le traversier qui nous ramène au continent.

La belle vision d'Ann à la fête de Duncan me revient à l'esprit, me trouble encore. Un amour platonique (lui ai-je au moins adressé la parole ?). « J'aurais dû », me soufflent mes regrets. « Mais à quoi bon ? » rétorque ma conscience. Avoir une femme à mes côtés est parfois une responsabilité qui m'écrase.

Je suis triste de quitter l'île, mais j'ai l'impression que peu importe où j'irai ce sera formidable. Je suis sur une lancée. Peut-être mes standards de ce que je considère extraordinaire sont-ils plus bas qu'auparavant ? Si c'est le cas, tant mieux ; la sensation de bonheur est la même, mais elle se présente plus souvent. Jett, de son côté, a de la peine à l'idée de quitter Mel. Je pense que, bien malgré lui, il s'est drôlement attaché à elle. Au menu ce soir : une bouteille de vin sur le quai du traversier, remède des plus efficaces contre tout symptôme nostalgique.

L'odeur rance de la ville marque notre entrée à Vancouver. Les néons illuminent le smog. Les gens se pressent à s'empresser, personne d'autre n'existe. Nulle part ailleurs que dans une ville peut-on vivre une solitude si complète. On n'existe pas, et ce, jusqu'à preuve du contraire. Certains, en mal d'exister, fournissent des preuves très concrètes de leur passage sur terre.

Nous arrivons très tard et avons l'intention de demander à un ami de Jett la permission de dormir chez lui. Il habite tout près du terminus d'autobus. Jett lui téléphone, le salue, lui raconte qu'il s'en retourne vers l'Est, « On se donne des nouvelles, bye », puis il raccroche. Pas un mot à propos de notre intention de coucher chez lui ! « C'est qu'il dormait, me dit Jett, et je ne voulais pas m'imposer ou le déranger... » Pourquoi je laisse l'organisation de ma nuit entre les mains de quelqu'un qui a une conscience ? Bon, quelle est la prochaine option...

Dans la noirceur du parc, face au terminus qui délimite le quartier chinois, nous pouvons distinguer les sans-abri emmitouflés dans leurs possessions et, en se concentrant un peu, des dizaines et des dizaines de gros rats qui se faufilent des poubelles aux buissons. Je n'en avais jamais vu à l'état sauvage et leur grosseur impressionnante ne m'inspire guère. Non, je ne veux pas rester ici avec ces écureuils de la nuit. Le bruit des autos enterre les cris qui s'échappent du quartier chinois. L'air, épais et lourd comme après un ténébreux orage, est traversé ci et là par de brillants néons.

Un peu déboussolés, nous retournons au terminus et achetons des billets pour le prochain départ. Nous voilà en route pour Nelson, ville que Jett comparait, dans le pick-up de Gary, au paradis sur terre. J'ai hâte d'y être, mais je trouve que tout va trop vite. Je pensais faire le tour de l'île, me voilà à Vancouver. Je pensais rester quelque temps ici, revoir Simon et surtout Éloïze, et nous voilà à bord d'un autobus qui quitte les limites de la ville. Mes derniers moments à Vancouver se sont passés dans un parc entouré de béton, parsemé de déchets et de vagabonds qui dorment sur un gazon où règne une armée de rats qui sont rois de la place. Souvenir qui ne figurera certainement pas au palmarès des plus mémorables.

Je ne sais pas si un jour je reviendrai dans cette ville qui m'a fait vivre tant d'émotions. Tellement de lieux à visiter… si peu de temps.

Encore aux prises avec un autobus brise-dos. Il faut être extrêmement créatif pour trouver une position confortable. Peu à peu les lumières de la ville disparaissent entre les montagnes, alors que nous amorçons sur cette route sinueuse une montée de plusieurs heures qui nous mènera au gigantesque et mystérieux plateau qu'est la vallée de l'Okanagan.

Quand les down de tes high
Te défoncent l'intérieur
Tu t'engages comme bétail
Pas d'bonheur, pas d'malheur.

Richard Desjardins

21 SEPTEMBRE

Il est sept heures du matin. *What a fucking long bus ride.* Notre premier arrêt est la ville de Kelowna, située sur la rive d'un grand lac. Nous avons six heures à tuer avant d'attraper le prochain bus. Nous allons en direction de la plage, qui montre encore plusieurs cicatrices laissées par les foules de juillet-août. Mais l'été est disparu et nous sommes seuls sur la plage. Enfin libérés de la cage métallique de l'autobus, nous étendons nos sacs de couchage sur le gazon bien dodu du parc/plage et nous faisons chauffer au soleil. Un dépliant nous apprend que les deux principales attractions touristiques de cette ville sont respectivement le plus long pont flottant du pays et un monstre marin de type Loch Ness. Celui-ci porte un nom dont nous n'arrivons jamais à nous rappeler, du genre « Opakopa ». Quelles attractions touristiques majeures! Quels attrape-nigauds! Un petit pont qui ne vaut même pas un coup d'œil, et un monstre marin... C'est complètement nul! Pourquoi, pour attirer les touristes, n'ont-ils pas simplement vanté la beauté du lac, de sa plage et des environs? Mais non, il leur fallait un concept publicitaire à la *US of A.*

Un homme bizarre arpente le sable; il est muni d'un énorme détecteur de métal qui vaut sûrement beaucoup plus cher que tout ce qu'il y trouvera. Chaque pouce carré est passé au peigne fin. Au fond je pense que ce qu'il veut vraiment trouver, c'est quelque chose à faire de son temps. Jett parle d'aller cacher des sous noirs ici et là pour égayer sa journée, la rendre plus palpitante. Beep ! Beep ! Beep !... *What more could you want in life ?*

La tranquillité de Victoria a beaucoup impressionné Jett, qui pense aller s'y installer. Il s'est informé sur une école réputée en design et m'explique que son rêve est de dessiner des meubles techno. Il me parle passionnément de tables en verre où circule entre deux vitres une fumée teintée de couleurs grâce à de petites lumières stroboscopiques sur les côtés, d'un siège d'où sortent des jets de lumière et de fumée, de meubles pour les bars branchés. Sa tête explose d'idées ! L'émotion qui l'habite lorsqu'il me raconte ses projets me fait réaliser que ce que j'admire le plus chez les gens c'est l'imagination et la passion. Apprendre, c'est copier. Créer, c'est innover.

Des histoires naissent du mariage de nos idées. Une fois décollée, la créativité vole d'elle-même. Voilà que déraille la chaîne de nos pensées : bientôt un météorite va s'écraser sur nous. L'insolite de l'affaire nous rendra fort populaires. On commémorera notre mort en érigeant dans tous les parcs où nous avons dormi des statues de bronze nous représentant couchés dans nos sacs de couchage.

Jett prend mon stylo et, inspiré, rédige dans mon carnet notre histoire* :

> *So there they were : stone-cold, hungry, baked, tired, with yet their ears ready to pop once more as they descended higher and higher, without a doubt.*

> *The floating bridge sucked. It didn't do anything but float. But if they were lucky, they could catch a sight of the legendary lake creature Opapoga.*

> *- I could've swore I heard it's ugly head's eyes looking at me, Ugo.*

---

* Voir à la fin du volume pour la traduction française.

- Oh, he's not even here anymore...

- I'll always be here, Jett dreamed.

He fell into a stupor on the beach. Trance-like thoughts were dancing and tickling in his mind.

They both awoke, the gulls gawking at them like trash on the beach.

The vagrants that they were.

Oh how they loved it. They were vagrants with dreams.

Dreams of being legends. Just like Okapogo.

They chuckled at the thought of a huge statue of them in their sleeping bags, taking a hit from the pipe.

Hell, the joggers and speed walkers could gain motivation from such a slumbering sight.

And the plaque would say :

« These vagrants once poor lives shattered by a meteor, Now their grave's worth more. »

The only problem is nobody knows the truth.

What would seem fate/destiny was in fact sabotage and betrayal.

After listening intensely to their conversations, spending billions in tax-payer's money, the government had a plan of it's own : « Operation Erase Vagrants ».

The satellite followed them for weeks zooming in on the kill.

The minute Ugo said : « The floating bridge sucks ! » they were zapped into partials undescriptible to man, hence the meteor.

*The town prospered.
The bridge prospered.
So did Ogolopoga.*

Beaucoup de gens investissent leur futur et leurs rêves dans cette vallée. Les montagnes se remplissent, comme des estrades, de maisons avec vue sur le lac. Rien ne se compare à une ville où la nature est prisonnière des forteresses de béton et d'acier qui nous abrutissent par leur laideur. « La beauté est un obstacle à l'efficacité, de l'argent gaspillé », semblent penser les architectes urbains qui, avec leur salaire, s'achètent des maisons situées loin des horreurs qu'ils ont créées. Jett me demande souvent pourquoi quelqu'un voudrait vivre en ville. Un ami me décrivait sa chambre comme « l'antre de l'éternelle attente ». Une place où l'on est confiné en attendant que quelque chose arrive, que les rêves se réalisent. Voilà ce qu'est la ville pour moi.

On the road again. Nous quittons Kelowna et son monstre marin. C'était une superbe ville pour une sieste dans le parc. Comme il fait bon d'être vagabond !

L'autobus, avec son immanquable passager « bébé qui pleure », traverse la chaîne de montagnes des Kootenays. Plus le temps passe, plus l'autobus gruge la route et plus les arbres rapetissent. Les gazons deviennent jaunes et rien ne se compare aux forêts luxuriantes que l'on vient de quitter. Il est 15 h et l'autobus pénètre dans les *Badlands* de l'Alberta, le seul désert canadien. On se croirait dans un western : le sable, la végétation sèche, la terre qui s'élève vers le ciel comme les dents d'un vampire. Des affiches attrape-touristes rappellent qu'on se trouve sur le site archéologique le plus riche du monde en ce qui concerne les fossiles de dinosaures. Plus personne ne parle dans l'autobus, même le « bébé qui pleure » semble cloué à sa fenêtre, bouche bée devant le changement de climat instantané que l'on vient de subir. Le silence est total sauf pour l'occasionnel « Pffiiiiffff » que font les canettes de bière qu'ouvre Jett. La vie est le plus long des voyages.

Une pancarte écrite à la main est malmenée par le vent : *Lama ! Don't shoot !* Sûrement l'œuvre d'un éleveur de lamas fatigué d'encaisser des pertes chaque saison de chasse.

Un restaurant annonce en lettres lumineuses : *Eat here or we'll both starve.* Presque tous les établissements du coin sont ukrainiens. J'aimerais bien découvrir leur cuisine tradition-nelle mais l'autobus s'arrête à un *fast-food* américain pour le souper, dans une ville qui se targue d'être la plus petite ville de l'Alberta : Granforge. Au milieu de rien se dresse deux fois rien. Une minuscule agglomération qui rappelle les villes fantômes que l'on voit dans les westerns. Au loin, un enfant joue avec un arbre, faute de copains. Mon seul souvenir tangible de cet endroit est un petit dépliant que m'a tendu un vieil homme lorsque je remontais dans l'autobus. Un feu ardent sur la pochette et un message :

> *The greatest sin is the sin of not believing in Christ.*
> *Can you believe that many of your friends are committing this very sin and are not even aware of it?*
> *When infidels die, they receive a little foretaste of hell in their last hours on earth.*
> *We pray you will wake up and make the right decision.*

Quelle torture ces gens s'infligent-ils avec de telles croyances! Leur seule récompense, c'est leur conviction que chacune des souffrances ici-bas sera récompensée dans l'au-delà. On n'est responsable de rien, c'est Dieu qui est aux commandes. C'est Lui qui décide de tout, des guerres, des famines et des injustices. Ce ne sont là que des tests pour vérifier notre foi.

Je préfère me considérer seul responsable de mes gestes, sup-porter des souffrances souvent extrêmes mais aussi jouir du bonheur terrestre, plutôt que de considérer ma vie sur terre comme rien de plus qu'un long et pénible voyage en autobus avec Dieu comme chauffeur, destination le paradis. Je ressens de la pitié pour ces gens qui me dédient à l'enfer.

Si on s'émerveille continuellement devant la beauté de la vie on a déjà découvert Dieu, car Dieu c'est la vie. On devient un prophète pour ceux qui nous envient, et un ennemi illuminé pour ceux qui nous jalousent (ou qui ne nous comprennent pas).

Si le prophète original d'une religion, peu importe laquelle, revenait sur terre, je suis convaincu qu'il serait traumatisé de voir à quel point son message a été déformé, comment il sert maintenant les idéaux de quelques puissants qui s'enrichissent sur le dos de leurs brebis.

> *He that believeth on the son hath everlasting life ;*
> *and he that believeth not the son shall not see life,*
> *but the wrath of God abideth on him.*
>
> **John 3 : 36**

Quelle sorte de Dieu condamne les innocents qui n'ont pas cru en Lui parce qu'ils ignoraient la vérité ? Pas le mien en tout cas ! C'est la mort du dépliant... je le déchire.

Les dernières teintes orangées disparaissent des nuages échevelés qui surplombent la route dans les montagnes. Nous croisons un panneau routier : Nelson – 15 km.

Le hasard […] se plaît à être généreux avec ceux qui lui font crédit.

Alexandre Jardin

22 SEPTEMBRE

Ce matin, le soleil est si intense à notre sortie de l'auberge que nos yeux restent à demi fermés durant plusieurs minutes. Sur la rue principale nous croisons Jessy, un ancien plongeur du Post Hotel. Il a démissionné au milieu de l'été parce qu'il ne pouvait plus supporter l'emploi. La fin de la saison, il l'a passée à Lake Louise en couchant par-ci par-là et en volant de la nourriture dans les réfrigérateurs des gens dont les appartements ne sont jamais verrouillés.

Immédiatement après nous avoir salués et exprimé sa joie de nous avoir rencontrés, il nous demande une cigarette. Quêter est son mode de vie, et il s'en tire très bien !

Il dit qu'il est impressionné par le nombre de personnes qu'il rencontre ici. Avant-hier par exemple, il s'est saoulé avec son ancien gardien de prison, qu'il a rencontré par hasard. Je me demande pourquoi il a fait de la prison, il a l'air si frêle. Mais je ne lui ai pas demandé.

Nelson est une ville bien spéciale, érigée à côté d'un petit lac. Les riches semblent avoir tenté d'en faire un endroit *high class* en y construisant de grosses maisons victoriennes. La rue principale abrite magasins généraux, bars et hôtels tout droit sortis d'une autre époque. Les gigantesques tavernes qui occupent le rez-de-chaussée de vieilles auberges ont été gardées intactes, évitant, volontairement ou non, la modernité. La seule chose qui ait changé depuis des dizaines d'années, c'est l'apparition de hippies modernes qui ont investi les lieux pour en faire leur coin de paradis. Avec eux sont apparus une foule de petits cafés branchés, une galerie d'art, un magasin de chanvre, une boulangerie organique et la petite auberge de jeunesse dans laquelle nous logeons. Une sous-culture en pleine croissance. Jett m'affirme avec conviction que près de la moitié des habitants de cette petite ville vivent presque exclusivement de la culture de la marijuana et de champignons magiques. Si la drogue était légalisée, des petites villes comme celle-ci deviendraient instantanément des villages fantômes.

Des affiches brochées sur les poteaux électriques annoncent que la GRC effectuera des raids anti-drogue en hélicoptère vers le 29 septembre, suite aux pressions des Américains (qui veulent conserver l'exclusivité de la production). « Faites vos récoltes maintenant ! » suggèrent les affiches.

Il fait tellement chaud ! Je veux aller m'étendre sur la plage, puis me baigner. Mais Jett veut rester au « centre-ville » pour courir la chance de rencontrer des personnes qu'il connaît et brasser des affaires. Nous nous séparons pour l'après-midi, et encore une fois cette séparation nous déstabilise totalement.

Mon argent se raréfie, comme la rosée au soleil brûlant. La faim est proche ! Je pense que mon retour à Lake Louise sera agréable. Mes souliers ont beaucoup voyagé…

It's time to go back to old loved ones and new loves.

De retour à l'auberge, je remarque sur les tuyaux au plafond de la cave de nombreux messages inscrits au marqueur noir. Des passants y laissent leur trace, s'immortalisent.

It's not what you are that holds you back
It's what you think you are not
It's better to be a player for one instant than a spectator for life
Don't wait for the light at the end of the tunnel
Walk there and light the damn thing yourself.

De la décoration inspirée! Belle façon d'habiller les murs. C'est bien plus agréable que leur blanche monotonie habituelle. Les gens d'ici sont portés sur les détails. Il en va de même pour les vêtements; ils sont très colorés si on les compare à ceux des villes, qui souvent sont noirs ou gris. C'est triste que ce qui est terne soit si populaire! La mode et les tendances qui nous sont imposées par les boutiques transcendent nos propres goûts, et même un vêtement laid, s'il porte la griffe d'une maison réputée, sera populaire et apprécié. Les chaînes comme *Tommy Hilfinger* se basent sur l'incertitude, l'angoisse et le bas niveau d'estime des gens pour assurer leur propre succès. Ils vendent de la sécurité sous forme d'un t-shirt à 90 $: « C'est beau, je suis quelqu'un à la page, l'étiquette en est la garantie. » Et si la publicité d'une marque réputée affirme que la couleur kaki est à la mode, la majorité adoptera le kaki… créant ainsi la mode. C'est un cercle vicieux. De nos jours, avoir confiance en soi permet d'économiser beaucoup d'argent car on a l'avantage de pouvoir se fier à son propre jugement pour acheter quelque chose, même si ce n'est pas officiellement « approuvé » par les autorités en la matière.

Pendant que je rôtissais sur la plage, Jett a fait des emplettes intéressantes. Malgré le fait que la porte de la chambre soit fermée, que la fenêtre soit grande ouverte, que le tout soit emballé dans deux sacs de plastique à fermeture étanche et placé dans un casier verrouillé, on peut sentir l'odeur des « cocottes » de marijuana bien fraîches dans tout le corridor de l'étage. Une odeur qui met l'eau à la bouche! Il devrait exister de petits « sapins sent bon » à accrocher au rétroviseur de l'auto qui dégageraient cette odeur. Jett me fait remarquer que le conducteur deviendrait fou tellement il aurait toujours envie de fumer. Et moi qui pensais devenir riche avec l'invention du siècle…

Être riche au fond, c'est pouvoir vivre sans avoir de souci d'argent, c'est ne pas connaître le stress continuel que provoque son manque. Être riche, ce n'est pas nécessairement vivre dans l'extravagance, c'est simplement faire ce qu'on veut sans avoir sans cesse à calculer, à se demander si l'on peut se le permettre. Je suis très souvent riche.

Nous allons célébrer la relance économique conséquente aux achats de Jett en allant jouer quelques parties de billard. Jessy, qui nous attendait au coin de la rue, nous rappelle à quel point il est heureux de nous avoir rencontrés dans ce bout du pays. Jett, lui, est un peu moins heureux de la rencontre car ses provisions de cigarettes en souffrent grandement. Jessy en est un qui n'a pas cette faculté qui fait que quelqu'un se sente coupable lorsqu'il s'aperçoit qu'il ambitionne sur la générosité des autres. Somme toute sa survie en dépend, et qui peut se sentir coupable d'essayer de survivre ? Mais il existe d'autres moyens de survivre, travailler par exemple. Au fond, je l'admire parce qu'il n'est pas limité par une culpabilité paralysante et, grâce cette absence de limites, sa vie semble simple et facile.

Nous traversons un mur de fumée à l'entrée d'une gigantesque taverne/blues bar. Un groupe de jeunes musiciens y exploitent, du mieux qu'ils le peuvent, un talent fort limité. L'endroit est bondé de gens hétéroclites, cow-boys et hippies, très vieux et très jeunes. Mais la fatigue finit par me rattraper et je décide de sacrifier cette soirée plus qu'ordinaire et de conserver mes énergies pour une prochaine qui sera, je l'espère, extraordinaire.

En terminant de lire un conte de C.S. Lewis (pourquoi n'écrit-il pas nulle part son foutu prénom ?) je me prépare une soupe à la cuisine de l'auberge. Plongé dans cet univers, j'en oublie ma fatigue.

C'est alors que Jett se pointe, et il n'a visiblement pas perdu son temps au bar. Il tente de m'expliquer, en articulant du mieux qu'il peut, que deux filles nous attendent dehors. Quoi ? Je veux aller me coucher mais il insiste. Il n'y a rien à faire ! Je dois le suivre, surtout pour l'escorter dehors puisque les gens de l'auberge commencent à se réveiller en raison du volume de sa voix.

Face à l'auberge, éclairées par la lumière artificielle de la nuit, deux jeunes Indiennes sont assises sur des blocs de béton. Une très grande, l'autre très grosse, toutes deux les cheveux longs, lisses et noirs. Leur beauté est négligeable. Disons simplement qu'il me faudrait énormément d'alcool pour les trouver belles. Elles habitent dans une réserve au nord de Vancouver, à plus de 30 heures de route, bref *nowhere*. Elles sont préposées aux manèges d'une foire venue s'installer dans la ville aujourd'hui et font le tour de l'Ouest canadien de cette façon. Elles affichent un état d'ébriété comparable à celui de Jett. Je me demande quel pourcentage de sang il peut bien y avoir dans l'alcool de leurs veines. Je les suis à notre taverne-sous-un-hôtel-de-style-ruée-vers-l'or préférée : Mike's Place. Un bar western parfait pour déclencher une bataille générale à l'image des films de cow-boys. « *Don't shoot the piano player !* » La serveuse prend nos commandes : des *drinks*, des pichets, de la nourriture, encore de la boisson et encore de la nourriture. Des signes de piastre lui apparaissent dans les yeux : le *tip* de sa soirée.

Après un certain temps, et pendant que le niveau de nos *drinks* descend dangereusement, la serveuse demande à voir les cartes d'identité des deux filles. Oh ! Oh ! pour la première fois je les regarde attentivement, et voilà que j'ai des doutes quant à leur âge. Elles plaident avoir oublié leur carte d'identité, bref elles ont moins de 19 ans. Sous un vacarme de protestations et d'insultes, elles sortent finalement et Jett fait de même. J'attends quelques instants, puis me sauve discrètement pendant que la serveuse part imprimer notre facture qui autrement me serait restée entre les pattes. Ce soir-là, la bagarre de bar que j'imaginais est presque devenue réalité. Au moins, j'ai eu le temps de finir le pichet...

À cause de l'âge des Indiennes, nos options pour terminer la soirée s'amincissent. Nous nous retrouvons au salon de billard où chaque miroir et chaque lumière me renvoient la mocheté de ces filles. Jett, qui dégrise lentement, la constate aussi. Je veux retrouver mon lit, je veux que cette partie de billard finisse pour enfin revoir ma chambre... si bien parfumée.

The trouble about trying to make yourself stupider than you really are is that you very often succeed.

C.S. Lewis

23 SEPTEMBRE

L'épisode d'hier soir fait rire Jett, d'un rire inconfortable qui démontre une certaine gêne. Il me raconte comme porte de sortie que, tout comme ces Indiennes, il a déjà travaillé dans une foire ambulante qui faisait le tour de l'Ontario rural. Il venait tout juste de quitter la maison lorsqu'il a trouvé un emploi dans un stand de jeux d'habileté (faire tomber des boîtes de conserve à l'aide d'une balle). En faisant ce travail, il est devenu spécialiste dans la façon d'aborder les gens, de chatouiller leur ego et de faire naître chez eux le désir. Pas celui de gagner un prix, mais celui de prouver à tous, et surtout à soi-même, qu'on est capable de tout, d'être le meilleur. Certains gars dépensaient des centaines de dollars pour épater leur blonde, leur montrer à quel point ils étaient extraordinaires, à quel point ils étaient des *chums* idéaux. Quelques mots remplacés par un toutou et une liasse de dollars...

Jett travaillait avec un immense Noir qui avait à son actif beaucoup plus d'expérience que lui : son mentor. Venant du sud des États-Unis, Machine Gun Bubba, de son seul nom connu, avait fui son pays suite à des problèmes légaux obscurs. Il était, semble-t-il, un personnage vraiment impressionnant. Une de ses incisives était en or et sertie d'un énorme diamant. Mais sa fierté, ce qu'il aimait parader par-dessus tout, c'était ses trois cicatrices au ventre… de balles de revolver. Maître à manipuler l'orgueil des gens, il savait exactement quoi dire pour que les émotions remplacent le cerveau, et ainsi attirer les clients au stand comme une plante carnivore attire les insectes. D'un simple coup d'œil, il trouvait la faiblesse de chacun — l'insécurité, le manque de confiance en soi, la jalousie, etc. — et savait comment procéder, le tenir en main, et ce, jusqu'à ce que tout l'argent ait changé de propriétaire. À l'hôtel, Jett a longtemps pratiqué les enseignements de son mentor… très efficacement d'ailleurs.

Nous entrons dans la boulangerie organique, qui affiche fièrement qu'aucun blé génétiquement modifié n'est utilisé dans la fabrication de leur pain. Des dépliants nous informent que les cultivateurs ont tellement modifié le blé que certaines personnes y deviennent allergiques et que sa consommation est susceptible de provoquer des effets secondaires néfastes à long terme. Même le blé, base de l'alimentation, est rendu nocif ! Ça m'a donné un choc !

Je demande à Jett comment les gens d'ici réagiraient si un McDonald venait s'établir dans leur ville. Il me regarde d'un air sévère et me fait signe de me taire. Il me chuchote à l'oreille qu'ici le mot McDonald est aussi blasphématoire que le mot *fuck* dans une église. Puis il ajoute que si je continue un vieux Westfalia orange aux motifs fleuris va sûrement s'amener avec une vingtaine de hippies à bord qui vont en descendre pour me frapper avec des carottes organiques.

Les gens sont trop souriants, trop *peace*, trop « avez-vous étreint un arbre aujourd'hui ? ». Ça commence à nous taper sur les nerfs. Je sens que notre départ est proche.

Une belle boutique de chanvre se situe dans une vieille maison, un peu en retrait de la rue principale. Des colliers, des vêtements, des objets d'art… tout y est beau et original. Les propriétaires permettent à quiconque d'apporter ses créations.

S'ils réussissent à les vendent, ils partagent les profits avec l'artiste. Des objets très divers s'y entassent. Sur chaque étiquette, deux prix : le plus élevé pour ceux qui sont à l'aise financièrement, le plus bas pour ceux qui ne le sont pas. À votre discrétion messieurs et dames !

Assis sous le soleil du parc et profitant d'un moment de paix, Jett me parle de sa réhabilitation.

There's too many freaks in the world,
me being the first one of them.

Pendant 14 mois, il a eu l'honneur d'être incarcéré dans un tout nouveau type d'établissement pour jeunes délinquants. Encore au stade expérimental, cette prison se veut un *boot camp* de type militaire. Chaque jour, de 5 h à 23 h, un officier confronte les jeunes, peu importe la raison. Exactement comme dans les films. Qu'il soit question de bottes mal cirées, d'un lit mal fait, d'un poil dans la douche, ils se font traiter comme de la merde par un gardien qui crie à deux pouces de leur figure. Des tâches épuisantes, un entraînement intensif ; tout a comme but de les faire craquer, céder. Une déconstruction systématique de tout ce qu'ils étaient, des bases de leur personnalité. On les rend mous comme de la pâte à modeler, on démolit toutes leurs croyances, pour ensuite les mouler en citoyens modèles. Un enfer de 14 mois. Bien sûr certains se suicident, alors que d'autres ne meurent pas physiquement mais n'en reviennent jamais. Un traitement inhumain et complètement dénué de respect. Par contre, Jett m'avoue à quel point ça lui a permis d'avancer, d'évoluer — une introspection aussi pénible que profonde, la capacité de lire les motivations des gens pour mieux les comprendre, une reconstruction. Maintenant il est sensible, empathique, poli et respectueux. Je ne comprends pas comment une sévérité aussi totalitaire puisse changer quelqu'un à ce point, et pour le mieux. Mais enfin...

Pour nous protéger quelques instants du soleil qui plombe, nous pénétrons dans le sous-sol d'une vieille maison faite de bois blanc. Des dizaines d'articles de journaux recouvrent les babillards du corridor d'entrée. Tous décrivent l'endroit, une sorte d'église qui abrite une étrange secte prônant la vénération du chanvre. Leurs messes consistent à se recueillir ensemble et à fumer un joint, en prière. Ils vendent tout ce que l'on peut rêver posséder en tant que « consommateur », sauf l'herbe magique elle-même (quoique…). Tous les profits sont utilisés pour couvrir les frais d'avocat qu'entraînent les nombreuses perquisitions et poursuites. La police les tolère, mais applique tout de même un contrôle sévère pour satisfaire les voisins qui s'en plaignent, et pour s'assurer que l'entreprise ne soit pas lucrative.

J'assiste à la messe sans y prendre part, puisque je ne suis pas un « vénérable frère ». J'y participe quand même indirectement grâce à l'impressionnant nuage qui s'en dégage.

Dans l'arrière-boutique, je fais la connaissance d'une souffleuse de verre en plein travail. Dans une salle isolée, le feu règne comme un gardien et sa chaleur à peine tolérable est suffocante. La fille souffle dans une grosse bulle de verre en fusion, d'une couleur orangée, lumineuse et irréelle. À l'aide de mouvements précis et de petits outils, elle applique une sorte de peinture. Je n'arrive pas à voir le résultat, mais peut-être ai-je un mauvais angle. Pendant que le tout est encore brûlant elle inverse la bulle, l'extérieur devient l'intérieur, et sculpte par souffles et touchers une forme allongée, majestueuse et fine. De l'art pur. Une pipe en verre qui, à mon grand étonnement, est transparente. « Les couleurs sont bel et bien là, mais pour le moment on ne les voit pas », m'explique-t-elle. Au fur et à mesure qu'on utilise la pipe, la résine se dépose sur le verre, le noircit et en fait réfléchir les couleurs. Chaque utilisation fait ressortir de plus en plus les motifs colorés et, après une utilisation très intensive, la pipe devient multicolore.

L'imprévisibilité de sa beauté me fascine. Chacune est unique et jamais deux ne se ressembleront, chaque souffleur ayant une touche distinctive.

Jett traîne deux pipes sur lui en permanence : sa *Sherlock*, à la forme traditionnelle de celle de Sherlock Holmes mais dessinée à la Gaudi/Dali (le verre semble encore liquide), et sa *Side-Car Carburator*, aux allures futuristes et aux couleurs dorées. Cette dernière est sa fierté. Les pipes de Jett sont petites et compactes. La souffleuse me montre des spécimens énormes où des tubes partent de partout et se croisent dans un tourbillon de couleurs toujours changeantes avant de conduire la fumée dans un compartiment d'eau, puis à la bouche. Des monstres du génie artisanal, des sculptures de verre pratiques. Je baptise *Energizer* ma nouvelle acquisition, d'où des éclairs bleutés tourbillonnent jusqu'à l'infini.

Après une soirée tranquille, passée en grande partie à « colorer » ma nouvelle pipe, nous retournons à l'auberge. Je remarque dans la salle de bain un message encadré qui résume bien la philosophie de Nelson* :

> *To live content with small means ;*
> *To seek elegance rather than luxury ;*
> *And refinement rather than fashion ;*
> *To be worthy, not respectable ;*
> *And wealthy, not rich .*
>
> *To study hard, think quietly, talk gently, act frankly ;*
> *To listen to the stars and birds, to babes and sages ;*
> *To bear all cheerfully, do all bravely, await occasions,*
> *hurry never.*
> *In a word, to let the spiritual, unbidden and unconscious*
> *grow up through the common.*
> *This is to live in Nelson.*

---

* Voir à la fin du volume pour la traduction française.

Who needs action when you got words?

Meat Puppets

24 SEPTEMBRE

Un des attraits majeurs de Nelson, c'est que c'est loin de tout ; un de ses désavantages majeurs, c'est que c'est loin de tout. En auto-stop, aucune chance de sortir de ce labyrinthe de petites routes. Nous nous voyons obligés de reprendre les inconfortables bus. De plus, le trajet que nous nous apprêtons à faire, le seul qui existe, nous laisse un trou béant de six heures d'attente, de une heure à sept heures du matin. Ouache ! Il faudra mettre près de 20 heures pour une distance qui prendrait au maximum six heures en automobile. Ça me fait mal au cœur ! Mais ces situations que ma logique tente d'éviter à tout prix dissimulent parfois des moments de magie que je n'aurais pas connus autrement.

Déambulant pour la dernière fois dans les rues de Nelson, c'est dans le froid et la pluie que nous disons adieu à cette belle petite ville. Je comprends maintenant pourquoi quelqu'un pourrait désirer s'installer ici, loin des tracas de la vie quotidienne.

Finalement l'autobus, avec sa forte odeur typique de parfum « sent bon » trop fort qui tente de masquer l'odeur des toilettes, nous prend en charge. Aussitôt partis, aussitôt arrêtés ! Ce qui allonge désespérément le trajet, c'est que la compagnie d'autobus des *chiens gris* offre un service de livraison de colis.

Il faut donc arrêter dans chaque recoin minable et perdu afin que le conducteur puisse y laisser un colis ou encore s'assurer qu'il n'y en a pas un à prendre. La compagnie se fout carrément des passagers une fois que ceux-ci sont à bord du bus ; *anyway* ils ne peuvent plus en descendre. Des détours aberrants pour une lettre, pour une petite boîte.

À un des trop nombreux arrêts, Jett sort pour fumer une clope. Lorsqu'il remonte à bord, son expression bizarre me laisse perplexe. Il tente de m'expliquer le sentiment qu'il a éprouvé dehors, pendant ces quelques minutes où il était aligné avec d'autres passagers. La fille sur sa gauche pleurait à chaudes larmes, une tristesse difficile à tolérer. Un hippie sur sa droite, sourire béat et béant, était heureux... trop. Lui au centre, où se situait-il ?

This drunken conclusion leads me to believe that the infinite faces of joy and sorrow makes me one of them.

Pendant ce temps, le conducteur balance sans la moindre délicatesse d'énormes boîtes dans la soute à bagages et chacune d'elles fait trembler l'autobus dans un terrible vacarme. Jett me conseille de ne jamais envoyer d'articles précieux par autobus : pendant que le chauffeur lançait les caisses, il l'entendait marmonner à son assistant qu'il trouvait ces téléviseurs bien lourds...

Les lumières dansent sur chacune des gouttes d'eau figées à la fenêtre de l'autobus, qui fend l'air de la nuit à la recherche de notre destination. Éternellement tordu dans mon siège à la recherche d'une position qui me permettrait de m'étendre, le bruit du vent, du moteur, la sensation du mouvement, le freinage et l'accélération me calment et m'apaisent ; je me sens comme un enfant qui, couché dans l'auto de ses parents, revient d'un camp de vacances rempli d'une fatigue bien méritée et du bonheur qui l'accompagne. En ce moment, j'aimerais tant pouvoir revenir à mon enfance. Bien sûr par nostalgie, mais surtout pour retrouver ma taille d'antan, ce qui me permettait de transformer même le plus petit des recoins en un lit douillet et de bénéficier ainsi d'une once de confort dans ces sièges de torture.

All get what they want : they do not always like it.

C.S. Lewis

25 SEPTEMBRE

« *Cranbrook gets more sunshine than any other city in the province* », affirme l'enseigne aux limites de la ville. Il pleut à boire debout sur ce bled pourri ! Une heure trente du matin, le froid me pénètre jusqu'à la moelle des os, et il faut attendre près de six heures pour notre correspondance. Le minuscule terminus d'autobus est évidemment fermé, quelle surprise… Nous tentons sans succès de dégoter un endroit sec pour y étendre nos sacs de couchage et essayer de dormir un peu. Le boulevard qui nous fait face ressemble par sa largeur à une autoroute, sauf qu'il n'y a pas âme qui vive aussi loin que la vue peut porter. À l'horizon, un halo lumineux est discernable. Nous n'avons rien à perdre puisque nous n'avons rien…

Plus nous approchons, plus je ris. Devant nous se dresse peu à peu un *Truck Stop*, celui de mes rêves. Il correspond exactement à tous les préjugés que je nourris sur de tels endroits : néons clignotants tout autour, station-service à l'avant, vieilles *waitresses sexy* au jupon rose et tablier fleuri, musique country à en défoncer les haut-parleurs (à en juger par la qualité du son, c'est déjà fait) et mes tympans (c'est le genre de musique qui les défonce très facilement). L'odeur de la friture se mêle à celle de l'essence ! Quelques cow-boys et *loggers* (camionneurs qui transportent des troncs d'arbres fraîchement assassinés) nous dévisagent lorsque nous entrons dans l'établissement, comme si celui-ci leur appartenait et que nous n'étions vraiment pas les bienvenus, indésirables jeunes blancs-becs que nous sommes. En tout point comparable à la scène du restaurant de *Easy Riders*, juste avant que Jack Nicholson ne se fasse battre à mort à coups de bâton de base-ball par des *rednecks*. Comme Gabbo le disait si bien, « Y'a d'la moustache au pied carré icitte mon ami ! »

De petits écrans diffusent les numéros gagnants du *Club Keno*. Dès que j'y porte attention, la serveuse m'offre des billets. Tout ce que je veux, c'est me coucher et dormir. Mais je suis mal à l'aise de m'étendre dans un restaurant. Je commande donc un café et lis un journal, le *Calgary Sun*. L'édition du dimanche présente dans ses pages centrales la photo couleur d'une fille nue. C'est ce genre de photos qui tapissait les murs de notre *bell desk* à l'hôtel. Ah le Post Hotel ! Sacré Diamondback ; en apparence il n'a aucune classe mais, lorsqu'on arrive à le connaître plus en profondeur, on réalise que son apparence n'est aucunement trompeuse.

À une autre page du journal un article capte mon attention. Hier, deux femelles grizzlys ont été abattues car elles représentaient un danger pour les humains. Chacune d'elles était accompagnée d'un jeune ourson. Les deux petits se sont enfuis : « *Conservation officers failed to find the cubs and destroy them to save them from slow death by starvation.* » Un peu macabre comme manchette ! Pauvre gardien qui a comme mandat d'exécuter ces petits oursons : « Oh... Un petit Winnie the Pooh tout *cute*... POW ! »

Rien ne vaut une partie de cartes pour tuer le temps. Vers trois heures du matin, nous sommes les seuls clients de la place. La serveuse s'assied à notre table et discute quelques instants avec nous, puis m'apporte une soupe aux fruits de mer en me demandant d'y goûter « parce que le cuisinier a utilisé de nouvelles épices et il veut savoir si le résultat est satisfaisant ».

C'est gratuit, j'ai faim, alléluia! J'ai réalisé, longtemps après, qu'elle avait mis une heure avant de venir me demander mon opinion. Je pense finalement qu'elle voulait surtout savoir si la soupe était encore comestible. Elle devait être douteuse, j'ai servi de cobaye; si je ne suis pas malade, paf! elle deviendra la soupe du jour.

La fatigue ne me gagne pas, elle m'a gagné à plate couture il y a déjà fort longtemps. Seul mon corps demeure en éveil, grâce au café. L'endroit est vraiment irréel! Un décor de film de série B, la musique country ne s'arrête pas de tourner, l'odeur d'essence me monte à la tête. Je m'attends à voir *Lucky Luke* débarquer à tout moment! Au moins je réalise un rêve, celui de rester longtemps quelque part où on offre quelque chose à volonté (comme apporter un sac de couchage dans un buffet chinois : après avoir bien mangé, une petite sieste, une marche, une partie de cartes, puis revient la faim, on remange. C'est *All you can eat*. Nulle part il n'est question d'une limite de temps…). Ici le café est servi à volonté, et on en a pour nos 75 sous…

Je suis affalé sur mon siège; je ne sais plus si je vais pouvoir m'en décoller un jour. J'observe la serveuse vaquer à ses tâches : remplir les salières, les poivrières, les sucriers, vérifier les petits gobelets de crème car elle a découvert que certains sont vides même s'ils sont scellés (ce qui deviendra sans doute le sujet de conversation de la semaine), passer la vadrouille, nous servir un *refill* de café, etc. La banalité d'une vie routinière où tout est prévu et calculé, l'ennemi numéro un de l'amour. Pourquoi je pense à l'amour? Jazzy… Jazz zz y…

Une fille et son copain entrent dans le restaurant. De l'action comme je n'en ai pas vu depuis longtemps. Il doit être environ cinq heures quand ils repartent, après avoir mangé. J'étais à dire à Jett que cette fille était *cute* et qu'elle mettait de la beauté dans ma nuit quand je sens quelqu'un me taper sur l'épaule. C'est son ami qui me tend un bout de papier avec l'adresse et le numéro de téléphone de la fille! Cette ville doit être affreusement monotone pour que les filles viennent dans un *Truck Stop* draguer les gars qui y sont prisonniers pour la nuit à cause des maudits horaires d'autobus. Mais j'avoue que c'est très flatteur, ça fait toujours du bien à l'ego.

Je me sens revigoré ? Non. À vrai dire je n'en peux plus. J'aligne quelques chaises et m'étends pour essayer de dormir. Je voudrais bien jouer aux cartes toute la nuit, mais il me manque de cigares, de whisky et d'énergie. Jett, quant à lui, en est à son douzième café et ne s'endort pas le moins du monde. La serveuse s'assoit de nouveau avec lui et engage la conversation. Je ferme les yeux et me rappelle vaguement l'avoir entendue dire que Cranbrook, merveilleuse ville-prison pour nous, a le ratio le plus élevé de restaurant par habitant au Canada. Quelle tristesse, tous ces *fat-food* sur la route des camionneurs. La serveuse d'ajouter : « C'est ici qu'on sert ce qui se rapproche le plus de la cuisine maison. » Pourtant, je n'y mangerais que si ma vie en dépendait… ou si la soupe était gratuite.

Je sombre dans les vapeurs de l'essence, qui commencent à me faire voir tout le spectre des couleurs sur les murs blancs du restaurant. Je rêve aux shorts de Jett. Il a des shorts de style *surf*, en tissu aux allures « plastique luisant », avec des motifs de sculptures africaines beiges sur fond noir. Ils ont l'air bien confortables, mais je les trouve laids. Je les trouve tout simplement affreux. Pourtant, depuis le début de notre voyage, souvent les inconnus qu'on croise le complimentent sur ses shorts ! Au départ, je croyais que c'était sarcastique. Mais rien à faire, les gens continuent de le féliciter de son achat. J'en deviens fou ! Chaque fois que ça se produit, je me pose de sérieuses questions sur mes propres goûts. Peut-être qu'au fond ce sont mes vêtements qui sont affreux et laids.

Jett — pendant mon sommeil inconfortable —, hautement drogué au café et à la vapeur d'essence qui nous enlace,

saisit mon cahier et passe le temps en y gribouillant
quelques phrases* :

Heavy red and tired
Yet these wandering eyes
Sparked and fired.

Gastown diners
Soul searchin' for vagrant test subjects
Stranded in a weird world
Adapting to the unknown.

Logger stares burning my tree's view.

The sugar in me !!!
Coffee induced spinal twitch
More sugar please !
Chaotic caffeine itch
Sugar's a bitch

Vagrant coffee drinker stuck in a gas-huffing-logger-
trucking hole on a highway.
The station stunk. What a stench.
The lingering smell of body odour and high cholesterol
breakfast could fend off any chick.
Call it the lowest, smelliest point of my trip.
If I could get the oil stains and smell of gas off me and my pack,
maybe the « gas huffer » buzz would leave my clouded brain.

It was like a dream. A real bad one.
I try running but fumes of high octane gas gave my body
a hamster wheel effect : running nowhere fast.
Colours came alive. Not just the ones mixed in the rain
on the pavement.
My mind racing, my body dragging and huffing gas (lot's of it).

Je me réveille dans un torrent de bruit. Il est 5 h 30, la place est pleine à craquer : des fermiers, mais surtout de *loggers*. Ils me regardent me lever avec mes cheveux tout hérissés. Je dérange leur routine, leur univers.

Le soleil se lève et nous nous éclipsons avant qu'un gros camionneur, casquette à moustiquaire et chemise à carreaux, ne trouve une excuse pour nous tomber dessus. Notre serveuse n'est même plus là, son *shift* est terminé. Nous n'aurons même pas la chance de payer pour les litres de café. Vraiment une aubaine ! Mon cœur bat au rythme de la caféine. Quelle nuit !

Nous sommes seuls dans l'autobus, qui nous dépose sur l'autoroute transcanadienne, exactement entre Banff et Lake Louise. Quelques minutes d'auto-stop et nous voilà embarqués par des Québécois ; il y en a partout ici.

Mon ami Éric me racontait qu'en faisant du stop il était déjà monté à bord d'un petit autobus jaune. Le conducteur, un homme assez âgé, avait perdu sa famille dans un terrible accident d'automobile. Avec l'argent qu'il avait reçu des assurances, et pour noyer sa peine, il s'était acheté un minibus et traversait continuellement le Canada, embarquant pour les dépanner tous les « pouceux » qu'il croisait. Une belle façon d'oublier.

L'arrivée à Lake Louise est étrange. Un retour au lieu qui avait reçu nos adieux, une réapparition après la mort. Un à un nous retrouvons les gens qui nous entouraient, et bientôt nous formons un groupe imposant. À midi, déjà plusieurs bouteilles vides devant nous, la description de nos histoires commence, telle la narration d'un conte de fées à des enfants. Tous veulent joindre le cercle, et chacun possède ses anecdotes préférées.

Jett parle de Vancouver, s'attardant sur *Wreck Beach*. Selon lui, l'avantage de cette plage c'est qu'on ne peut y être entraîné dans une bagarre. Je ne comprends pas ce qu'il veut dire exactement, et lui demande de m'expliquer. Il me répond, comme si c'était évident, qu'on ne peut pas se battre nu…

Je me mets à rire en tentant d'imaginer deux gros *beef* s'écrier : « Remets ton linge et bats-toi si tu es un homme ! »

Ça fait du bien de retourner aux souches, mais la fatigue s'impose. Vers 14 h, je propose deux options, soit je vais me coucher dans le but d'être en forme pour la fête qui se dessine pour ce soir, soit... Personne ne me laisse finir ma phrase, mon option numéro un étant automatiquement rejetée. Chacun part chercher des litres et des produits illicites pour que débute la fête... maintenant.

Je suis heureux de revoir Fred. Il semble néanmoins préoccupé. Il vient de téléphoner à sa blonde Evrin, à Peace River, et a appris qu'elle s'était fait tabasser par une gang de filles, et ce, sans aucune raison valable. L'impuissance face au mal que subissent les êtres qui nous sont chers est la sensation la plus intolérable qui soit. Par son illogisme, la violence gratuite m'effraie au plus haut point. Néanmoins, en poussant le raisonnement un peu (beaucoup), en remontant jusqu'à la préhistoire, on peut concevoir que les hommes qui possédaient le plus d'hormones et qui faisaient montre de la plus grande violence étaient ceux qui avaient les meilleures chances de s'accoupler. C'est logique car, lorsque deux hommes se battaient pour une femme, celui qui était le plus violent et le plus fort finissait généralement par l'emporter. C'est donc ce type d'homme qui engendrait le plus d'enfants et, selon la théorie de l'évolution, chaque génération subséquente portait dans ses gènes de plus en plus de violence. Tout ça pour nous mener à l'humain d'aujourd'hui, et aux guerres qu'il provoque.

Fred me demande si l'escapade avec Jett m'a fait réfléchir. Oui, elle m'a fait réfléchir sur le retour chez moi qui s'annonce, m'obsède et m'apeure. Le retour à la réalité m'apparaît comme le passage à un autre univers, un retour à mon rôle traditionnel. Je veux encore le jouer, ce rôle ? Ma raison me dit qu'il serait temps de me chercher un emploi stable qui assurerait mon futur, un rôle sérieux. Mais la liberté que je viens tout juste d'acquérir/conquérir doit-elle déjà être sacrifiée ? C'est là l'objet de mon éternel questionnement. Les gens semblent sacrifier leur frivolité, leur imprévisibilité (ce qui fait de nous des enfants heureux), et donc une des clés du bonheur pour adopter le rôle que leur impose un emploi sérieux. Un sacrifice nécessaire pour conserver son emploi et y exceller. Ils font ce travail pour l'argent qu'il procure, et veulent cet argent pour être en mesure de se payer des instants où ils pourront enfin revivre la liberté d'être imprévisibles et frivoles. Il faut travailler pour pouvoir se permettre de ne plus travailler. N'est-ce pas là une absurdité vicieuse qui revêt la forme d'un cercle? Mes aspirations profondes et le carcan qui m'est imposé pour réussir dans la société sont-ils comme l'huile et l'eau?

Je pense que réviser les standards sociaux de la réussite, se fixer des objectifs réalistes et non pas l'*American Dream*, vivre modestement mais heureux, sont tous des pas dans la bonne direction.

Fred ne s'attendait pas à une telle réponse à sa question. Il ajoute simplement : « *Why don't you take another beer man?* »

Le rassemblement commence, mon véritable et ultime départ est pour bientôt. Les survivants sont rassemblés pour une dernière fois, la musique bat son plein, surclassée uniquement par nos conversations exaltées.

Au plus fort de la fête, trop de personnes empilées les unes sur les autres, j'ai envie de sortir. La tradition se poursuit : Fred, Mossy et moi partons de nouveau pour Mud Lake. En fait, disons que nous sommes assez convaincus de ne pouvoir nous y rendre étant donné notre état… assez avancé. Après seulement quelques zigzags dans le labyrinthe du bois, nous finissons la soirée allongés en bordure de l'autoroute, regardant les étoiles en attendant les faisceaux lumineux, les vibrations, le vent, et le vacarme si impressionnant que produisent les camions qui passent à toute allure — chaque dix minutes — à quelques mètres de nous, transperçant le nuage presque opaque de brume.

You can put a man in school
But you can't make him think.

Ben Harper

27 SEPTEMBRE

Calgary est ma prochaine destination, son aéroport surtout...
Il faut que je retourne vers mon univers.

Fred vient de recevoir un congé pour les deux prochains jours.
Les *bellmen* commencent à avoir des vacances et à être mieux
traités. Il semble que nos démissions, celle de Jett et la mienne,
aient finalement servi à améliorer les conditions de travail,
mais uniquement pour ceux qui nous suivent... Fred accepte de
venir avec moi à Calgary, c'est parfait.

Comme je vais m'ennuyer du coucher de soleil sur les glaciers.

Je fais mes adieux à Jett. L'aventure dans laquelle je l'ai
accompagné a été grandiose. J'ai appris un peu plus de la vie
et, encore une fois, écouter mes peurs m'aurait fait rater cette
expérience. Une brève accolade complète nos salutations.
Je me détourne avant que les sentiments ne surgissent et nous
rendent tous deux mal à l'aise. Je lui souhaite une bonne vie. Je
sais que je ne le reverrai jamais, pourtant quelque part en moi
il sera toujours présent. Je le recommande à Dieu.

Sans qu'il le remarque, je lui vole un petit bout de papier
froissé qu'il destinait à la poubelle et sur lequel se bousculent
les traces de son écriture. Mon dernier souvenir de lui :

Tried tripping to club resurrection
Needed my bleached happiness injection
Materialistic glitz kids
Glam, Slam, procreate
Diversity infiltrate

Quelqu'un qui suit la vérité jusqu'au bout, qui en a la force,
est quelqu'un qui escalade un rayon de soleil et finit par tomber
dans le soleil.

Réjean Ducharme

28 SEPTEMBRE

Par ce froid et pluvieux matin, je quitte Lake Louise définitivement. Je pense ne plus jamais y revenir, trop de destinations
m'appelant pour le peu de temps qu'il me reste... Fred me suit
dans l'autobus pour Calgary. Je suis très content qu'il vienne
avec moi ; la solitude a ses beaux côtés, mais elle ne vaut pas les
moments qu'on passe avec ses vrais amis.

L'homme assis devant moi parle à son voisin de tous les
problèmes qui accaparent sa vie. Pour certains, la vie est facile,
belle et légère ; aucun obstacle ne semble démesuré ou
injustifié. Pour d'autres, la vie est un combat ; tout est lourd,
difficile et pénible, baignant constamment dans la malchance
et les injustices. La seule différence entre eux, c'est leur
perception personnelle d'une même réalité.

De petits écrans hypnotisent les passagers de l'autobus. Je pense
vraiment que la télévision est une drogue. La dépendance en est
terrible ! Les drogués ont un horaire de consommation fixe ; ils
ne peuvent pas manquer une « injection » prévue à telle heure,
sinon ils ne sauront pas ce qui est advenu au beau-frère du mari
de la fille qui est devenue aveugle en sauvant un enfant, qui est
en fait son cousin et l'amant secret de sa mère... L'aliénation
prédomine le nouvel opium du peuple.

Arrivés à Calgary, la célèbre question « pourquoi ? » se pose. Ne trouvant aucune réponse valable, nous choisissons une question moins difficile : « Où ? Où allons-nous maintenant ? » Pas plus de réponse à cette question ! Marcher sans but, aller nulle part et partout ; en définitive, n'importe où fera l'affaire.

We have got to figure out who we are before we try
to figure out why we are here.

Dans un immense complexe qui recèle tous les vices de la consommation, nous nous engouffrons dans une salle au grand écran qui projette *Saving Private Ryan*. J'adore les films historiques et éducatifs qui remplissent un peu le fossé de mon ignorance. Celui-ci, par exemple, m'a bouleversé de révélations. Oh ! comme j'étais dans l'ombre, moi qui pensais que presque tous les pays avaient participé à la Deuxième Guerre mondiale. En vérité, il n'y avait que les Américains contre les Nazis. Merci Hollywood !

Nous entrons ensuite dans un vieux bar de blues, le *King Edward*, où un concert nous attend. Un endroit délabré et enfumé où les murs sont couverts de photos de grandes vedettes qui sont venues y étaler une partie de leur génie. Une relique d'un passé glorieux ! Fred profite du moment où nous sommes assis à une table en sirotant une bière pour résumer notre journée dans mon cahier* :

The day today was mild : soft blue skies,
pale grey clouds that at the odd time would give us rain,
and a slow but constant cool wind.

Walking is what most commonly took place.

Talking every so often, indulging in illicit sporadically.

A movie dragged us back to sobriety.

---

* Voir à la fin du volume pour la traduction française.

326

*We sit now in the King Edward's Blues Bar trying
hard not to be this way.*

*The night may end quietly and calm. A dark night, few stars
and a cold soft breeze.*

Je prends la plume et tente de décrire moi aussi mon impression de ce qui m'entoure : « Cow-boys noyés de béton, leurs chapeaux dissimulant leurs pensées. Le vrai Calgarien parcourt les rues la nuit, rêvant d'un *Prime Rib Steak AAA* de 17 onces. »

Fred n'aime pas qu'on s'amuse aux dépens des cow-boys. Il se sent attaqué. *Cowgary* ! Moi, je ne peux m'empêcher de me moquer de gens qui, selon moi, affichent les couleurs d'un mode de vie qui leur est inconnu. Comme si les Québécois décidaient de s'habiller en trappeurs des bois en pleine ville. Mais Fred revient à la charge et m'apprend que beaucoup d'entres eux se sont fait exproprier leur terre et leur ranch suite à l'expansion de la ville, et qu'à présent ils sont forcés d'y vivre. « *We laugh at what we don't understand* », phrase courte qui clôt la conversation. Je comprends ainsi que ses propres parents portent le célèbre chapeau et conduisent un pick-up en écoutant de la musique country à fond la caisse. Bon, j'arrête ! Chaque humain traverse la vie du mieux qu'il le peut ; on ne peut juger les autres selon nos propres critères… mais il me semble que le désir d'être cow-boy aujourd'hui, c'est celui de revenir en arrière, de remonter à contre-sens le courant de l'évolution.

Comme les humains sont étranges ! Pourquoi sommes-nous tous si différents ? Avons-nous un but commun malgré nos destinées individuelles ? Je pense soudainement à mes cours de biologie, au fait que la vie sur terre aurait débuté il y a plus de cent milliards d'années grâce à une bactérie qui se serait formée miraculeusement, une intruse inattendue et inexpliquée. Certains biologistes expliquent même cette création de la première forme de vie à partir d'éléments inertes par l'analogie suivante : « C'est comme si on plaçait pêle-mêle les pièces d'un avion et qu'une tornade les assemblait pour en faire un Boeing 747 parfaitement opérationnel ! »

De cette bactérie s'est développée la vie ; les espèces se sont créées et ont nourri la planète en enrichissant son sol, produisant air et eau, créant les conditions nécessaires à notre existence.

L'humain, qui est en fait une mutation de cette bactérie originale, a pris le contrôle de la terre, en a monopolisé et exploité les ressources pour lui seul : les terres pour la culture et la construction d'habitations, toute forme de vie qui y est présente, etc.

Nous avons éliminé ou maîtrisé nos prédateurs et avons pris possession de certaines espèces (bovins, ovins, poulets, etc.) qui n'existent plus à l'état sauvage, en les confinant au rôle de pourvoyeurs de nourriture. D'autres espèces sont devenues nos jouets domestiques (chiens, chats, etc.) ou sportifs (cerfs de Virginie, lièvres, etc.). Et enfin, celles qui ne représentent ni un danger ni un bienfait sont en voie d'extinction car elles ne disposent plus des ressources nécessaires à leur survie. Nous modifions même les gènes pour assurer notre domination. L'humain ne s'adapte plus à son environnement, il adapte l'environnement à lui.

Dans la chaîne de l'évolution naturelle, plusieurs affirment que nous représentons le plus haut palier du développement. Nous en représentons surtout le dernier, puisque nous éliminons systématiquement tout compétiteur.

La terre est une entité vivante qui se régénère et évolue. Des bactéries bénéfiques comme les plantes, les animaux et les insectes lui procurent son énergie en produisant l'air, l'eau, en se décomposant, etc., tout comme les bactéries que nous avons dans l'estomac, sans qui notre vie serait impossible, nous permettent de digérer et de produire notre énergie vitale.

Mais au cours de l'évolution, une bactérie s'est mutée. Pourquoi ? C'est le chaînon manquant. Elle a monopolisé toutes les sources d'énergie, toutes les autres bactéries bénéfiques, s'est multipliée et multipliée, concentrée et concentrée. Elle consomme maintenant toutes les ressources vitales. C'est la description d'un virus... c'est notre description.

Tout était balancé, tout était parfait. Une mutation s'est produite et nous a sortis de la chaîne précaire de l'évolution naturelle, faisant pencher la balance à notre seul et unique avantage.

Notre survie signifie irrémédiablement la mort de notre corps porteur, la planète. C'est simple. Notre surpopulation, notre surconsommation, ce sont nos fonctions biologiques en tant que virus.

Devant ce rôle effroyable que nous jouons, notre mécanisme psychologique de défense réside dans notre croyance en l'homme-dieu. La croyance que nous sommes la raison suprême pour laquelle tout a été créé, que nous sommes le centre de l'univers, la plus haute marche de l'évolution, des êtres supérieurs. Pourtant, aucune autre espèce n'a jamais autant ravagé l'équilibre naturel. Les animaux et les plantes étaient comme les globules, l'eau comme le sang, la terre comme les os et la peau ; l'homme est l'intrus, la maladie.

Notre seule chance de survie (car la mort de la terre signifie notre mort à nous aussi) est de joindre le mouvement écologique qui prescrit qu'il faut moins consommer, moins exploiter... De cette façon, on pourrait laisser à la terre juste assez d'énergie pour qu'elle survive, et on pourrait ainsi continuer de s'en nourrir plus longtemps, à l'exemple d'une maladie qui nous laisse cloués au lit et nous enlève toute force, sauf celle purement vitale, pour être en mesure de continuer à vivre en nous, de nous.

Une autre solution est représentée par la NASA, dont l'objectif principal, faut-il le rappeler, est de trouver d'autres planètes habitables. La contamination et la propagation sont les seules chances de survie d'un virus mortel.

Trop pessimiste? J'ai entendu une rumeur selon laquelle les Américains auraient trouvé une amorce de solution. Mais le remède est parfois plus redoutable que la maladie elle-même... Au début des années 80, ils ont conscientisé la population au fait que la surpopulation de la planète était un danger très menaçant. Le vice-président, durant le règne de Reagan, aurait fait un discours officiel annonçant que le gouvernement américain investirait des millions de dollars pour la recherche d'un virus qui s'attaquerait au système immunitaire des humains pour ainsi régler le problème de surpopulation. Quelques années plus tard, les premiers cas de sida sont apparus en Afrique. Quand le gouvernement américain déclare vouloir régler le problème de surpopulation, il ne parle pas de s'attaquer à ses propres brebis... Quelques pays d'Afrique comptent déjà plus de 50 % de leur population atteinte du sida. Quand la population aura été suffisamment réduite, une compagnie pharmaceutique accréditée annoncera en toute pompe qu'elle a découvert la cure miracle. La beauté du plan, c'est qu'en plus les dollars afflueront!

Une tape sur l'épaule me ramène à la réalité; les doigts du guitariste volent sur son instrument. Fred se lève pour aller chercher d'autres bières. Je me rends compte qu'il y a davantage de gens sur le *stage* qu'il y en a dans la foule. À leur place, je serais découragé au point d'arrêter, mais eux ils s'amusent comme des diables dans le Jell-o. Ils sont seuls au monde et produisent une musique de qualité. Nous ne sommes que des spectateurs de leur vie.

En sortant du pub, au lieu de retourner directement à l'auberge, nous longeons les nombreuses *tracks* de chemin de fer du centre-ville. Il y en a au moins dix de large. Elles mènent à un vieux fort historique au bord de la rivière. Il m'intrigue ce fort bâti pour lutter contre les Indiens. Des dépliants décrivent l'endroit comme une attraction touristique majeure. Nous arrivons à une palissade de bois qui clôture un terrain vacant. « C'est à peu près ici que se trouvait le fort », indique une pancarte... Wow!?!

J'aime bien Calgary, mais son atmosphère m'inspire l'ennui mortel qui s'emparerait à coup sûr de moi si j'y élisais demeure.

Of course, in an age of madness, to expect to be untouched by
madness is a form of madness.
But the pursuit of sanity can be a form of madness, too.

Saul Bellow

29 SEPTEMBRE

J'ai décidé qu'aujourd'hui serait la dernière journée de mon voyage. En fait, c'est mon portefeuille qui l'a décidé pour moi. Une dernière traversée de Calgary, puis Fred m'accompagne à l'aéroport pour magasiner les tarifs des vols. Les compagnies d'aviation n'appellent pas ça des « vols » pour rien. Les prix sont ridiculement élevés ! J'apprends qu'une seule compagnie offre des billets *stand by*, que son seul vol de la semaine à destination de Montréal est à une heure du matin, et bien sûr complet. Ma seule chance de monter à bord, c'est qu'un détenteur de billet ne se présente pas. Qui plus est, je ne suis pas seul à vouloir un billet de dernière minute. Je dois m'inscrire sur une liste d'attente, et ce, deux heures avant le vol. Les destinations exotiques qui défilent sur l'écran affichant les départs me font baver. Je pourrais aller n'importe où dans le monde, si j'avais les sous…

Je m'inscris sur la liste d'attente d'un vol vers Toronto, départ cet après-midi. On ne sait jamais ! Et puis, Toronto c'est la banlieue de Montréal quand on est à l'autre bout du continent. On appelle les passagers de ce vol, je suis le vingt-septième sur la liste d'attente. Trois sièges se libèrent. Aïe, ça regarde bien mal !

Si je ne pars pas, je vais passer la nuit à l'aéroport. Je ne suis pas pressé et je n'ai nulle part où aller. Peut-être même y passerai-je la semaine ? Tant qu'à y être, me faire engager comme concierge ?

En compagnie de Fred, je tue le temps en regardant ces gens qui courent leur vie comme s'ils participaient au sprint final d'une longue course vers la mort. La nostalgie s'empare de nous, nous qui étions si différents. Le seul responsable de notre rencontre est cette attraction pour un lac turquoise entouré de sommets qui mordent les nuages. D'une manière mystérieuse, nos destins se sont croisés et, de ce fait, modifiés.

Arrive inévitablement le moment où Fred doit me quitter. Fin d'une relation avec la personne la plus créative que j'aie rencontrée, l'ami auquel je me suis le plus attaché. Les adieux me répugnent, car sous le poids des émotions je me sens écrasé. J'évite que ces situations perdurent, je les fuis le plus rapidement possible, mais après coup je regrette d'avoir bousculé les choses. Plus la personne est importante à mes yeux, plus les émotions m'écrasent, plus je les fuis, et plus je le regrette. À Lake Louise, j'ai vraiment précipité mes adieux : ceux que j'ai faits à mes amis du Post Hotel, à Jett, à Fred et surtout à Jazzy... Quitter l'Ouest, c'est la quitter officiellement elle aussi. Les choses auraient-elles pu être autrement ? Aurai-je un jour la chance de rencontrer quelqu'un d'autre comme elle ?

> *White be the heaven, black be the hells*
> *I was put here with a grey grey soul.*

Et me voici de nouveau au seuil d'une transition qui modifiera la trajectoire toujours changeante de ma vie. Qu'est-ce qui m'attend à Montréal ?

> *What a long, strange trip it's been.*

Dans le Calgary Airport Hotel, je profite des beaux divans du *lobby*, assiégé par un groupe de Japonais qu'un guide touristique a décidé de rassembler autour de moi. De l'autre côté de la fenêtre se dresse le dentier des Rocheuses. Je les ai tant jalousées à mon arrivée, maintenant elles abritent de si bons souvenirs. Je m'ennuie déjà.

Le temps passe lentement quand on l'attend, et trop vite quand on l'oublie. Jamais quelqu'un ne pourra se plaindre avec raison d'en avoir trop à sa disposition, car les possibilités et les alternatives qui s'offrent à nous pourraient facilement nous occuper pendant mille vies. Mais quelquefois l'énergie nous manque; elle semble s'évanouir avec tout ce qui nous restait de motivation. On n'attend plus que la fin, impatient — il reste six heures avant l'appel de mon vol.

Calgary veut être western, comme Victoria veut être britannique. Les employés de l'aéroport portent LE chapeau, les sculptures de cow-boys sont présentes à profusion, des peintures de cow-boys ornent les murs, des posters de cow-boys décorent les toilettes. Ici, le rodéo est dieu. « *Y'all come back now y'a hear!* » meuble le mur qui surplombe les départs, en grosses lettres rouges aux contours dorés. Le stand d'information se trouve dans un ancien wagon de train. Une mascarade! On se croirait à une fête d'enfants... Il n'y manque que le clown et le magicien. Un mode de vie que je ne comprends pas, me dirait Fred. Mais quand même! Les employés de l'aéroport de Montréal ne portent pas de ceinture fléchée et les préposés aux bagages ne servent pas un « p'tit Caribou » aux passagers.

Une (fausse) Indienne qui porte le panache traditionnel à plumes m'accueille quand je m'apprête à déposer mon sac à la consigne. Elle vient de Montréal. Ses patrons lui ont recommandé de se faire bronzer copieusement cet été, sinon elle aurait à se maquiller le visage pour mieux rendre son déguisement. Elle m'explique que ce travail est temporaire, « qu'en attendant ». En réalité, elle est chanteuse. Trop de gens font, leur vie durant, des emplois « en attendant ». Pauvre amère-indienne.

L'aéroport est l'hôte de moments d'émotion extrêmes : joies extraordinaires ou peines imbuvables. Des hommes, bouquet à la main, se préparent à revoir l'élue de leur cœur. Des couples, larmes aux yeux, se séparent pour des jours interminables, des vies d'attente. Tout ce qui entoure les voyages est démesuré.

Le soleil s'est éteint, la cité scintille à l'horizon. La tour qui symbolise la ville, pilier désuet d'un rêve d'immortalité et de gloire, est moins haute que certains gratte-ciel. Touriste dans un monde de touristes, je deviens presque un personnage connu de cet aéroport alors que j'amorce ma huitième heure d'attente. À force de me voir tourner en rond, les caissières des boutiques commencent à me reconnaître, et moi je commence à délirer.

Cerveau fraîchement décomposé, le temps fait son effet. Partout dans l'aéroport des regards perdus dans l'infini du ciel. Partir à la conquête de son futur dans une canette d'aluminium qui transperce les nuages. Partir à la conquête de la liberté dans une cage. Un animal, du moins, sait reconnaître les situations où il est emprisonné. Assis près d'une gigantesque cow-girl en styrofoam, je regarde les plantes de plastique pousser, et attends l'appel qui m'apprendra si je vais passer la nuit ici ou à 30 000 pieds d'altitude, me réveiller sur le plancher de l'aéroport ou à Montréal.

Demain commence ma nouvelle vie, comme à chaque matin.

Lucky, rires, spasmes, cris de joie.

Encore une fois, parler aux gens plus que je ne le devrais rapporte des dividendes. En partant de Montréal, cela m'a valu un siège en première classe. Ce soir, à l'appel de mon vol, je parlais à la sympathique préposée au comptoir. Grande discussion ! C'est elle qui a la responsabilité de gérer la liste d'attente des passagers. Je lui dis que je pense sérieusement à chercher d'autres moyens de transport pour rentrer à

Montréal. Elle me répond de ne pas perdre espoir, je suis le neuvième sur la liste. Je lui apprends d'un air désespéré que, cet après-midi, seulement trois personnes en attente ont pu prendre le vol vers Toronto. « Toronto ? Tu étais sur la liste d'attente de cet après-midi ? » Elle vérifie et y trouve mon nom, bon dernier, vingt-septième. « Mais... ceux qui ont déjà attendu pour un vol ont priorité lors des vols subséquents... » Je me retrouve donc premier sur la liste ! Je n'en crois pas encore mes oreilles au moment où elle appelle mon nom. Il n'y a qu'un seul billet qui se libère pour le vol... le mien. Deux filles se mettent à pleurer bruyamment. Ça fait trois nuits qu'elles couchent à l'aéroport pour attraper ce vol. Elles n'ont plus d'argent, c'est la panique. Généreux comme je le suis (devant la beauté), je leur offre mon billet de bon cœur. Je suis un tout petit peu soulagé quand elles décident qu'elles ne se sépareront pas et, comme il n'y a qu'un seul billet, elles ne veulent pas l'accepter. À deux mains, je m'empêche de crier le grand « Oooouuufff » de soulagement... *YeeHAA !*

Je me sens un peu coupable devant tous ces yeux qui envient mon billet, qui souhaitent seulement que je fasse une crise cardiaque pour pouvoir se l'arracher comme des chiens sur un os.

L'avion décolle dans quelques minutes ; déjà tous les passagers commencent à s'impatienter en m'attendant dans la salle d'embarquement. Le préposé aux rayons X me demande de placer pour une deuxième fois mon sac sur le tapis ; il veut en revoir le contenu. Je m'installe à ses côtés pour observer l'écran. Il prend le temps de m'expliquer ce qui apparaît sur le moniteur : ce qui est bleuté correspond aux objets de métal, ce qui est en vert à ceux de plastique... On discerne assez bien la forme de tout objet. Puis il agrandit un objet, d'un rouge fluo, qui se démarque nettement du reste. Dans toute sa splendeur ma pipe occupe l'écran. D'un air pince-sans-rire, il me dit : « Le rouge... le verre », puis sourire aux lèvres il me laisse passer : « *Have a nice... trip.* » Aïe ! Aïe ! Aïe !... je n'y pensais plus.

Je me joins à la mer de visages impatients qui attendent la permission de s'engouffrer dans le tube et d'atteindre leur siège inconfortable. La sonnerie se fait entendre, cette fois-ci c'est la bonne, celle qui annonce la fin de mon voyage : « *Flight 203 now boarding.* »

Mon baluchon d'expérience un peu plus rempli, je tourne la page d'un livre inachevé.

TRADUCTIONS FRANÇAISES

Page 294 :

*Alors les voici : gelés comme des balles, affamés,
défoncés, fatigués, avec leurs oreilles prêtes à débloquer
encore une fois alors qu'ils descendaient de plus en plus
haut, sans aucun doute.*

*Le pont flottant était nul. Il ne faisait rien d'autre que flotter.
Mais s'ils étaient chanceux, ils pourraient entrevoir
le monstre marin légendaire : Opapoga.*

– J'aurais pu jurer que j'ai « entendu » les affreux
   yeux de sa tête me regarder, Ugo.

– Oh, il n'est plus ici…

– Je serai toujours là, rêva Jett.

*Il tomba en transe sur la plage, des pensées hypnotisantes
dansaient et chatouillaient son esprit.*

*Ils se réveillèrent tous les deux, les mouettes leur
lançant des cris stridents, comme à des déchets sur le sable.*

Les vagabonds qu'ils étaient.

*Oh comme ils adoraient cela. Ils étaient des vagabonds
armés de rêves.*

Des rêves de devenir des légendes.

Tout comme Opakopa.Okapogo.

*Ils pouffèrent de rire en imaginant une immense statue les
représentant dans leurs sacs de couchage, tirant une bouffée
de la pipe.*

*Enfin quoi ? Les joggeurs et marcheurs matinaux
pourraient être motivés par une scène d'une telle déchéance…
Et sur la plaque on lirait :*

« *La vie de ces vagabonds s'est éteinte à cause d'un météorite.*
Maintenant, leur tombeau vaut davantage. »

Le seul problème est que personne ne savait la vérité.

Ce qui semblait être le destin était en fait
du sabotage et de la traîtrise.

Après avoir écouté minutieusement leurs conversations,

dépensant l'argent des contribuables à coup de milliards,
le gouvernement avait son propre plan : « Opération
élimination des vagabonds ».

Le satellite les avait suivis durant des semaines, se tenant
prêt pour l'attaque.

À l'instant où Ugo dit « Le pont flottant est nul »,
ils furent vaporisés tous les deux en particules indescriptibles
à l'humain, d'où la théorie du météorite.

La ville prospéra,
le pont prospéra,
et Ogolopoga prospéra aussi.

Page 309 :

Vivre heureux en se satisfaisant de peu ;
Rechercher l'élégance plutôt que le luxe ;
Le raffinement plutôt que la mode ;
Être digne et non respectable ;
Être aisé et non riche.

Étudier assidûment, penser silencieusement,
parler doucement, agir sincèrement ;
Écouter les étoiles et les oiseaux, les nouveau-nés et les sages ;
Assumer tout gaiement, faire tout bravement, attendre les
occasions, ne jamais se brusquer ;
En un mot, laisser le spirituel, l'imprévu et l'inconscient
prendre leur place dans la vie de tous les jours.

Voilà ce qu'est vivre à Nelson.

Lourds, rougis et épuisés,
pourtant ces yeux qui vagabondaient
étincelaient de feu.

Restos de la ville-essence,
Leurs âmes à la recherche de cobayes,
Prisonniers d'un monde étrange,
S'adaptant à l'inconnu.

Le regard dévisageant des camionneurs du bois
enflamme ma vision des arbres.

Oh! le sucre qui est en moi !
Convulsion vertébrale provoquée par le café,
Par pitié, encore et encore plus!
Démangeaison chaotique de la caféine,
Le sucre est une salope.

Vagabonds buveurs de café, prisonniers d'un trou
sur l'autoroute rempli de camionneurs et de vapeur d'essence.
La station-service empestait. Quelle puanteur.
L'odeur des corps en sueur mêlée à celle des déjeuners
au cholestérol qui y flottait pouvait faire dégueuler
n'importe quelle nana.
C'était le moment le plus minable, le plus odorant,
de mon voyage. Si j'étais en mesure de me débarrasser des
taches d'huile et de l'odeur de l'essence recouvrant mon sac à
dos, sûrement que le trip « sniffeux de gaz » quitterait mon
cerveau embrumé.

C'était comme un rêve… très mauvais.
J'essayais de me sauver, mais les vapeurs de gaz à haut taux
d'octane imposaient à mon corps l'effet d'une roue de hamster :
je courais, mais n'avançais pas.
Les couleurs prirent vie. Pas seulement celles mélangées à la
pluie sur la chaussée.
Mon esprit est à la course, mon corps traîne et absorbe de
l'essence (à la tonne).

*La journée d'aujourd'hui était douce : un ciel léger et bleu,
des nuages d'un gris pâle qui, de temps à autre, d'une manière
étrange, nous offraient leur pluie et un vent frisquet,
lent mais constant.*

L'activité principale de la journée a été de marcher.

*Parlant de temps en temps, savourant sporadiquement
des paradis illicites.*

Un film a provoqué notre retour à la sobriété.

*Nous sommes présentement assis au King Edward's Blues
Bar, mettant toutes nos énergies pour la vaincre de nouveau.*

*La soirée peut se terminer d'une manière tranquille et calme,
une nuit profonde, peu d'étoiles, et un vent doux mais frais.*

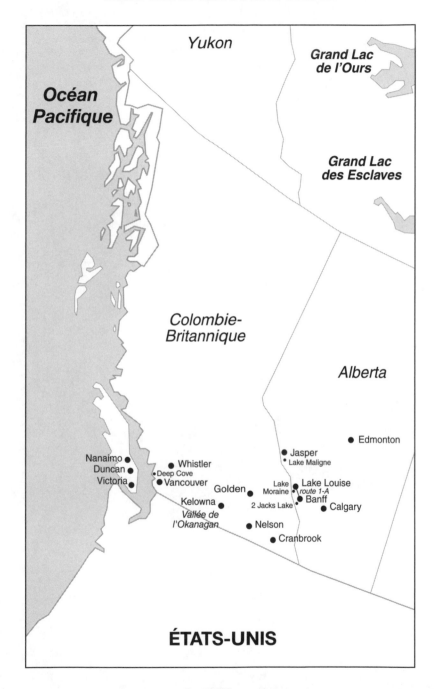

La première édition
du présent ouvrage,
publié par les Éditions du CRAM inc.
a été achevée d'imprimer
le trentième jour de mars
de l'an deux mil un
sur papier Windsor # 2, 100 M,
sur les presses
de l'imprimerie Transcontinental
à Louiseville (Québec).